INSTRUÇÕES PARA DANÇAR

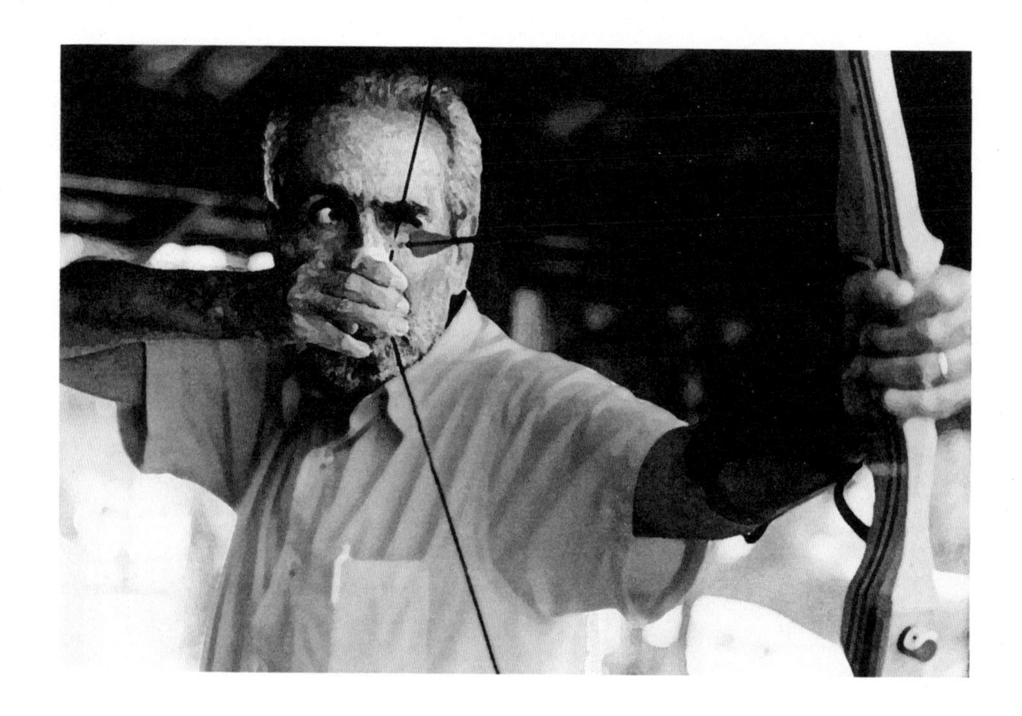

O Arqueiro

Geraldo Jordão Pereira (1938-2008) começou sua carreira aos 17 anos, quando foi trabalhar com seu pai, o célebre editor José Olympio, publicando obras marcantes como *O menino do dedo verde*, de Maurice Druon, e *Minha vida*, de Charles Chaplin.

Em 1976, fundou a Editora Salamandra com o propósito de formar uma nova geração de leitores e acabou criando um dos catálogos infantis mais premiados do Brasil. Em 1992, fugindo de sua linha editorial, lançou *Muitas vidas, muitos mestres*, de Brian Weiss, livro que deu origem à Editora Sextante.

Fã de histórias de suspense, Geraldo descobriu *O Código Da Vinci* antes mesmo de ele ser lançado nos Estados Unidos. A aposta em ficção, que não era o foco da Sextante, foi certeira: o título se transformou em um dos maiores fenômenos editoriais de todos os tempos.

Mas não foi só aos livros que se dedicou. Com seu desejo de ajudar o próximo, Geraldo desenvolveu diversos projetos sociais que se tornaram sua grande paixão.

Com a missão de publicar histórias empolgantes, tornar os livros cada vez mais acessíveis e despertar o amor pela leitura, a Editora Arqueiro é uma homenagem a esta figura extraordinária, capaz de enxergar mais além, mirar nas coisas verdadeiramente importantes e não perder o idealismo e a esperança diante dos desafios e contratempos da vida.

nicola yoon

Instruções para dançar

Título original: *Instructions for Dancing*

Publicado mediante acordo com a Random House Children's Books,
uma divisão da Penguin Random House, LLC.
Produzido por Alloy Entertainment, LLC.

tradução: Fernanda Abreu
preparo de originais: Helena Mayrink
revisão: Anna Beatriz Seilhe e Rachel Rimas
projeto gráfico e diagramação: DTPhoenix Editorial
capa: Renike
lettering de capa: Jyotirmayee Patra
adaptação de capa: Natali Nabekura
impressão e acabamento: Lis Gráfica e Editora Ltda.

CIP-BRASIL. CATALOGAÇÃO NA PUBLICAÇÃO
SINDICATO NACIONAL DOS EDITORES DE LIVROS, RJ

Y57i

Yoon, Nicola, 1972-
Instruções para dançar / Nicola Yoon; [tradução Fernanda Abreu]. – 1. ed. – São Paulo: Arqueiro, 2022.
256 p.; 23 cm.

Tradução de: Instructions for dancing
ISBN 978-65-5565-278-9

1. Ficção americana. I. Abreu, Fernanda. II. Título.

CDD: 813
22-75621 CDU: 82-3(73)

Camila Donis Hartmann – Bibliotecária – CRB-7/6472

Editora Arqueiro Ltda.
Rua Funchal, 538 – conjuntos 52 e 54 – Vila Olímpia
04551-060 – São Paulo – SP
Tel.: (11) 3868-4492 – Fax: (11) 3862-5818
E-mail: atendimento@editoraarqueiro.com.br
www.editoraarqueiro.com.br

Para minha mãe,
que, apesar de tudo, ainda sorri.
E para meu padrasto,
que passou por tudo sorrindo.

Longo e chato é o livro do amor
Tão pesado que nem dá para levantar
Cheio de gráficos, fatos, figuras
E instruções para dançar
Mas eu
Eu adoro quando você lê para mim
E você
Você pode me ler qualquer coisa.

– The Magnetic Fields, "The Book of Love"

Quase ninguém sai vivo do amor.

– Helen Fisher

CAPÍTULO 1

Uma versão melhor de mim mesma

A MAGIA DOS LIVROS não funciona mais comigo. Antigamente, se eu estivesse desanimada ou no vasto e árido território que separa a tristeza da raiva, era só pegar qualquer volume aleatório da minha prateleira de livros preferidos e me acomodar na minha poltrona rosa felpuda para uma boa leitura. Quando chegava ao terceiro capítulo – ou ao quarto, no máximo –, eu já estava me sentindo melhor.

Mas hoje em dia os livros não passam de letras arrumadas em palavras escritas direitinho, dispostas em frases gramaticalmente corretas, parágrafos bem estruturados e capítulos tematicamente coesos. Não são mais algo mágico capaz de me transportar para outro lugar.

Como fui bibliotecária numa vida passada, meus livros ficam organizados por gênero. Antes de eu começar a doá-los, a seção de romances contemporâneos era a maior. Meu favorito é *Cupcakes e beijos*. Tiro-o da estante e o folheio, dando-lhe uma última chance de ser mágico. A melhor cena é quando a chef durona e o cozinheiro gato que está sempre de cara amarrada e tem um passado misterioso fazem uma guerra de comida na cozinha. Os dois acabam cobertos de farinha e glacê. Há beijos e vários jogos de palavras relacionados a doces:

Lábios de mel.

Beijinho doce.

Situações melosas.

Seis meses atrás, essa cena teria me deixado feito gelatina por dentro. (Pegaram essa?)

Mas agora nada acontece.

E, como as palavras não mudaram desde a última vez em que as li, preciso reconhecer que o problema não é o livro.

O problema sou eu.

Fecho o exemplar e o ponho na pilha junto com os outros para doação. Uma última ida à biblioteca amanhã e todos os meus livros românticos terão ido embora.

Assim que começo a colocá-los na mochila, mamãe aparece na porta e espia meu quarto. Seus olhos vão do meu rosto até a torre de livros e as quatro fileiras vazias na minha estante, depois voltam para mim.

Ela franze a testa e parece querer falar alguma coisa, mas se contém. O que faz é estender a mão e me passar seu celular.

– Seu pai – diz.

Balanço a cabeça com tanta força que as tranças chicoteiam meu rosto.

Ela torna a empurrar o aparelho na minha direção.

– Atende. Atende – articula, sem emitir nenhum som.

– Não, não, não – articulo de volta.

Nunca vi dois mímicos batendo boca, mas imagino que deva ser parecido com isso.

Ela sai de perto da porta e adentra meu quarto, mas deixa espaço suficiente para eu passar correndo por ela – então é o que eu faço. Cruzo em disparada nosso pequeno corredor e me tranco no banheiro.

Dez segundos depois, ouve-se a inevitável batida da minha mãe.

Abro a porta.

Ela me olha e suspira.

Suspiro de volta.

Nos últimos tempos, nos comunicamos majoritariamente por meio dessas pequenas expirações. As dela transmitem frustração, sofrimento prolongado, irritação, impaciência, decepção.

As minhas transmitem apenas incompreensão.

– Yvette Antoinette Thomas – diz ela. – Por quanto tempo você vai continuar com isso?

A resposta para aquela pergunta – justíssima, inclusive – é: para sempre.

Para sempre. É esse o tanto de tempo que vou ficar com raiva do papai.

Na verdade, uma pergunta melhor seria: por que ela não está com raiva também?

Ela guarda o celular no bolso do avental. Está com a testa e o cabelo afro e curto um pouco sujos de farinha, fazendo parecer que ficou grisalha de uma hora para outra.

– Vai doar mais livros? – pergunta ela.

Faço que sim com a cabeça.

– Você gostava desses livros – diz.

Do jeito que ela fala, parece que estou tacando fogo nos livros, não doando-os para a biblioteca.

Encontro seus olhos. Parece que estamos prestes a ter uma conversa. Se ela está disposta a falar sobre minha doação de livros, talvez também esteja disposta a falar sobre alguma coisa real, tipo o papai, o divórcio e o jeito como as coisas têm sido desde então.

– Mãe... – começo a dizer.

Mas ela desvia o olhar, limpa as mãos no avental e me interrompe:

– Danica e eu vamos fazer brownies. Desce e vem ajudar a gente.

Isso de fazer doce é novidade. Ela começou no dia em que papai saiu da nossa antiga casa e desde então não parou mais. Quando não está de plantão no hospital, está assando alguma coisa.

– Vou encontrar o Martin, a Sophie e a Cassidy hoje à noite. A gente vai começar a planejar nossa viagem de carro.

– Você quase não fica mais em casa – comenta ela.

Nunca sei o que falar quando ela diz algo do tipo. Não é uma pergunta nem uma acusação, mas tem um pouco das duas coisas. Em vez de responder, fico encarando o avental dela. Na frente está escrito *Beije a cozinheira*, com o desenho de dois enormes lábios vermelhos franzidos num beijo.

É verdade que não tenho passado muito tempo em casa ultimamente. Pensar em passar as próximas horas fazendo brownies com ela e minha irmã, Danica, não me deixa exatamente desesperada, mas quase. Danica vai estar usando a roupa perfeita para a ocasião: um avental vintage com um chapéu de cozinheiro combinando encarapitado no meio de seus coques afro volumosos. Vai falar sobre seu namorado mais recente, com quem está (muito) animada. Mamãe vai contar histórias sanguinolentas do pronto-socorro e insistir para ouvir reggae, alguma coisa ultrapassada tipo Peter Tosh ou Jimmy Cliff. Ou então, se Danica conseguir escolher a música, elas vão ficar escutando trip hop enquanto minha irmã grava a cena toda para postar nas redes sociais. As duas vão fingir que está tudo muito bem com a nossa família.

Só que não está tudo bem.

Mamãe dá outro suspiro e esfrega a testa. A farinha se espalha.

– Você está com farinha... – digo, e estendo a mão para limpar.

Ela se esquiva.

– Deixa. Vai sujar de novo mesmo.

Mamãe nasceu na Jamaica e se mudou para cá com a vovó e o vovô aos 14 anos. O sotaque jamaicano só aparece quando ela está nervosa ou chateada. Neste exato momento, está leve, mas presente.

Ela se vira e vai embora.

Enquanto me visto, tento não pensar nessa nossa discussão que não chegou a acontecer, mas não adianta muito. Por que ela ficou tão chateada por eu estar doando meus últimos livros românticos? É como se estivesse decepcionada comigo por não ser a mesma pessoa de um ano atrás.

Mas é lógico que não sou mais a mesma pessoa. Como seria? Queria que o divórcio não me afetasse tanto e que eu me sentisse que nem ela e Danica. Queria poder fazer brownies com as duas, sem nada com que me preocupar. Queria voltar a ser a menina que achava que os pais não eram capazes de cometer nenhum erro, principalmente o pai. A menina que torcia para quando crescesse ter um amor igualzinho ao deles. Antes, eu acreditava em "felizes para sempre" porque meus pais eram assim.

Quero voltar no tempo e "desficar" sabendo de todas as coisas que sei agora.

Só que não é possível desficar sabendo das coisas.

Não posso desficar sabendo que meu pai traiu minha mãe.

Não posso desficar sabendo que ele trocou nós três por outra mulher.

Mamãe sente saudade da versão de mim que costumava amar esses livros.

Eu também sinto.

CAPÍTULO 2

Meus subgêneros favoritos de livros românticos (antigamente)

Contemporâneos

1. Inimigos que se apaixonam – Eis a eterna pergunta: será que eles vão se matar ou será que vão se beijar? Brincadeirinha. É lógico que vão se beijar.
2. Triângulo amoroso – Todo mundo ama odiar os triângulos amorosos, mas eles na verdade são superlegais. Eles existem para que a personagem principal possa escolher entre diferentes versões de si mesma: quem ela era e quem ainda está se tornando. Observação: se você algum dia tiver que escolher entre um vampiro e um lobisomem, fique com o vampiro. Ver nº 1 abaixo para os motivos pelos quais se deve (óbvio) escolher o vampiro.
3. Segunda chance – Hoje percebo que esse é o tema menos realista de todos. Se alguém magoa você uma vez, por que lhe dar a chance de fazer isso de novo?

Paranormais

1. Vampiros – Eles são sexy e vão amar você para sempre.
2. Anjos – Têm asas que vão usar para envolver você ou levá-la embora de onde está para onde quer que precise ir.
3. Metamorfos – Pumas e leopardos, em especial, mas basicamente qualquer coisa da família dos grandes felinos. Uma vez tentei ler sobre metamorfos dinossauros. Tiranossauros, pteranodontes, apatossauros etc. Foi tão pavoroso quanto se pode imaginar.

CAPÍTULO 3

Deixe um livro, leve um livro

NA MANHÃ SEGUINTE, quando desço, mamãe já saiu para seu plantão no hospital. Danica está em frente à mesa de jantar tirando fotos dos brownies que elas fizeram. Os doces empilhados formam uma pirâmide sobre uma das bonitas travessas de bolo novas que mamãe comprou. Em matéria de fotografia, Danica é da escola do enquadramento inclinado. Vai virando o celular e dá a volta na pirâmide de brownies, tirando uma sequência de fotos inclinadas.

Sirvo um pouco de cereal para mim e me sento à mesa ao seu lado. Faz seis meses que estamos morando neste apartamento, mas ele ainda me parece temporário, como se eu estivesse só de visita. Fico esperando a hora de voltar para minha vida de verdade.

Em comparação com nossa antiga casa, o apartamento é pequeno. Sinto falta de um quintal só nosso, já que agora dividimos um com outras doze unidades. Antes também tínhamos dois banheiros, e agora é só um. Porém, o que mais me faz falta são as lembranças que havia em cada cômodo da casa antiga.

Danica escolhe uma das fotos e me passa o celular para eu dar uma olhada na postagem.

– Não dá nem para notar que ficaram queimados – diz, orgulhosa.

Ela tem razão: os brownies parecem perfeitos. Vejo as outras postagens. Tem uma selfie dela com a mamãe, as duas sujas de farinha, segurando um grande bloco de chocolate e rindo, e a foto me dá vontade de ter ficado para ajudar. Leio as hashtags – #maeefilhanacozinha #cozinhamagicadasminaspretas, #browniesperfeitos – e então faço o aparelho deslizar pela mesa de volta para ela.

– Por que você não está no brunch? – pergunta minha irmã.

Nos domingos de manhã, costumo encontrar meus melhores amigos para um brunch na Surf City Waffle, disparada a melhor casa de waffles de Los Angeles. Mas hoje todos tinham outros compromissos.

– Todo mundo estava ocupado – respondo.

– Então você vai ficar em casa e pronto? – pergunta ela, de um jeito que me faz sentir que ela não quer que eu fique.

Largo a colher dentro da tigela de cereal e olho para Danica com atenção. Minha irmã em geral parece uma supermodelo da década de 1970, com seu afro imenso, a maquiagem colorida e purpurinada e as roupas vintage.

Hoje está ainda mais linda do que de costume. Se me perguntassem, eu diria que ela vai encontrar algum cara. Só que eu nem preciso perguntar, porque um segundo depois a campainha toca. Danica abre um enorme sorriso e corre até a porta soltando um gritinho.

No último ano, Danica namorou oito garotos, o que dá uma média de 0,667 namorado por mês ou 0,154 namorado por semana. Enfim, meu problema não é a quantidade nem a qualidade dos namorados dela (verdade seja dita, a qualidade poderia melhorar. Não sei por que Danica escolhe meninos tão menos interessantes e inteligentes do que ela), mas o simples fato de ela estar namorando alguém. Por que só eu aprendi a lição com o divórcio do papai e da mamãe?

Deixo a tigela em cima da mesa e tento passar de fininho pela sala para não precisar dizer "bom dia". Não rola.

– Fala, Evie – diz o garoto.

Ele pronuncia "fala" alongando bem as vogais.

– Oi – respondo, enquanto tento me lembrar do nome dele.

Ele está usando bermuda de skatista e regata, como se estivesse a caminho da praia ou tivesse acabado de voltar. É branco, alto, forte e tem cabelo louro comprido e despenteado. Se fosse uma peça de decoração, ele seria um tapete felpudo bem bonito.

Ficamos alguns segundos assim, constrangidos, antes de Danica quebrar o gelo:

– O Ben e eu estamos pensando em ir ao cinema. Você pode ir junto, se quiser.

Mas a expressão no rosto deles me diz duas coisas:

Número 1: Eles não estão pensando em ir ao cinema. Querem ficar em casa. Sozinhos. No nosso apartamento. Para poderem se pegar.

e

Número 2: Se eles fossem mesmo ao cinema, não iriam querer que eu fosse junto.

Por que ela perguntou isso, afinal? Está com pena de mim?

– Não posso – respondo. – Mas divirtam-se.

A única coisa que tenho para fazer hoje é ir à biblioteca me livrar dos meus romances, mas vou me sentir ridícula se disser isso a eles.

Eu subo e me visto. Quando estou saindo, digo tchau alongando bem a palavra.

Estou na bicicleta, já no meio do caminho para a biblioteca, quando lembro que hoje é domingo. A biblioteca não abre aos domingos.

Voltar agora, enquanto Danica e Ben estão "de bobeira" em casa, não é uma alternativa. Hoje é um daqueles dias lindos de primavera, em que a névoa da manhã demora a se dissipar e o ar tem um cheiro úmido e fresco. Decido ir ao parque do La Brea Tar Pits, mas fazendo um desvio por Hancock Park.

O bairro de Hancock Park fica a apenas dez minutos do nosso apartamento, mas é como se fosse outro mundo. As casas parecem castelos de tão grandes. Só faltam os fossos, as pontes levadiças, os dragões e as donzelas em perigo. Toda vez que passamos por ali de carro, mamãe diz que é um crime existirem casas assim numa cidade com tantos sem-teto. Ela atende muitos deles no pronto-socorro.

Pedalo devagar, percorrendo uma rua depois da outra e encarando boquiaberta os gramados vastos e perfeitos e os carros caríssimos.

Acabo indo parar numa rua margeada de ambos os lados por arbustos de jasmim e jacarandás altos. Os galhos cobrem a rua formando um toldo de pétalas lilás. Sinto que estou pedalando por um túnel num conto de fadas.

O sol some atrás de uma nuvem, e o ar esfria de repente. Paro na calçada e pego meu casaco na mochila. Quando estou prestes a recomeçar a pedalar, vejo uma daquelas caixinhas de madeira para recolher livros que existem em vários bairros. Essa está pintada de um azul bem vivo e parece uma casa em miniatura, com telhado triangular e portas brancas castigadas pelo tempo fechadas com um trinco. Uma plaquinha diz: *Pequena Biblioteca Gratuita.*

– Você nos trouxe um monte de livros, meu bem – diz uma mulher no momento exato em que estou apoiando minha bicicleta.

Dou um grito e me viro. Vejo uma senhora a menos de meio metro de mim.

– Puta que parola – digo, então dou um tapa na boca. – Desculpe o palavrão. Não tinha visto a senhora.

Ela dá uma risadinha e chega mais perto. Tem a pele de um marrom-claro, como papel envelhecido.

– Não tem problema o palavrão – diz. – Mas o que será que quer dizer "parola"?

Sorrio, mas olho para trás dela. De onde essa mulher surgiu?

– É da senhora esta caixa? – pergunto.

– Bom, fui eu que fiz, mas ela é de todo mundo, claro. Você conhece essas caixas? A ideia é fazer as pessoas lerem e de fato conversarem com os vizinhos em vez de só trocarem acenos educados. – Ela esfrega as mãos uma na outra. – Mas o que tem aí para nós hoje?

Coloco a mochila no chão e tiro de dentro uma braçada de livros.

Ela pega alguns e os aperta contra o peito.

– O pessoal gosta muito desses – comenta ao ler os títulos.

Ela é daquelas pessoas que vão formando as palavras com a boca enquanto leem. Dá a impressão de estar entoando um estranho feitiço. *Quase invisível*; *Cupcakes e beijos*; *O duque do destino*; *Match de amor*; *Coração de tigre*.

– São todos ótimos – digo. Minha voz sai como um sussurro rouco, então pigarreio. – A senhora deveria ler.

– Por que está doando? – pergunta ela.

Está mais perto de mim agora, ainda segurando os livros que pegou.

Puxo outros da mochila e penso em lhe contar a verdade. Que sinto como se os livros não me pertencessem mais. Que histórias de amor são como contos de fadas: tem uma hora em que a gente para de acreditar nelas.

Eu parei de acreditar no dia em que o papai saiu de casa.

Engraçado como um dia pode começar igual a qualquer outro e acabar tão diferente. Às vezes eu queria que existisse uma previsão meteorológica para a vida. *A previsão para amanhã é escola de manhã, mas com uma traição paterna dramática no fim da tarde, terminando com um desespero emocional extremo ao cair da noite. Detalhes após os intervalos comerciais.*

Eu tinha passado o dia inteiro na escola em choque, sem acreditar direito que o papai não estaria em casa na volta. Quando deu a hora do almoço, já tinha certeza de que conseguiria convencê-lo de que ele e mamãe estavam cometendo um erro. Após a aula, peguei um ônibus até Santa Monica, depois atravessei o campus de bicicleta até o prédio de Humanas, onde fica a sala dele. Subi os degraus da escada de dois em dois pensando no que iria dizer. Talvez o problema fosse ele não perceber o quanto a mamãe o amava. Ela nem sempre é a pessoa mais carinhosa do mundo. Ou quem sabe eles precisassem de mais tempo juntos só os dois, uma noite por semana para sair ou algo assim. Ou arrumar algum hobby para fazerem juntos e se "reconectarem", como os especialistas em relacionamentos sempre dizem.

Disparei pelo corredor até a sala dele pensando que o faria entender. Nós dois sempre nos entendíamos.

Não bati na porta. Deveria ter batido, mas não bati. Simplesmente abri e fui entrando, torcendo para ele estar lá. E estava. Beijando uma mulher que não era a mamãe.

Olhei para um, depois para o outro. Repeti para mim mesma que talvez aquela relação fosse nova, de que só tinha começado um ou dois dias antes. Mas foi uma bobagem pensar isso, lógico. Aquilo não era um primeiro beijo nem seria o último. Aquele beijo informava que a relação dos dois tinha toda uma história. Aquele era um dos muitos beijos que tinham destruído nossa família, partido o coração da minha mãe e também o meu.

Papai passou a mão pelo rosto.

– Evie, meu amor – disse ele. – Você não bateu.

Não soube direito se ele estava me repreendendo.

Quando ele e mamãe nos contaram que estavam se separando, disseram que tinham simplesmente se distanciado um do outro. Ainda se amavam e ainda amavam nós duas. Mas era mentira. O motivo pelo qual papai nos deixou estava bem ali, de vestido verde-claro, argolões nas orelhas e as mãos tapando a boca como se aquilo de algum modo pudesse me fazer desver o que tinha visto.

Eu me afastei deles e saí correndo, pelo corredor e escada abaixo, até chegar do lado de fora. Papai me chamou, mas o que poderia dizer? Não havia mais nada a ser dito.

Naquela noite, mamãe me falou que papai tinha ligado e lhe contado o que aconteceu. Que lamentava muito eu ter visto aquilo. Pediu para eu não contar para Danica. Disse que nunca mais queria tocar no assunto.

Obviamente, não conto nada disso à senhorinha. O que faço é enfiar meus últimos livros na pequena biblioteca. Quando olho para ela, sua expressão é de empatia, como se tivesse escutado todas as coisas que não falei.

Fecho a porta da caixa com o trinco.

– Bom, divirta-se lendo esses daí – digo.

Ela aponta para a biblioteca.

– Não vai levar nenhum, meu bem? A regra é deixar um e levar outro.

– Não tem nenhum para levar – respondo.

– Tem certeza? Acho que alguém deixou um mais cedo.

Torno a abrir a porta, e no canto esquerdo, lá no fundo, vejo o livro a que ela está se referindo.

Chama-se *Instruções para dançar*. É uma edição de bolso bem fina, com as páginas manchadas de água e cheias de orelhas. Abaixo do título há um desenho simples de dois pares de pegadas, um de frente para o outro.

Folheio as páginas e vou lendo os títulos dos capítulos: "Salsa", "Bachata", "Valsa", "Tango", "Merengue", "Swing", "Lindy Hop". Cada dança tem a própria sequência de diagramas numerados, com setas apontando de um par de passos para outro.

– Talvez eu devesse deixar este aqui para alguém que queira aprender a dançar – declaro, e começo a devolver o livro.

– Esse alguém pode ser você, meu bem. – A mulher chega mais perto. – Eu insisto.

Aquilo parece tão importante para ela que pego o livro e o ponho na mochila.

– Prazer em conhecer a senhora – digo, subindo na bicicleta.

– O prazer foi meu. Cuide-se.

No final do quarteirão, eu me viro para acenar.

Mas, quando olho para trás, ela não está mais lá.

Pedalo por dois quarteirões antes de me dar conta de que estou indo para o leste em vez do oeste, a direção de casa. Como fiquei tão desorientada? Encosto e olho o celular. Já passa das três. Estou andando sem rumo há duas horas. Minha barriga ronca, como se também tivesse acabado de perceber que já está tarde.

Volto para casa pelo caminho menos bonito, pedalando depressa sem deixar de tomar cuidado. Os motoristas de Los Angeles às vezes agem como se os ciclistas não existissem. Prendo a bicicleta e viro a esquina em direção ao meu apartamento. Danica e Ben estão em frente à porta, mas tão ocupados se encarando que nem sequer percebem que estou a poucos metros de distância.

Algumas coisas na vida a gente não precisa ver. Sua irmã mais nova se pegando com um garoto é uma delas. Estou a ponto de pigarrear para poupar nós duas desse trauma, mas, antes que eu consiga fazer isso, ela chega mais perto e o beija.

Minha vista escurece, como no instante logo antes de um filme começar.

E eu vejo.

CAPÍTULO 4

Danica e Ben

DANICA NO REFEITÓRIO da nossa escola. Sentada à sua mesa de sempre, cercada pelas amigas. No refeitório, a mesma movimentação de sempre. Alunos conversando, comendo, rindo. Alguns, os que vivem sozinhos, não conversam nem riem. Danica está usando uma roupa supercolorida, fúcsia, que um dia deve ter sido o vestido de formatura de alguém.

Da direita, uma bandeja desliza e bate na sua. Do outro lado da bandeja está Ben, sorrindo.

– Estava pensando em te chamar para sair – diz ele.

– Você não tem namorada? – pergunta Danica.

– Não mais – responde ele, e chega mais perto. – Se eu te chamasse, o que você diria?

Ela também chega mais perto.

– Vai ter que me chamar para saber.

– Quer sair comigo?

– Claro – responde ela. – Por que não?

Esse momento de agora, os dois se beijando em frente à nossa casa como se ninguém estivesse vendo.

* * *

Danica numa praia à noite cercada por fogueiras. Os amigos dela ao redor das fogueiras, todos se divertindo, esquentando as mãos e o rosto ou simplesmente vendo as centelhas subirem e se desfazerem no ar. Ela cambaleia pela areia para longe disso tudo. Tem um olhar inquieto, à procura. Passa pelo posto de salva-vidas 23, depois pelo 24. No posto número 27, encontra Ben, mas ele não está sozinho. Está beijando a ex-namorada, que, no fim das contas, não é tão ex assim.

Danica deitada na cama do seu quarto, sozinha. Ela navega pelas redes sociais, apagando fotos, posts e comentários. Muda seu status de relacionamento para "Solteira". Vai desfazendo as curtidas e parando de seguir pessoas até não restar mais qualquer indício, em lugar nenhum, de que ela e Ben um dia tenham ficado juntos.

CAPÍTULO 5

A fogueira

A VISÃO TERMINA E O MUNDO REAL torna a entrar em foco. Estou de volta ao lugar onde estava, em pé na calçada em frente ao apartamento.

Danica e Ben continuam em frente à porta, só que não estão mais se beijando. Os dois olham para mim, boquiabertos.

Ben parece confuso.

Danica parece indignada.

– Qual foi, Evie? – pergunta ela, e desce os degraus pisando firme. – Por que está encarando a gente feito uma esquisitona?

Minha irmã está logo ali na minha frente, real o suficiente para eu poder tocá-la. Não é uma alucinação. Mas não consigo apagar a imagem dela no refeitório e na fogueira da praia, e sozinha no quarto apagando seu histórico on-line com Ben.

– Ahn... o quê? – digo, sentindo-me levemente tonta.

Acho que cambaleio ou algo assim, porque Danica chega mais perto. Sua expressão muda de irritada para preocupada.

– Está tudo bem?

– Tudo, é só que... sei lá. Que coisa mais bizarra...

– É melhor a gente entrar – declara ela.

– Esqueci de almoçar – explico, enquanto ela me conduz para dentro do apartamento. – Aí vim pedalando super-rápido para casa.

Ela me ajuda a ir até o sofá.

– Talvez eu devesse ligar para a mamãe – sugere.

Isso me faz despertar do meu torpor.

– Não, não liga. Não quero que ela fique preocupada. Fiquei meio tonta um instante, só isso.

Danica se senta ao meu lado e segura minha mão.

– Deixa eu ver seus olhos – diz, de um jeito parecido com o da mamãe quando está no seu modo enfermeira.

Não consigo me lembrar da última vez em que estivemos tão próximas fisicamente. Olhar para o rosto dela é um pouco como olhar para o meu. Temos a mesma pele marrom-clara, as mesmas bochechas redondas e maçãs do rosto salientes, os mesmos lábios rosados e cheios. De algum jeito, porém, esses traços se unem de modo mais intenso no rosto de Danica. Ela parece uma supermodelo. Eu pareço a irmã bonitinha e menos atraente da supermodelo.

Ela vira meu rosto para um lado e para o outro. Não faço ideia do que pode estar procurando.

Nunca fomos melhores amigas, mas antes éramos mais próximas. Danica aperfeiçoou a maior parte dos seus dotes de maquiadora treinando no meu rosto. Eu costumava lhe apresentar livros românticos (ela gosta do gênero quase tanto quanto eu) e bandas. Na época em que eu estava namorando Dwayne, meu primeiro e único namorado, chegamos a sair em quatro algumas vezes.

Ela aperta minha mão e parece a ponto de dizer alguma coisa, mas Ben a interrompe:

– Aí, D, preciso ir nessa. Tenho aquele lance.

Aquele lance seria trair minha irmã com sua ex-namorada?, quero perguntar a ele. Uma coisa ridícula de se querer perguntar, porque ele não traiu minha irmã. Pelo menos não que eu saiba.

Puxo a mão e me levanto.

– Estou legal, sério.

Danica vai até Ben e os dois saem juntos pela porta.

Eu me recosto nas almofadas do sofá e esfrego as têmporas, ainda assustada. Teria sido uma alucinação? Será que a pessoa vê coisas depois de ter ficado tempo demais sem comer, ou por excesso de cansaço ou de emoção? Ou será que foi tipo um daqueles sonhos vívidos que a gente tem logo antes de acordar?

Sempre tive uma boa imaginação, mas dessa vez foi mais do que isso. Foi cinematográfico.

Minha barriga me lembra que estou com fome.

Danica entra na cozinha bem quando estou prestes a comer um dos brownies.

– Se estiver a fim, um pessoal vai à praia hoje à noite fazer uma fogueira – diz ela.

Quase deixo o brownie cair.

– Você vai à praia hoje à noite? – A imagem dela cambaleando pela areia atrás de Ben e depois o encontrando com outra passa pela minha mente como um relâmpago. – O Ben também vai?

– Óbvio. – Ela estreita os olhos para mim. – O que foi? Ah, deixa eu adivinhar: você não gosta dele.

– Eu não falei isso...

– Mas é isso que você quer dizer.

Não era isso que eu queria dizer, de forma alguma, mas não sei como explicar a situação para ela. Como contar que eu tive uma visão estranha e estou com medo de que ela fique com o coração partido hoje?

– Que se dane – diz Danica.

Então vira as costas para mim e sobe a escada.

Mais tarde, estou deitada no sofá com meu notebook consultando o catálogo de cursos da NYU (a Universidade de Nova York, onde vou começar a estudar no outono) quando Danica entra no apartamento. Está com o rímel borrado, como se tivesse chorado.

Fecho o computador e me sento.

– O que houve? – pergunto, embora tenha uma sensação horrorosa de que já sei.

– Nada – diz ela, e vai direto até a escada.

Sigo-a até seu quarto no andar de cima.

– Posso entrar?

– Acho que sim – responde ela.

Não é exatamente uma acolhida, mas pelo menos ela não me mandou embora.

Não entrei muitas vezes no seu quarto desde que nos mudamos para o apartamento. É parecido com o antigo, só que menor. As paredes estão quase inteiramente cobertas por capas de revistas vintage, fotos suas e dos amigos. Na nossa casa, as paredes eram roxas, mas como este apartamento de agora é alugado, precisamos deixar as paredes brancas. O resto do quarto é uma bagunça artística. Pedaços de tecido e cadernos com seus desenhos de peças de roupas estão espalhados por toda parte. A bancada está abarrotada de esboços, carretéis de linha e materiais de desenho. A máquina de costura está parcialmente coberta por tecidos. A única coisa que não está coberta por outras é a penteadeira. É um móvel daqueles em estilo antigo, com um grande espelho circular rodeado por lâmpadas esféricas transparentes.

– Pela sua cara, não parece que não houve nada – digo.

Ela se senta em frente à penteadeira e começa a tirar a base do rosto.

– Está tudo bem – afirma ela num tom espirituoso. Joga o lenço demaquilante no cesto de lixo e pega outro. – Ben e eu terminamos.

Pera aí.

– O que aconteceu? – pergunto.

Ela dá de ombros.

– Peguei ele aos beijos com a ex.

Isso está acontecendo de verdade.

– Onde? – pergunto, visualizando Ben à sombra do posto de salva-vidas número 27.

– Na praia. Atrás de um daqueles postos de salva-vidas – responde ela, revirando os olhos e fazendo uma expressão de nojo.

De repente, me sinto como hoje mais cedo. Tonta e exausta. Confusa.

Eu me sento na borda da cama dela.

– Não tem nada de mais, Evie, sério – diz ela.

– Como você pode falar um negócio desses?

– Porque é verdade. Tem muitos outros meninos por aí.

– Mas então por que se dar ao trabalho de sair com qualquer um deles?

Ela para de limpar o rosto e se vira para mim.

– Nem todo mundo é que nem você, Evie. Eu tenho sentimentos humanos.

– O que você quer dizer com isso?

Ela se volta de novo para o espelho.

– A única coisa que você consegue sentir é raiva do papai.

Ao longo do último ano, eu quis contar muitas vezes sobre o caso do nosso pai. Se ela soubesse, sentiria tanta raiva quanto eu. Mas a mamãe me pediu para não falar nada. De vez em quando, acho que contar seria a coisa mais gentil de se fazer. Não é sempre melhor saber a verdade, viver sem ilusões?

Eu me levanto e vou até a porta.

Nossos olhares se cruzam no espelho. Ela agora está sem maquiagem nenhuma. Apesar do que disse sobre terminar com Ben não ser nada de mais, sua expressão parece triste.

– Sinto muito mesmo pelo Ben – digo, e saio do quarto.

A verdade é que provavelmente estou mais abalada com o término do que a própria Danica. Não entendo o que está acontecendo comigo.

Uma coisa é ter uma alucinação e ver o futuro. Outra coisa bem diferente é essa visão virar realidade.

CAPÍTULO 6

Bruxa não

QUANDO EU ERA MAIS NOVA, com 8 ou 9 anos, achava que a mamãe fosse uma bruxa. De algum jeito, ela sempre sabia das coisas. Quando eu tinha acabado de comer meleca. Ou quando estava lendo debaixo das cobertas em vez de dormir.

Eu achava que, um dia, quem sabe quando eu completasse 10 anos, ela fosse me chamar para uma conversa.

– Evie – diria ela –, eu faço parte de uma longa linhagem de bruxas. Sua avó era bruxa, assim como a mãe dela e a avó dela. – Ela então colocaria a mão no meu rosto e completaria: – Você também é uma bruxa. Uma bruxa do bem.

Em seguida, falaria sobre meus poderes e a incrível responsabilidade que eles representavam.

Nós não tivemos a conversa sobre bruxaria quando completei 10 anos. Em vez disso, ela e papai contaram a triste história dos Estados Unidos e do racismo. Disseram para eu prestar atenção no mundo, mas também para viver minha vida. Para ser feliz e destemida.

A conversa sobre bruxas não aconteceu tampouco no meu 11º, 12º ou 13º aniversários. Quando meu 14º aniversário chegou, eu já nem pensava mais em bruxas ou magia.

Mas talvez devesse ter pensado, porque de que outra forma posso explicar para mim mesma o que aconteceu ontem com Danica e Ben? Talvez a mamãe tenha me passado poderes de bruxa, mas esquecido de me avisar.

– O que você tem hoje? – pergunta Martin do outro lado da mesa no refeitório.

Martin é um dos meus melhores amigos. Ele é branco e tem um cabelo louro e encaracolado que cresce mais depressa do que ele consegue cortar. Suas roupas preferidas são calças de veludo cotelê e suéteres de lã com ponto de trança. Seria algo normal se ele fosse um professor de inglês septuagenário que morasse no interior gelado da Inglaterra. É menos normal para um garoto de 18 anos que mora em Los Angeles, onde a temperatura média quase nunca pede tweed.

Somos amigos desde o segundo ano do fundamental. No primeiro dia de aula, estávamos juntos na biblioteca e queríamos ver o mesmo livro. A bibliotecária disse que tínhamos que dividir lendo em voz alta um para o outro. Depois desse livro veio um segundo, e assim por diante.

– Acho que eu estou ficando doida – respondo.

Ele apoia o queixo na mão e me olha do seu jeito de sempre, lento e cuidadoso.

– Conta.

– É sobre a Danica. Ela e o Ben terminaram.

Ele se empertiga. Martin é a fim da Danica desde o quarto ano, quando desenvolveu por ela um amor à primeira vista digno de um bebê ganso.

– Quando? – pergunta ele.

– Ontem à noite.

Ele cerra o punho e troca um pequeno soquinho da vitória consigo mesmo.

– O que aconteceu?

– Ele traiu ela com a ex.

– Putz, que babaca – comenta Martin.

Espero ele se recompor. Isso demora alguns segundos.

– E você está ficando doida porque eles terminaram? – pergunta ele.

– Não. Quero dizer, sim.

– Não estou entendendo.

– Eu *sabia* que eles iam terminar.

– Lógico. Tinha que acontecer. A gente nasceu para ficar junto – diz Martin, sorrindo.

– Tá, mas vamos deixar o destino de lado um segundo. Estou querendo dizer que eu sabia *quando* eles iam terminar. E *onde*. E *por quê*. – Inspiro longamente. – Sabia isso tudo *antes* de eles terminarem.

Ele pisca para mim devagar, o que faz toda vez que está tentando compreender algo.

– Está me dizendo que agora consegue prever o futuro?

– Óbvio que não. – Tomo um gole de leite achocolatado. – O que estou dizendo é que acho que *talvez* eu agora consiga prever o futuro.

Ele pisca devagar de novo.

– É nessa parte que você diz "era uma vez" e só para de falar quando termina a história – diz ele.

Conto a Martin exatamente o que aconteceu ontem. Que eu tinha acabado de chegar em casa depois de doar meus livros para a senhorinha na Pequena Biblioteca Gratuita, e que Ben e Danica estavam se beijando em frente ao apartamento, sem prestar atenção em mais nada. Ele faz uma careta ao ouvir esse detalhe, mas não há nada que eu possa fazer quanto à propensão que Danica tem de beijar pessoas que não são o Martin.

Conto a ele como a visão foi igual a assistir a um filme. Na primeira cena, Ben chamava Danica para sair. Na segunda, os dois se beijavam na minha frente na porta de casa. Na terceira, estavam na praia, e a quarta era apenas Danica sozinha no quarto.

Paro de falar para avaliar a reação dele até ali.

Ele não está me olhando como se achasse que eu finalmente enlouqueci, então continuo:

– Mas o mais doido de tudo é que ela me disse que eles realmente terminaram porque ela o pegou beijando a ex na praia.

– Ela estava muito chateada? – pergunta Martin, baixinho.

– Ela estava bem – respondo com um suspiro. – Mas preciso que você se concentre. Sinto que você talvez não esteja entendendo a coisa superimportante que estou tentando dizer.

– Foi mal, foi mal. Quer dizer que você viu a história inteira do namoro, do início ao fim? Passado, presente e futuro?

– Não entendo por que você ainda não me falou que eu estou ficando maluca. – Eu me inclino para a frente e sussurro: – Talvez eu esteja ficando maluca.

– Não estou descartando essa possibilidade, mas gosto de manter a mente aberta.

Na verdade, essa é uma das coisas de que mais gosto em Martin. Ainda me lembro da primeira vez em que precisei dizer a ele para prestar atenção no seu privilégio (branco). Ele não ficou na defensiva. Apenas escutou e aprendeu.

Se eu tivesse falado sobre a visão com Cassidy (minha outra melhor amiga), ela teria tentado me internar numa instituição psiquiátrica caríssima. Sophie (uma terceira melhor amiga) teria me explicado todas as razões científicas pelas quais o que estou dizendo não é possível. Mas para Martin nenhuma ideia é estapafúrdia demais para ser levada em conta.

– Aconteceu com mais alguém?

– Não.

– Quer dizer que você não está vendo meu passado e meu futuro amorosos neste exato momento? – pergunta ele, remexendo as sobrancelhas.

– Impossível, já que você não tem nem uma coisa nem outra – respondo, sorrindo para ele.

Ele abre um sorriso e me mostra o dedo do meio.

– Que tal a gente fazer um experimento? – sugere ele depois de algum tempo. – Vai ver só funciona com casais.

– Como assim? Vou ficar encarando as pessoas?

– De que outro jeito a gente vai entender o que está acontecendo?

– Então tá – digo.

Corro os olhos pelo refeitório. Shelley e Sheldon estão sentados a duas mesas de nós. Eles são um casal lendário. No início foi por causa dos nomes, tão parecidos que chegava a ser ridículo. Mas agora é por causa do tempo de relação. Eles namoram há três anos, desde que Shelley estava no primeiro ano do ensino médio e Sheldon, no último ano do ensino fundamental. Todos os anos, são eleitos o Casal Mais Provável de Se Casar.

Passo uns bons trinta segundos olhando para eles antes de me voltar para Martin.

– Nada – digo.

Ele aponta para Dwight e Joel, sentados perto das janelas.

– E aqueles ali?

Fico encarando o casal antes de me virar de novo para Martin.

– Nada – repito.

Tento mais algumas vezes com outros casais, mas nada acontece. Baixo os olhos para meu purê de batatas e cavo pequenos rios com o garfo para o molho escorrer.

– Estou mesmo ficando doida – declaro, sem erguer os olhos.

– Minha mãe diria que tem muita coisa acontecendo na sua vida. Seus pais se divorciaram, você descobriu que seu pai tinha outra, se mudou da casa em que cresceu, e estamos no segundo semestre do último ano da escola. Minha mãe diria que é estresse demais.

A mãe de Martin é psiquiatra. Ela com certeza diria tudo isso antes de começar um discurso sobre como sessões de terapia semanais deveriam ser obrigatórias para todo mundo, ainda mais para alunos de ensino fundamental II e ensino médio.

– E sua mãe continua sem querer tocar no assunto? – pergunta ele.

– Ela acha que não tem nada para falar. Danica, a mesma coisa. Eu sou a única que ainda está presa nisso.

Não esperava que fosse chorar, mas de repente sinto meus olhos arderem com as lágrimas.

Martin me passa um guardanapo antes mesmo de eu conseguir procurar um. Enxugo os olhos depressa, antes que alguém repare.

Meu olhar se desvia outra vez para Shelley e Sheldon. Eles agora estão sentados um ao lado do outro, ainda se olhando com expressões encantadas. Shelley encosta o ombro no de Sheldon. Ele passa um dos braços em volta dela, e os dois se beijam.

E eu vejo.

CAPÍTULO 7

Shelley e Sheldon

UMA MANHÃ DE SOL na aula de história do professor Armstrong. Ele está andando entre as carteiras para ver se pega alguém colando. Assim que lhe dá as costas, Sheldon passa um papelzinho para Shelley. Ela o abre e ri. O papel diz:

Quer sair comigo?

- ❑ SIM!
- ❑ SIM!!
- ❑ SIM!!!
- ❑ Todas as opções acima!

Ela pega a caneta e faz um X em todos os quadradinhos, inclusive no último.

De noite, numa roda-gigante no píer de Santa Monica. Lá no alto, Shelley encara Sheldon, mas olha para o outro lado quando ele se vira para ela. Sheldon encara Shelley, mas olha para o outro lado quando ela se vira para ele. Passam um tempo fazendo isso. O assento da roda-gigante é grande o suficiente para seus corpos não se tocarem, mas dá para ver que eles querem se tocar.

Por fim, Shelley esfrega os braços e finge um calafrio.

Sheldon desliza mais para perto e passa o braço em volta dos ombros dela. O funcionário da roda-gigante vê os dois se pegando e só os expulsa depois de eles darem seis ou sete voltas.

Este momento de agora: Shelley e Sheldon dando um beijo rápido no refeitório da escola.

Shelley lendo sua carta de admissão na faculdade no notebook. Sheldon também está lendo por cima do seu ombro. Os dois estão felizes por ela. Mas tristes também.

Sheldon ajudando Shelley a fazer as malas para a faculdade. Ele encontra numa gaveta da escrivaninha dela o bilhete que escreveu perguntando "Quer sair comigo?". Põe o bilhete dentro da mala para ela encontrar depois.

Sheldon lendo um e-mail de Shelley. No assunto está escrito "Desculpa".

Sheldon sentado sozinho na roda-gigante do píer de Santa Monica, lá no alto, sem ninguém ao seu lado que precise ser aquecido.

CAPÍTULO 8

Zoltar

A VISÃO SE INTERROMPE e volto para o refeitório. Martin está me encarando com os olhos arregalados e uma expressão urgente.

– Acabou de acontecer de novo, né? – pergunta ele.

Aquiesço, paro e então torno a aquiescer.

– Eles vão terminar.

Ele olha para o casal, depois volta a olhar para mim.

– É ruim, hein? Esses dois aí são para sempre.

– Não – digo. – Não são, não.

Conto a ele exatamente o que vi: o bilhete quando Sheldon chamou Shelley para sair; a primeira vez em que eles ficaram, na roda-gigante; ela recebendo a carta de admissão da faculdade; ele a ajudando a fazer as malas para se mudar; ele lendo o e-mail; e, por fim, ele sozinho na roda-gigante.

– Acho que é o beijo – sussurro. – A única diferença entre a primeira vez que olhei para eles e a segunda é que eles estavam se beijando.

Meu amigo meneia a cabeça como se já tivesse entendido essa parte.

– Tá, tá bom – diz ele. – A gente precisa tentar entender com o que está lidando.

Que bom que ele consegue pensar racionalmente, porque eu não consigo. Tudo que sei é que o que está acontecendo comigo não é possível. Só que é, porque está acontecendo comigo.

– A gente precisa saber se o que você está vendo é real.

– Isso a gente já sabe – digo. – Danica e Ben, lembra?

– Mas ela é sua irmã e você o conhece um pouco, né? Você não conhece nem um pouco a Shelley e o Sheldon.

– E o que você quer que eu faça? Vá lá e pergunte para Shelley se ela vai partir o coração do Sheldon depois que se mudar para a faculdade no ano que vem?

Ele estala os dedos.

– Tive uma ideia – diz, e se levanta da cadeira. – Todos os casais adoram contar a história de como começaram.

Ele vai até os dois e se senta.

Após alguns segundos, o semblante de Shelley se ilumina, e então o de Sheldon também.

Cinco minutos depois, Martin está de volta.

– Tudo que você falou sobre a primeira vez que eles saíram juntos estava certo – declara, ao mesmo tempo maravilhado e incrédulo. – Me conta de novo *exatamente* o que aconteceu ontem. Não deixa nada de fora.

Eu conto de novo.

Ele faz várias perguntas sobre a senhorinha e a Pequena Biblioteca Gratuita:

> – Você não a viu de cara, e aí de repente ela estava lá?
>
> e
>
> – Você encontrou um livro sobre... *dança de salão*?
>
> e
>
> – Quando você olhou para trás ela tinha simplesmente sumido?

Encadeadas assim, as perguntas sugeriam que deveria ter percebido que alguma coisa estava errada. Mas por que eu pensaria algo do tipo?

Martin fica refletindo, com o olhar perdido no refeitório. Depois de algum tempo, ele ri e balança a cabeça.

– Acho que você foi zoltarizada – diz.

– Do que você está falando?

– Já viu aquele filme com o Tom Hanks, *Quero ser grande*? – pergunta ele.

– Esse filme não tem mais de duas décadas?

– É um clássico – afirma Martin.

Ele não tem a menor vergonha de seus gostos antiquados. Além de filmes velhos, adora músicas velhas, livros velhos e roupas que seria melhor deixar para os homens velhos usarem. Hoje, por exemplo, está com um blazer de tweed de dez mil anos de idade, com reforços nos cotovelos.

– Só escuta – diz ele. – *Quero ser grande* é sobre um menino de 12 anos. Ele está num parque de diversões e quer andar num dos brinquedos para crianças mais velhas para tentar impressionar uma menina. Só que ele não tem altura suficiente e não o deixam entrar. Ele fica chateado e vai embora. E encontra uma daquelas máquinas que preveem o futuro.

– Deixa eu adivinhar: o nome do vidente é Zoltar?

– Olha ela, toda esperta – zomba Martin. – Bom, aí o menino põe uma moeda na máquina e faz um pedido: quer ser grande. O Zoltar faz a mágica dele lá, e a máquina cospe um papel que diz que o desejo vai ser atendido. Na hora em que está indo embora, o menino repara que a máquina não estava ligada na tomada, então como era possível ter cuspido um papel?

– E aí acontece o quê? – pergunto.

– Na manhã seguinte, quando acorda, o menino virou adulto.

Ficamos os dois calados por um minuto. Eu continuo a mexer no meu purê e conecto os afluentes leste e oeste de molho. Depois de algum tempo, toca o sinal de aviso de que o intervalo está quase no fim. Andamos até a porta do refeitório.

– Martin – digo. – Mágica não existe.

– Eu sei.

– Sabe mesmo?

– Sei.

– Para mim parece que não sabe.

Dou uma última olhada para trás na direção de Shelley e Sheldon. Em vez de um casal feliz, tudo que consigo ver é Sheldon lá no alto, sozinho na roda-gigante de Santa Monica.

– Você ainda está com o livro de dança de salão? – pergunta Martin.

Então me dou conta de que não cheguei a tirar o livro da mochila. Pego-o e o folheio. A ideia é eu aprender sozinha a dançar?

Martin pega o livro da minha mão e também o folheia. Então se vira para mim.

– Acho que entendi – diz ele. – Mas você precisa manter a mente aberta.

– Minha mente não tem como estar mais aberta – respondo.

Ele segura o livro para eu poder ler. Na última página, tem um carimbo escrito *Em caso de extravio, favor devolver para*. E, logo abaixo, o endereço de um lugar chamado La Brea Danças.

– É isso – declara ele, com uma voz muito animada e muito segura. – É isso que você tem que fazer agora.

CAPÍTULO 9

Contágio fatal

SEGUNDO O SITE, o La Brea Danças é um pequeno estúdio especializado em aulas de dança de salão individuais e em grupo. "Para casamentos! Para festas! Ou simplesmente pelo amor à dança!" Os donos são um casal negro mais velho, Archibald e Maggie Johnson. No site tem uma foto pequena em preto e branco dos dois, se encarando e sorrindo.

Na verdade, já passei por lá centenas de vezes e não reparei que existia. Ele fica a só dez minutos de onde moro, no caminho que pego todo dia de manhã para ir à escola.

Desço da bicicleta e procuro um bicicletário onde prendê-la, mas (naturalmente) não há nenhum. Vou ter que entrar com ela. Pelo visto, o estúdio em si fica no alto de uma escada comprida, íngreme e estreita. Pego a bicicleta e começo a subir.

As paredes da escada estão quase todas cobertas de imagens relacionadas a dança, dos dois lados. É como se eu estivesse subindo aos céus da dança de salão. Há o cartaz de um filme chamado *Ritmo louco*, com Fred Astaire e Ginger Rogers. E o cartaz de *Vamos todos dançar*, com duas crianças ampliadas dançando contra o horizonte de Nova York. Há troféus e medalhas de dança e discos emoldurados. Perto do alto da escada, vejo um cartaz em tamanho real de um homem e uma mulher de idade indeterminada unidos num abraço apertado. A mulher está de vestido vermelho e sapatos de salto também vermelhos. O homem, usando um smoking ofuscante de tão branco. Acho que a expressão atormentada no rosto dos dois era para ser de paixão, só que está mais para uma agonia física. Imagino que a dor seja provocada pelo fogo (photoshopado) em cima do qual eles estão dançando. Acima deles está escrito *Venha sentir o calor*. Embaixo, bem em cima das chamas: *Tango argentino*.

Quando enfim chego ao alto da escada, encosto a bicicleta na parede e alongo meus braços doloridos. Logo à frente há uma salinha com um balcão de recepção, mas não tem ninguém ali. Em cima do balcão vejo filipetas anunciando várias danças: salsa, bachata, valsa etc. Pego uma de cada e fico folheando enquanto espero alguém aparecer. De vez em quando, uma porta se abre no final do corredor e um ritmo de salsa flutua na minha direção. Espero dez minutos antes de resolver tocar a minúscula campainha no balcão.

Uma mulher surge no corredor e vem marchando na minha direção; ela é branca e baixinha, com uma franja preta curta. Está usando um vestido assimétrico incrivelmente vermelho, todo franjado na barra (esses detalhes também incrivelmente vermelhos), e calçando saltos finos exatamente no mesmo tom brilhante. A franja do vestido ondula a cada passo. Ela é um fogo de artifício em forma humana.

Uma vez dentro da salinha, ela pega a campainha em cima do balcão e joga dentro de uma gaveta. Satisfeita, olha pelo vidro na minha direção e então abre um sorriso improvável considerando toda a cena até ali.

– Pelo visto você está interessada na valsa.

Só que ela fala com um sotaque bem carregado. Lembra algo do Leste Europeu.

– O quê? Não – digo, e largo as filipetas no balcão.

Abro a mochila e pego o *Instruções para dançar*.

– Só vim trazer isto aqui. Está escrito para devolver neste endereço.

Ela pega o livro da minha mão e o folheia por exatos dois segundos antes de largá-lo no balcão.

– Venha. Sábado de manhã é um dia perfeito para você aparecer. A melhor aula de valsa da história está prestes a começar.

Ela sai andando pelo corredor.

– Pera aí – digo. – Não posso deixar minha bicicleta aqui.

Ela abre uma porta na qual está escrito *Sala 5* e me diz que a bicicleta pode ficar ali.

Depois de guardá-la, nós duas seguimos pelo corredor até outra sala. Ela segura a porta para mim. Quando hesito, bate com um dos pés no chão.

– Você quer aprender ou não quer?

Na minha cabeça, ouço Martin me implorando para manter a mente aberta. Lembro a mim mesma que estou ali para descobrir o que está acontecendo comigo e que aquela é a minha única pista.

– Eu quero aprender, sim – digo, e entro na sala.

O espaço é bem amplo, com piso de tábuas corridas, barras para se alongar e paredes inteiramente cobertas de espelhos. Perto das janelas nos fundos, há umas vinte pessoas dispostas em pares.

– São alunos – diz a mulher. – A maioria vai casar em breve e precisa aprender a valsar para a primeira dança.

Quase todos os casais têm entre 25 e 35 anos. Vejo algumas alianças de noivado. Alguns parecem animados, outros nervosos. Torço para não ver nenhum deles se beijando.

A mulher se vira para mim.

– Mas onde está o amigo especial? Não dá para fazer dança de salão sozinha.

– Eu não tenho um amigo especial – respondo.

– Por que não?

Ela está mesmo me perguntando sobre a minha vida amorosa? Felizmente, o casal negro mais velho que vi no site ontem entra na sala. A mulher que parece um fogo de artifício volta sua atenção para eles e sou poupada de explicar por que não tenho um amigo especial.

– Bem-vindos ao La Brea Danças – diz a mulher mais velha, Maggie.

Acho que, em toda minha vida, nunca vi alguém tão parecido com uma rainha. Ela parece ter acabado de assumir o trono de uma pequena porém poderosa ilha caribenha. Tem dreads grossos e grisalhos presos no alto da cabeça, com alguns soltos emoldurando o rosto animado. Seu vestido azul-claro e de gola alta é feito de renda, paetês, tule e (tenho certeza) asas delicadas e transparentes de fadas de verdade.

O marido, Archibald, é alto, magro, careca e tem um bigode grisalho. Está usando um smoking branco, suspensórios brancos e uma gravata-borboleta que combina perfeitamente com o vestido de Maggie. É tão distinto que na mesma hora tenho certeza de que a palavra *distinto* foi inventada para ele.

Ele bate palma uma vez.

– Hoje vocês vão aprender tanto a valsa inglesa tradicional, lenta e chata, quanto a valsa vienense, que é mais rápida e bem mais interessante.

– Não precisam ficar nervosos – diz Maggie. – Ninguém nunca morreu de valsar.

– Embora tenha havido um tempo em que pessoas foram perseguidas por valsarem – emenda Archibald.

Ele começa a nos dar uma breve aula de história. Explica que a valsa é a mais antiga de todas as danças de salão, que começou como uma dança de camponeses na Viena do século XVI e que seu nome vem do alemão *walzen*, que significa "girar ou deslizar".

Ele então põe as mãos nos bolsos e se balança sobre os calcanhares, para a frente e para trás. Pelo brilho em seus olhos, dá para perceber que a parte seguinte é a sua preferida.

– Assim que a valsa foi introduzida na alta sociedade, todo mundo a odiou. Os líderes religiosos a consideraram vulgar e pecaminosa – conta ele, e aponta para o vestido de Maggie. – Como as mulheres usavam vestidos de gala, precisavam puxar a barra para não tropeçar. Alguém sabe dizer por que isso era um problema?

Ninguém sabe, então ele responde à própria pergunta:

– Os tornozelos, era esse o problema. Tornozelos são super, supersexy.

Maggie segura uma das pontas da barra do vestido e mexe o pé. Todo mundo ri.

Archibald diz que, quando a valsa chegou à Inglaterra, um dos jornais ingleses a considerou tão "obscena" que publicou um artigo alertando os pais a não exporem as filhas a "um contágio tão fatal".

Ele sorri.

– Engraçado, não, como o tempo muda tudo? – pergunta.

Maggie vai até o toca-discos e põe a agulha sobre o vinil. Archibald diminui a iluminação. "Fallin", da Alicia Keys, começa a tocar, e os dois dão início à dança.

Já vi programas de dança de salão na TV, mas eles nem se comparam ao romantismo e à dramaticidade de assistir àquilo ao vivo. Eles contam uma história não com seus corpos, mas como se dançassem uma emoção. Quando chegam à valsa vienense, é como se saltitassem no ar. Passam dançando por mim, e o vestido longo de Maggie forma um pequeno tufão junto a meus pés.

Fico encantada. Todos ficam. Contagiados pela magia, alguns casais se aproximam. Quando a música termina, Archibald gira Maggie uma última vez e a faz se curvar para trás. A sala suspira e se cala por alguns segundos, então irrompe em aplausos.

Também aplaudo, porém mais do que tudo fico observando os dois. Não acho que eles repararam nos aplausos. Acho que não repararam em nada a não ser neles mesmos. Continuam na mesma pose, ela inclinada para trás, a mão dele a sustentando nas costas, o braço dela no seu ombro. Estão ofegantes e se encaram de um jeito tão amoroso que fico até sem graça de olhar. Mais alguns segundos se passam antes de eles se curvarem num agradecimento. Aplaudimos todos com tanto entusiasmo que parece que alguém acabou de fazer uma cesta de três pontos e ganhar a partida, não de dançar uma valsa.

A mulher-fogo-de-artifício me conduz para fora da sala assim que a aula em si começa.

Quando estamos de volta no corredor, ela se vira para mim.

– Eles são demais, não são?

– Nunca vi nada igual – respondo, e não estou me referindo apenas à dança.

De volta à salinha da recepção, ela se senta em frente ao computador.

– Nome? – pergunta, agitando os dedos acima do teclado.

Falo meu nome, mas logo completo que ainda não estou pronta para me matricular.

– Se não for agora, quando vai ser? – pergunta ela. – Você pode fazer mesmo sem amigo especial.

– Eu só preciso de um tempinho para pensar – digo, recuando.

Ela suspira e encara a tela, decepcionada.

– Bom, foi um prazer conhecer você mesmo assim.

Ela sai da salinha e torna a seguir pelo corredor.

Caminho em direção à sala na qual deixei minha bicicleta e escuto nitidamente o som da minha campainha vindo lá de dentro. Diminuo o passo. A luz não está acesa, ou seja, alguém que não sou eu está andando na minha bicicleta em uma sala de dança escura.

A porta está entreaberta. Chego mais perto.

– Desculpa, Jess. Não, não chora. Por favor, não chora – pede uma voz masculina.

Caraca. Tenho quase certeza de que alguém está terminando um namoro. Aguardo, imaginando que vou ouvir uma resposta chorosa, mas então me dou conta de que o cara deve estar falando com alguém ao telefone.

– Eu não queria term... É, não, tem razão, eu sou um babaca... Desculpa, Jess... Não, eu não sabia que você tinha comprad... Pera aí, você comprou um vestido quando? Ontem?

Essa conversa me faz lembrar as visões. Por que estou sendo obrigada a conhecer os segredos dos outros?

Preferiria fazer várias outras coisas a ter que acender a luz e interromper essa enxurrada de emoções. Só que também preciso da minha bicicleta para poder voltar para casa e esquecer essa visita decepcionante.

– Mas, Jess, a gente terminou deve fazer uns dez meses – diz a voz. – Eu nem estudo mais lá. Por que você foi comprar um vestido para a festa de formatura? Tá, tá bom... É, a gente se fala mais tarde. Tá, não chora. Tá bom. Desculpa.

A campainha da minha bicicleta volta a tocar, e a luz da sala acende. Interpreto isso como um sinal de que a conversa acabou e empurro a porta. Assim como a outra sala, aquela dali tem as paredes inteiramente cobertas de espelhos, então em vez de ver só um cara andando lentamente pelo espaço na minha bicicleta, vejo vários.

A primeira coisa em que reparo é no rosto dele: pele negra, maçãs do rosto salientes e olhos escuros. A segunda coisa em que reparo é que ele é muito alto. Na verdade, excepcionalmente alto. Fica ridículo em cima da minha bicicleta pequena. A terceira coisa é o cabelo: dreads compridos e finos, com as pontas azuis, presos no alto da cabeça. Então vai ver ele nem é tão alto quanto achei, já que só o cabelo tem quase dez centímetros. A quarta coisa em que reparo é nas mãos, que são gigantescas, e debaixo delas meu guidom fica parecendo minúsculo. A quinta coisa em que reparo é que estou reparando em coisas demais nele. Então paro.

– Ahn... – digo.

Ele passa uma das pernas absurdamente compridas por cima do quadro e desce, virando a bicicleta na minha direção.

– Deve ser sua – diz.

Entro na sala.

– Você mudou a altura do meu selim?

– Mudei, foi mal – admite ele. – Tenho a perna comprida.

Ele levanta uma das pernas e a balança. Para mostrar o quanto é alto.

Reparo um pouco mais nele.

Está usando um jeans rasgado, tênis de lona preta e uma camiseta azul-petróleo estampada com o contorno de um unicórnio. Na frente está escrito, em letras cursivas, *Não é o único*. Não dá para ser mais hipster que isso. Dreads pintados de azul, jeans rasgado, tênis vintage e camiseta engraçadinha. Três dessas coisas já teriam bastado. Quatro é demais. Ele é hipster em excesso.

– Legal sua bike, aliás – diz ele quando seguro o guidom. – Nunca vi uma dessas. Qual é o estilo dela?

– Beach cruiser – respondo.

Eu me pergunto como ele nunca viu uma igual. Essas bicicletas existem aos montes em todas as praias do sul da Califórnia. Mas é verdade que a minha é bem legal. Tem enfeites franjados no guidom, uma cestinha de vime bem espaçosa, para-lamas e quadro feminino, para eu poder andar de saia sem a calcinha aparecer para todo mundo. Papai me deu de aniversário antes de tudo vir abaixo.

Abaixo o descanso para ajustar o selim e passar da altura do garoto hipster altão para a altura da garota não hipster nada alta.

– Eu ia abaixar de novo assim que tivesse acabado de...

– Partir o coração da Jess – digo, concluindo sua frase com aquilo que ele provavelmente não ia dizer.

Ele olha para o outro lado, envergonhado, então envolve a nuca inteira com uma das mãos imensas. Na parte de trás do bíceps tem uma tatuagem. Um X, ou um sinal de mais. Agora são cinco pontos na escala hipster.

– Aliás, meu nome é X – acrescenta ele.

Ergo os olhos.

– Xis? Tipo x, i, s?

– A primeira letra de Xavier. Todo mundo me chama de X.

– Então isso é um X tatuado no seu braço? O normal não é tatuar o nome de outra pessoa?

Ele levanta o braço, olha para o próprio bíceps e franze a testa.

– Não é por minha causa. É que eu toco numa banda. X Machine.

– Ah, tá. Então o nome da banda é por sua causa?

Não sei por que estou sendo tão dura com ele. Talvez por causa da tal menina chamada Jess.

Ele franze um pouco mais a testa e fica com um ar meio perdido.

– É só um nome legal – responde.

Termino de ajeitar o selim e levanto o descanso da bicicleta.

– Bom, prazer em te conhec...

– Qual é o seu nome? – pergunta ele.

– Yvette – respondo.

Não sei por que não falei Evie.

– Obrigado por ter me deixado pegar sua bike emprestada, Yvette – diz ele, abrindo um sorriso tão espetacular que fico (temporariamente) boba.

Tecnicamente, não é um sorriso perfeito. Ele tem um espacinho entre os dois dentes da frente, e o lado direito do rosto se enruga um pouco demais.

Mesmo assim, não tenho dúvidas de que esse sorriso deve fazer maravilhas. Um sorriso que consegue nota 10 em trabalhos que merecem 9, ingressos para shows esgotados e telefones de chefes de Estado. Quando chegar o momento, esse sorriso vai ser sua porta de entrada para o céu, embora ele obviamente devesse estar indo na outra direção.

É um sorriso que funciona bem para ele. Sei disso porque está funcionando comigo.

Forço meus neurônios a despertarem de sua inércia e lembro a mim mesma que ele não faz meu tipo.

Sobretudo porque eu não tenho um tipo. Não mais.

E mesmo na época em que eu tinha um tipo, nunca foi ninguém tão... óbvio. Um gato hipster e alto que toca numa banda? Não existe definição melhor de roubada, né? Ele literalmente acabou de partir o coração de outra garota. Não importa se parecia genuinamente chateado ao fazer isso.

– Beleza – digo. – Vou nessa.

Ele arqueia uma das sobrancelhas, e eu quase rio. Por um segundo, sinto como se eu fosse uma personagem de um dos meus livros românticos antigos. Arquear uma sobrancelha só é uma Característica Clássica de Protagonista de Romance.

Pego minha bicicleta, me viro para a saída e digo a mim mesma que não estou numa história de amor.

CAPÍTULO 10

Características Clássicas de Protagonistas de Romances: lista incompleta

- A já citada capacidade singular de arquear uma única sobrancelha.
- Propensão a dar sorrisinhos irônicos. Ou a sorrir de lado, como quem está zombando de si mesmo.
- Incapacidade de escolher roupas do tamanho adequado. As camisetas muitas vezes são justas demais e delineiam displicentemente peitorais (musculosos) e bíceps tonificados.
- Olhos fora do comum. Em geral de uma cor salpicada com outra. Por exemplo: “Os olhos dele são de um verde salpicado de dourado.”

CAPÍTULO 11

A fórmula para um coração partido

APARENTEMENTE, AS PESSOAS se beijam o tempo todo.

O. Tempo. Todo.

Volta a acontecer mais tarde no mesmo dia. Estou no corredor de ingredientes para bolo do mercado pegando as favas de baunilha que mamãe quer (as de verdade, importadas do Taiti). Lá tem um sujeito intrigado com a diferença entre fermento em pó e bicarbonato de sódio. Uma mulher, a namorada dele, diz que acha fofo ele não saber tanta coisa. Ela se aproxima e lhe tasca um beijo. A história inteira do relacionamento dos dois se desenrola na minha frente, igualzinho ao que aconteceu com Danica e Ben e com Shelley e Sheldon.

Eles se conheceram num aplicativo de relacionamento, e o primeiro encontro foi num café. A primeira vez que ele disse "eu te amo" foi por mensagem, com emojis de corações vermelhos. Ela ligou para ele na hora e disse que também o amava. Eles saíram juntos para comprar alianças. Ele a pediu em casamento no mesmo café do primeiro encontro.

Em algum momento, em breve, ele vai receber uma proposta de emprego em algum lugar da América do Sul. Vai dizer a ela que quer terminar o noivado, aceitar o emprego e partir rumo à aventura. Ela vai lhe dizer que o casamento é uma aventura. E ele vai falar que isso até pode ser verdade, mas que não é uma aventura que ele quer encarar, não ainda e não com ela.

O resto da semana transcorre da mesma forma. Tenho pelo menos uma visão por dia. Fico pasma ao ver de quantas maneiras diferentes as pessoas se conectam.

Tem a menina que vai assistir ao mesmo filme três vezes em sequência para poder continuar flertando com o funcionário do cinema entre uma sessão e outra.

E o menino que finge não saber as regras do futebol americano para fazer outro menino lhe explicar.

Acabo entendendo algumas regras das visões. Elas só acontecem na primeira vez em que vejo um casal se beijar. Sei disso porque acidentalmente presenciei outro beijo de Shelley e Sheldon e nada aconteceu. Acho também que talvez o casal precise estar apaixonado. Já vi dois beijos de primeiros encontros, e não tive visão alguma em nenhum dos dois. O número de cenas de cada visão também varia dependendo do casal. Acho que só estou vendo os momentos mais importantes de cada história de amor. Não sei o que ou quem decide que momentos são os mais importantes.

Passo muito tempo pesquisando na internet. Uma das coisas boas e também horríveis em relação à internet é que sempre é possível encontrar uma comunidade de pessoas interessadas nas mesmas coisas que você. Isso é bom porque alguns interesses são bem maravilhosos, como livros românticos. E é horrível porque alguns interesses são péssimos. E aí vou me poupar de dar exemplos. Por mais tempo que eu passe procurando, não encontro nenhum grupo de apoio para pessoas que de repente se tornam capazes de ver o futuro romântico alheio.

Mais uma semana passa, e as visões se acumulam e tomam conta de mim. Não sei bem como me sentir. Basicamente, sinto todas as emoções possíveis. Choque por essa coisa impossível acontecer comigo. Culpa por invadir a privacidade alheia. Fascínio por ver a vida privada dos outros. Tristeza por ver cada relacionamento acabar.

E é isso que todas as relações têm em comum.

Elas acabam.

Sabe a menina que foi ver o filme três vezes? Ficou sem saco para o namorado depois de poucas semanas e começou a frequentar outro cinema.

O menino que fingiu não entender as regras do futebol? A família homofóbica dele o fez se mudar para impedi-lo de ficar com o garoto que ele amava.

O que aprendi ao longo das três últimas semanas é que todas aquelas histórias de amor que eu lia terminavam cedo demais. Faltavam capítulos no final. Se tivessem contado a história de verdade, a história inteira, todos os casais teriam acabado se separando, por negligência, tédio, traição, distância ou morte.

É só dar um tempo e todas as histórias de amor se transformam em histórias de sofrimento.

Coração partido = amor + tempo.

CAPÍTULO 12

Aprendizados

– ESTOU PENSANDO EM COLOCAR silicone no peito – diz Cassidy, do nada. – O que vocês acham?

É o primeiro domingo do recesso de primavera, e Cassidy, Martin, Sophie e eu estamos onde sempre nos encontramos nos domingos de manhã: na Surf City Waffle. Dizem que, quando foram dar um nome à lanchonete, o filho de 6 anos da dona fez o desenho de um waffle gigante surfando num mar de calda de mirtilo. O fato de não estarmos em "Surf City" (oficialmente, a cidade do surf é Huntington Beach ou Santa Cruz, depende de para quem você perguntar), de a praia ficar a dezesseis quilômetros da lanchonete e de waffles não surfarem não tem a menor importância. Os waffles são uma delícia.

– Mas por quê? – pergunto a ela, embora saiba que não tem a menor intenção de colocar silicone.

Cassidy é dada a obsessões repentinas e passageiras. Como quando ia tatuar uma valquíria imensa nas costas ou quando quis virar trapezista profissional.

Ela dá de ombros, como se não fosse nada de mais.

– Acho que o meu peito podia ser maior. – Ela recolhe o queixo para trás e olha para os próprios seios. – Acha que todo mundo vai perceber?

– Não faz isso – diz Sophie. – Seu peito está ótimo do jeito que está.

Tenho quase certeza de que ela fica corada ao dizer isso.

– Eu com certeza perceberia – declara Martin, como se fosse um especialista em peitos.

– Ah, fala sério – replica Cassidy, e ri. – Você não saberia o que é um peito nem se ele batesse na sua cara.

Martin fecha o semblante, mas não de um jeito sério. A menos que esteja guardando segredo de todas nós, ele nunca viu nem tocou num par de peitos em todos os seus dezoito anos de vida.

– Um dia o meu navio vai sair para o mar – diz ele.

– Seu navio vai ter forma de peito? – pergunto.

– Acho que peito não navega – comenta Sophie.

– Bom, com certeza peito boia – diz Cassidy, sacudindo os seios de um jeito que só Cassidy seria capaz.

Sophie ri da brincadeira de Cassidy e tapa a boca com as duas mãos, como sempre faz quando acha que está rindo alto demais.

Cassidy a espera parar de rir e então imediatamente repete a mesma sacudida dos peitos.

Sophie ri mais alto ainda dessa vez. Por fim, afasta as mãos do rosto.

– Para de me fazer rir – pede, sem ar.

– Não é culpa minha você me achar tão engraçada – diz Cassidy.

– Mas você *é* engraçada – argumenta Sophie.

Ela diz isso num tom quase tímido.

Olho para uma, depois para a outra. Se não conhecesse as duas, poderia pensar que elas estão flertando.

Martin, Sophie, Cassidy e eu não ficamos amigos de um jeito épico nem nada assim. Acho que, de fora, parecemos um grupo até meio improvável, para alguém que julgue amizades apenas pelo viés da raça. Cassidy é branca e seus pais são produtores de cinema incrivelmente ricos e negligentes. Sophie é de linhagem mista: a mãe é negra e francesa, e o pai é americano de origem coreana; ambos são cientistas. E sobre Martin eu já falei. O pai dele morreu quando ele era bebê.

Nós quatro ficamos amigos no sexto ano, quando um erro nos nossos horários nos pôs no mesmo tempo de estudo dirigido sem mais ninguém. Começamos estudando cada um num canto da sala, mas acabamos nos encontrando no meio, onde ficamos matando o tempo contando piadas e fofocando. Somos amigos desde então.

– Vamos falar sobre o trajeto – diz Martin.

Ele está tentando nos fazer voltar ao assunto em pauta: o planejamento da nossa épica viagem de carro pelo país depois da formatura. Ele empurra nossos pratos para o lado e abre um mapa plastificado dos Estados Unidos.

– Você é mesmo da Idade da Pedra – comento, zoando o mapa de papel que ele trouxe.

Ele ignora minha provocação.

– Acho que a gente deveria dar preferência ao norte – declara.

Eu assinto. Martin não suporta temperaturas acima dos 27 graus. Sophie diz alguma coisa sobre querer ver não sei qual biosfera no Arizona. E Cassidy quer ver uns negócios cafonas, aquelas bolonas gigantes de barbante em beiras de estrada, essas coisas. Martin só se importa com as casas de escritores famosos mortos, como Emily Dickinson e Edgar Allan Poe. Eu também tenho uma lista de lugares que quero conhecer: o Parque Nacional de Bryce Canyon, que nas fotos parece ser outro planeta, e um ou dois lugares para observar o céu à noite em Utah e Ohio. Muito céu aberto, estrelas e liberdade.

Enquanto eles planejam, fico olhando pela janela. Normalmente, eu estaria prestando atenção. Quero fazer essa viagem desde o primeiro ano do ensino médio. É difícil acreditar que agora faltam apenas uns poucos meses.

Só que eu não estou prestando atenção. Tudo em que consigo pensar é nas visões e em como minha ida ao La Brea Danças na semana passada não teve nenhum resultado.

– Você não está escutando nadinha, né? – diz Martin, me cutucando com o ombro.

Ergo os olhos e abro um leve sorriso.

– Foi mal – digo.

– O que houve? – pergunta Sophie.

Antes que eu consiga responder, Cassidy interrompe.

– Desde quando sua irmã joga tênis? – pergunta ela, olhando para a porta.

– Desde nunca – respondo, e me viro para olhar.

Mas ali está: Danica, em um uniforme completo de tenista. Bandana branca na cabeça, camiseta branca, saia branca plissada, tênis branco. Seria uma visão ridícula se ela não estivesse tão maravilhosa. Seu novo namorado, cujo nome não consigo lembrar nem por um decreto – faz alguma coisa ativa, que tem a ver com esportes ou caça –, está vestido exatamente do mesmo jeito, só que de short em vez de saia.

Martin afunda quase até debaixo da mesa. Espeta com o garfo o que sobrou do meu waffle e o passa para o próprio prato.

– Quem é o cara? – pergunta.

– Archer – responde Sophie.

Ela sempre sabe o nome de todo mundo.

De repente, me sinto frustrada com Martin. Quando ele vai desencanar da Danica? O amor não vale esse esforço todo.

– Será que dá para a gente voltar a falar sobre a viagem? – pergunto, mais alto do que pretendia.

Sophie e Cassidy se entreolham.

Martin afunda ainda mais para baixo da mesa.

– O que está rolando, Eves? – pergunta Sophie.

– Foi mal – digo. – Eu não queria ter...

– Conta pra gente o que está acontecendo – pede Cassidy.

Nem sei por onde começar. Eu com certeza não quero ter que explicar as visões para Sophie e Cassidy. Primeiro teria que provar que as visões são reais e depois explicar por que não contei para elas desde o início.

– Sério, está tudo bem – digo, e abro um grande sorriso. – Foi mal estar assim de mau humor.

Baixo os olhos para o mapa e dou a ele (e a nossos planos de viagem) minha total atenção.

Depois de mais ou menos uma hora, Sophie e Cassidy vão embora. Cassidy precisa ir com os pais a "um evento beneficente chatão em Beverly Hills" e Sophie vai ser jurada numa feira de ciências do segundo ano do fundamental no California Science Center.

– Foi mal ter sido ríspida com você – digo a Martin depois de elas saírem.

Conto a ele que não adiantou nada ter ido ao La Brea Danças.

– Não sei mais o que fazer. Como faço para parar de ter essas visões?

Ele joga calda de morango e de mirtilo em cima do waffle antes de responder.

– Lembra aquele filme de que falei, *Quero ser grande?* Ele só consegue virar criança outra vez depois de aprender sua lição – diz. – Todos esses filmes são assim. É para você aprender alguma coisa.

– Tá, mas esses filmes são *ficção*. Isto aqui é a minha vida *real*.

– Eu sei.

Ele passa um tempo calado, mas então emenda:

– Acho que você deveria voltar ao estúdio de dança.

– Mas por quê?

– Tem um motivo para o endereço de lá estar naquele livro. Tenta outra vez. Deixa acontecer. Você não tem nada a perder.

Emito um som entre o suspiro e o gemido. Ele tem razão, lógico. Eu preciso voltar. Na verdade, não tenho nenhuma outra alternativa.

– Vai ver você precisa aprender a dançar – diz ele quando já estamos do lado de fora, na calçada.

Solto minha bicicleta.

– Não faz sentido nenhum – digo.

– Eu sei, mas tenho certeza de que estou certo em relação a isso – afirma ele.

E então, porque ele é um verdadeiro idoso, começa a cantar "Dancing Queen", do Abba:

– *You are the dancing queen, young and sweet, only seventeen.*

Ele canta mais três estrofes, rindo, antes de eu enfim, enfim lhe pedir para calar a boca.

CAPÍTULO 13

Dançando e deixando acontecer

– AH, É VOCÊ, A MENINA SEM PAR – diz a mulher-fogo-de-artifício no dia seguinte, quando chego ao La Brea Danças. – Bom te ver.

– Oi. Bom ver você também – respondo. – Meu nome é Evie – acrescento, embora já tenha lhe dito da última vez que estive aqui.

Torço para ela começar a usar meu nome de verdade e parar de se referir a mim para sempre como "a menina sem par".

Ela assente, e o minúsculo sorriso que surge no canto de sua boca me faz pensar que tem plena consciência de que está sendo engraçadinha.

– Não pensei que fosse rever você – diz ela.

Não confesso que também não pensava que fosse revê-la.

– Estava querendo me inscrever para uma aula experimental.

– Maravilha. Qual delas? – pergunta a mulher, baixando os olhos para o computador. – Vou olhar a grade.

– Qual é a mais fácil que tem? Eu nunca dancei antes.

Ela ergue os olhos e me espia pelo vidro do balcão.

– Ah, você está nervosa, dá para ouvir na sua voz.

– Um pouco, pode ser – reconheço.

– Não, não, não precisa se preocupar. Nem todo mundo sabe dançar bem, mas todo mundo sabe dançar. – Ela se levanta e chega mais perto do balcão. – Está com tempo agora?

Começo a dizer que não e que só passei ali para me inscrever, não para começar direto, mas me contenho. Martin me disse ontem que eu precisava deixar acontecer.

– Estou sim, claro – respondo.

Ela anota meus dados no computador, então pega a campainha na gaveta da escrivaninha e põe em cima do balcão.

– Eu te odeio – diz para o objeto.

Eu rio, e ela também, saindo da salinha e acenando para que eu a siga.

– Para sua sorte, minha aula de Introdução à Bachata vai começar agora. Não se preocupe. É uma dança fácil, e essa aula é para iniciantes.

Ela sai andando pelo corredor. Sua roupa de hoje é um vestido assimétrico roxo-escuro que bate no meio das coxas e sapatos dourados com saltos de no mínimo oito centímetros. Não sei como ela consegue andar com eles, quanto mais dançar.

Quando chegamos à sala, fico decepcionada ao ver apenas umas poucas pessoas. Estava torcendo para conseguir me esconder nos fundos.

Ela bate palmas para chamar a atenção de todos.

– Oi, pessoal. Meu nome é Fifi e eu sou a instrutora.

Ela faz uma pausa com os braços erguidos, esperando respondermos à sua apresentação.

– Oi, Fifi – dizemos, como se estivéssemos numa espécie de reunião do alcoólicos anônimos da dança.

– Hoje eu vou apresentar vocês à bachata. No começo vocês não vão dançar bem. Alguns vão dançar de um jeito desengonçado que nem bebês-polvos recém-nascidos, mas no final já vão estar melhores. Vocês vão ver, eu sou uma instrutora incrível.

Ela nos faz formar uma fila única de frente para os espelhos.

– Agora vou ensinar o básico. Primeiro vou mostrar os passos de quem conduz, depois os de quem acompanha.

Ela leva a mão esquerda à barriga, ergue a direita no ar e começa a estalar os dedos para marcar o compasso.

– É simples – diz, e remexe o quadril enquanto dá dois passinhos para a direita. – Um, dois, três, tchá. – No "tchá", ela movimenta com força o quadril para a esquerda, depois repete tudo só mudando de lado. – Um, dois, três, tchá.

Seus movimentos são precisos, mas ainda assim fluidos e sensuais. Ela repete o passo mais duas vezes antes de nos dizer para tentarmos. Como não há música, os únicos sons são a voz dela e nossos pés se mexendo e batendo no piso de madeira. O modo como todos nos movemos e respiramos juntos tem algo de relaxante, até um pouco reconfortante.

Depois de algum tempo, ela passa do movimento básico lateral para o movimento básico para a frente, que é o mesmo passo, só que para a frente e para trás. Conforme prometido, os passos não são complicados, e ela não demora muito a se convencer de que sabemos o que estamos fazendo.

– Tá, agora vocês conhecem os passos básicos, mas a dança está mesmo é no quadril. Observem.

Dessa vez, quando ela faz o passo básico lateral, seu quadril executa um movimento em forma de oito que muda por completo o clima da dança. Tudo fica mais sensual, mais dramático.

– Algumas pessoas chamam isso de movimento cubano. Faz parte de danças como o merengue e a salsa. Eu chamo de quadril infinito.

Ela demonstra mais algumas vezes antes de nos dizer de novo para tentar.

Acontece que o quadril infinito é bem difícil. Não demora muito para estarmos todos rindo e fazendo graça com nossos quadris finitos. Vejo pouquíssimos movimentos em forma de oito, e mais círculos deformados ou retas tremidas.

Ela dá um suspiro exagerado e nos manda parar.

– Não se preocupem. No começo é sempre assim.

Ela manda os pares se juntarem, então acena para mim.

– Agora vou demonstrar como segurar o par.

Ela me ajeita na "posição aberta" e torna a conduzir todos nós pelos passos básicos.

A aula é divertidíssima, e eu mal sinto o tempo passar. Esqueço completamente as visões. Em vez disso, concentro-me em escutar e mover o corpo no ritmo da música. Fifi é engraçada, firme, e sabe nos incentivar. Sabe exatamente como desconstruir os passos de um jeito que faz sentido para cada pessoa.

Na última dança, ela escolhe uma música mais acelerada, diminui a iluminação e nos diz para fingirmos que estamos numa balada. Então me pega para ser seu par, e dançamos todos juntos. É hilário e caótico, mas, assim como ela disse que aconteceria, nós progredimos muito desde o começo da aula.

A música termina. Todo mundo está ofegante, mas sorrindo, visivelmente feliz e energizado.

Fifi torna a acender as luzes.

– Tudo bem, nos vemos semana que vem. Não deixem de ensaiar para não esquecer. Não quero ensinar de novo o passo básico.

Fico para trás enquanto os alunos vão saindo, embora não saiba o que estou esperando. Um sinal do que fazer a seguir, eu acho.

– Estou vendo que você gostou muito, né? – pergunta ela para mim quando ficamos só as duas.

– Você é ótima instrutora – respondo, ainda ofegante.

– É, eu sei – diz ela com um sorriso. – Você é boa aluna, muito natural. Ainda precisa trabalhar o quadril, mas tem boa memória para os passos e um ritmo excelente.

Abro mais ainda o sorriso. Fico espantada com o tanto que o elogio dela me deixa feliz. Acabei me divertindo bem mais do que imaginava. Acho que a dança de salão talvez seja uma daquelas coisas em que aprender o básico é fácil, mas é muito mais difícil entender todas as sutilezas do movimento.

Ela me olha de cima a baixo, pensando em alguma coisa.

– Tenho uma proposta para você – diz. – Tem um concurso que acontece todo ano. Chama-se LA Danceball.

Segundo Fifi, o LA Danceball é um dos maiores concursos de dança de salão para dançarinos amadores e profissionais no sul da Califórnia. Há várias categorias, divididas por idade e por nível, e ela propõe que eu participe representando o estúdio na categoria amadora sub-21.

– Você está brincando, né? – pergunto. – Essa foi minha primeira aula de dança de salão na vida.

Ela ignora meu protesto com um gesto da mão.

– É a categoria amadora. E, como eu disse, você tem potencial.

Balanço a cabeça.

– Por que você quer que eu participe?

– Se você vencer, o estúdio ganha publicidade gratuita, e quem sabe até mais alguns alunos.

Uma expressão preocupada cruza seu semblante. Fico com a impressão de que o estúdio não apenas quer mais alunos, mas *precisa* deles.

– Eu não sei – digo.

– Vamos, vamos. Você veio até aqui por um motivo, não?

Ela tem razão, claro. Eu *realmente* vim até aqui por um motivo. Será que é isso que preciso fazer? Entrar num concurso de dança de salão? Martin volta a surgir na minha cabeça, insistindo para que eu deixe acontecer.

– Mas, Fifi, nem par eu tenho – argumento.

– Não se preocupe – diz ela. – Eu tenho a pessoa perfeita.

CAPÍTULO 14

Dança número um

A PESSOA PERFEITA não está lá quando apareço no estúdio no dia seguinte depois da aula, mas os donos, Archibald e Maggie, sim.

– Você deve ser a Evie – diz Maggie assim que eu entro.

– Sim, sou eu – respondo, dando um pequeno aceno.

Tinha me esquecido de como os dois eram bonitos. Ele está de smoking cinza, e ela usa um vestido fúcsia longo e cintilante e maquiagem forte. Ao contrário da última vez, não está com o cabelo preso. Ele cai por seus ombros como uma cascata.

– Fifi não forçou você a se inscrever, forçou, meu bem? – pergunta Archibald.

– Eu não forço ninguém – protesta Fifi.

– Ela fez você se sentir culpada? – pergunta Maggie.

– Nem me forçou nem fez eu me sentir culpada – respondo.

Talvez minha desconfiança da véspera esteja certa. O estúdio precisa mesmo de dinheiro, no fim das contas.

– Só achei que seria divertido – completo.

E é verdade, eu acho que pode ser divertido. Mas não foi por isso que aceitei.

– Bom, meu bem, que maravilha, então – diz Maggie. – Quero que você saiba que não tem pressão nenhuma para você ganhar.

– Tem um tiquinho de nada de pressão – intervém Fifi.

Ela mais uma vez diz isso com um forte sotaque.

– Fiona Karapova, você não se atreva a...

Mas, antes de Maggie começar a repreender Fifi, a porta da sala atrás de mim se abre.

– Ah, seu par chegou – diz Fifi.

Eu me viro. É o garoto que conheci no estúdio na primeira vez em que estive lá. Xavier. X.

– É você – digo.

– Sou eu – concorda ele.

– Mas por quê? – pergunto.

– Tipo de um ponto de vista existencial, você quer dizer?

Ele dá um sorrisinho irônico e arqueia uma das sobrancelhas para mim, exibindo não apenas uma, mas duas Características Clássicas de Protagonista de Romance.

Maggie interrompe nosso impasse implícito.

– Vocês se conhecem?

– Não – respondo.

– Sim – responde ele. – Yvette, né?

– Ele roubou minha bicicleta – explico, pisoteando a infinitesimal e completamente involuntária centelha de felicidade que sinto pelo fato de ele ter lembrado meu nome.

– Peguei emprestada – corrige ele.

– Para poder terminar com a namorada – explico mais um pouco.

– A gente já tinha terminado – corrige ele mais um pouco.

– Ela comprou um vestido de formatura – eu lembro a ele.

Pelo canto do olho, vejo Archibald e Maggie nos observando com a boca entreaberta.

Sei o que isso está parecendo. Parece que estamos nos provocando, como se as faíscas estivessem voando entre nós dois feito aquelas comédias românticas antigas e bem-humoradas. Mas eu juro que não tem faísca nenhuma. Nada aqui está pegando fogo.

Archibald dá uma risadinha.

– Bom, Evie, este é nosso neto, Xavier.

– É só X, vô – diz o garoto.

Ele dá um abraço em Maggie.

– Venha – diz Fifi para X. – Fique ao lado da garota para eu poder ver vocês dois juntos.

Quando diz "garota", ela está se referindo a mim.

X para do meu lado com suas pernas compridas.

– Vamos ter que tomar alguma providência em relação às roupas – diz Fifi enquanto nos examina de alto a baixo. – Mas eles combinam bem na altura – comenta com Archibald e Maggie. – E os dois são muito bonitos. Principalmente o X.

Ela agita as sobrancelhas como uma espécie de personagem enlouquecido de desenho animado.

– Fiona, seja boazinha e pare de despir meu neto com os olhos – diz Maggie.

– Prefere que eu faça isso com as mãos? – pergunta Fifi.

Archibald dá uma boa gargalhada.

X ri e disfarça tossindo na mão.

Sejamos justos: Maggie meio que pediu por essa.

Quando paramos de rir, Archibald e Maggie explicam como funciona o concurso. Nós vamos competir pelo prêmio de melhor dupla amadora. A categoria é composta por cinco danças: bachata, salsa, west coast swing, hustle e tango argentino. O Estúdio de Dança Westside, nosso maior concorrente, vence todos os anos.

– Mas não neste – diz Maggie, com um meneio de cabeça decidido.

Archibald e Maggie não param de se tocar durante toda a explicação. Um pequeno aperto de mão aqui, uma leve carícia no rosto ali. Praticamente dá para ver seus olhos borbulhando de amor quando eles se olham.

Ao terminar, eles nos desejam boa sorte e saem da sala enlaçados pela cintura, rindo de alguma coisa.

Fifi espera a porta se fechar, então se vira para X.

– Seus avós estão casados há 43 anos, não é?

– Mais ou menos isso – responde ele.

– Você mora com eles. Me diz uma coisa: em casa eles também são assim tão apaixonados?

X faz que sim com a cabeça e ri.

– Também nunca vi nada igual. Eles se amam mesmo. Meu pai diz que foram assim a vida inteira. Eles ganharam na loteria quando se encontraram.

Procuro lembrar a mim mesma de evitar a todo custo ver os dois se beijarem. Não quero saber como a história deles vai terminar.

– Agora vamos trabalhar – diz Fifi. – Mas, primeiro, uma palavrinha sobre roupas. – Ela aponta para X. – Que coisa horrível é essa que você está usando?

Ela o encara como se ele fosse uma bolha que ela quisesse lancetar.

X baixa os olhos para o próprio corpo.

– O que tem minha roupa?

Ele está usando um short e outra camiseta irônica (estampada com as palavras *Camiseta irônica*).

– Vocês americanos e as calças curtas. Não entendo isso.

Ele me lança um olhar rápido pedindo para eu salvá-lo. Respondo com um olhar que diz *salve-se você mesmo*.

– Qual o problema com short? – pergunta, uma indagação bastante razoável.

– Na minha terra, short é só para criança. Não para dança de salão. Não venha mais vestido assim.

Ela então volta a atenção para mim e me fulmina com os olhos. Estou de calça jeans e uma camiseta largona da Disney.

– Não sei que roupa de sem-teto é essa, mas não vai acontecer de novo – diz.

Ela nos posiciona de frente para os espelhos de parede.

– Hoje vamos começar com a bachata.

X lhe dedica sua total atenção.

– Vamos dançar sem música? – pergunta ele.

– Com essas roupas vocês não merecem música – responde ela.

Sinto X sorrir para mim no espelho, mas o ignoro e em vez disso admiro o traje do dia de Fifi. A saia assimétrica de hoje é de um branco perolado e parece feita de cetim, seda ou manteiga. Os sapatos de salto fino são vermelhos, com o batom combinando.

Fifi meneia a cabeça para X.

– Vou começar com você – diz. – Depois vou cuidar da sua parceira, e depois vocês dois vão dançar juntos. Primeiro observe. – Ela estala os dedos. – Um, dois, três, quatro.

Ela faz o passo lateral que me mostrou no primeiro dia, mas sem acrescentar o movimento do quadril.

Como X está ocupado prestando atenção em Fifi, enfim posso me permitir dar uma boa olhada nele. Pouca coisa mudou desde a última vez em que o vi. Ele continua ridiculamente gato, mas hoje que está de short vejo que também tem as panturrilhas bonitas. São grossas e musculosas, com bem pouco pelo. Quem diria que eu gostava de panturrilhas?

– Agora tente você – indica Fifi, interrompendo meus devaneios sobre panturrilhas.

X está com os dreads presos no alto na cabeça outra vez e esfrega a nuca. Dá um passo, só que com a perna direita.

– Não – corrige Fifi. – Comece com a esquerda. É você quem está conduzindo.

– Merda. Foi mal – diz ele, e recomeça.

Enquanto ele treina, Fifi começa a lhe fazer perguntas sobre a sua vida, e o garoto fala da banda (X Machine) e conta de onde ele veio (um lugar chamado Lake Elizabeth, no norte do estado de Nova York). Eu fico escutando, mas sem deixar transparecer, o que demanda uma série de alongamentos casuais.

Ele pratica o passo mais algumas vezes antes de Fifi enfim fazer um sinal de aprovação com a cabeça.

– Vai bastar por enquanto – declara ela, e vira-se novamente de frente para o espelho. – Agora vou mostrar o quadril.

Ela olha para mim.

– Sua parceira aí não é muito boa nessa parte.

Ela repete o passo lateral, só que dessa vez com o quadril infinito.

Assim que X começa a imitá-la, baixo os olhos para o piso de madeira. Não sou obrigada a ver o quadril infinito dele.

– Bom, bom – comenta Fifi depois de algum tempo. – Agora você – indica ela, apontando para mim.

Eu tento enquanto ela observa. Ela fala duas vezes que meu quadril "parece uma mola enferrujada".

X disfarça uma risada com uma tossida depois de cada comentário ofensivo. Lanço olhares raivosos na direção dele.

– Agora vocês tentam juntos – diz Fifi por fim.

Sinto um frio na barriga (muito, muito de leve) ao pensar em ficar tão perto dele.

– Vamos dançar em posição aberta – explica Fifi, posicionando-nos frente a frente. – Se chegarmos ao tango argentino, passaremos para a posição fechada.

Ela enfatiza o "se" com um ceticismo carregado.

– Agora fiquem de frente um para o outro e deem as mãos na altura da cintura – instrui ela.

X segura minhas mãos.

Puxo as minhas de volta na mesma hora. As dele parecem dois blocos gigantes de gelo.

– Caramba – digo. – Você é um cadáver? Por que está com a mão tão gelada?

– Merda, foi mal! – diz ele. – Eu sinto frio quando fico nervoso.

Ele sopra as mãos e depois as esfrega uma na outra como se estivesse tentando acender uma fogueira. Estende as duas de novo, e eu as seguro. Estão tão frias quanto antes.

– Tá, agora relaxe os ombros. Eles não devem ficar perto das orelhas – diz Fifi, empurrando a clavícula de X para baixo. – Você tem um pescoço bonito e forte. Deixe as pessoas verem.

Quem serão essas pessoas tão a fim de ver o pescoço dele, eu me pergunto?

Ela se vira para mim, e eu me ajeito sob o seu olhar. Minha postura está perfeita, mas eu mantenho o corpo tão longe do dele que estou praticamente em outra sala.

– O que foi? – pergunta ela. – Ele está com mau hálito?

Ela se vira para X.

– Abra a boca e respire – diz ela.

– Não mesmo – replica ele sem tirar os olhos de mim. – Meu hálito está normal.

Não consigo decidir se afirmar que não está com mau hálito consiste em uma demonstração de respeito básico por si mesmo ou de suprema arrogância.

Fifi cutuca minhas costelas até eu chegar mais perto dele. Então nos ajeita um pouco mais enquanto explica para X que ele precisa conduzir com segurança.

Agora que estamos perto um do outro, ele parece mais alto ainda. E tudo bem. Pelo menos não preciso encará-lo diretamente nos olhos. Em vez disso, fico encarando sua clavícula. É uma boa palavra. *Clavícula.*

Fifi empina meu queixo.

– Olhe para ele – diz. – É uma dança sensual, e a sensualidade está nos olhos.

Dou um gemido, mas só internamente.

– Vão – ordena ela, batendo com o pé no chão.

X começa a dançar, mas com o pé errado. Vamos um para cada lado.

– Pé esquerdo! – exclama Fifi.

– Merda, foi mal – diz X.

Ele abre um sorriso de desculpas. Um sorriso contrito.

Começamos outra vez, com Fifi fazendo a marcação. A bachata é uma dança de passos curtos, mas os de X são grandes demais.

Fifi o corrige, mas ele então exagera e começa a dar passos pequenos demais.

X pisa no meu pé esquerdo quatro vezes seguidas. Depois de cada pisada, diz "merda, foi mal". Concluo que essa é a sua expressão preferida. Provavelmente vou ter que usar botas com ponteiras de aço na nossa próxima aula.

Fifi nos ensina o passo básico para a frente, depois os giros.

– Para o giro, a condução é muito importante – explica ela para X. – É preciso guiar um pouco a dama. Avise o que deseja que ela faça.

Na primeira vez em que tentamos, eu acabo no sovaco dele.

– Talvez seja melhor guiar um pouco menos – diz Fifi, rindo. – Ela não é um caminhão de cimento.

Acabo parando de novo no sovaco dele.

Passamos os vinte minutos seguintes ensaiando sem o giro, até ficarmos os dois moles de cansaço.

– Tá bom, por hoje chega – diz Fifi.

Assim que ela fala isso, solto as mãos de X e me afasto alguns metros. Ele franze a testa para mim, mas se vira para Fifi.

– Acha que a gente consegue ganhar esse negócio?

Ela solta um muxoxo.

– Como é mesmo aquele ditado sobre o carro e os bois? – pergunta a ele.

– Não coloque o carro na frente dos bois – responde X.

– Isso – diz ela, aquiescendo. – Nesse caso, nem precisa se preocupar com o carro, porque pode ser que os bois tenham morrido.

X cruza olhares comigo e dá uma risada tão franca e tão profunda que é impossível não rir também.

– Qual é a graça? – pergunta Fifi. – O único jeito de ganhar é ensaiar, ensaiar, ensaiar. Vejo vocês amanhã. Vamos trabalhar outras danças. Não venham mais com roupas maltrapilhas.

Quando ela sai, a sala fica parecendo pequena. A cada segundo que passa, vai ficando menor.

– Então tá, até mais – digo para X, e praticamente corro até o armário para pegar minha mochila.

Quando me viro, ele está bem atrás de mim.

– Deixei minha guitarra aqui – diz ele.

Saio da frente e vou até o armário do corredor pegar minha bicicleta. Estou começando a descer a escada quando o ouço atrás de mim.

– Como é que conseguiram arrastar você para esse troço? – pergunta ele.

Como não posso falar a verdade, aposto na versão que contei para Archibald e Maggie.

– Parecia divertido – respondo.

– Ainda acha isso mesmo *eu* sendo seu par?

Paro no meio da escada e me viro para encará-lo. Como ele está três degraus acima de mim, parece mais alto ainda do que o normal.

– Lógico. Por que não?

– É que fiquei com a impressão de que você me odeia um pouquinho.

Eu tropeço e quase erro o último degrau para chegar ao mundo lá fora, mas consigo me equilibrar segurando na bicicleta.

– Quem disse que eu odiava você? – pergunto assim que ele pisa na calçada.

A luz do sol está tão forte que preciso semicerrar os olhos para franzir a testa direito para ele. X repara na minha expressão, dá um ou dois passos para a direita e bloqueia o sol com a cabeça.

Que gentil. Agora posso franzir a testa e mostrar minha indignação sem dificuldade.

– Sua linguagem corporal inteira diz que você me odeia – afirma ele.

– Deixa o meu corpo fora dessa. Olha para a minha boca.

Ele encara minha boca.

Porque eu acabei de lhe dizer para fazer isso.

Tem dias em que eu deveria ficar calada.

Pigarreio de leve.

– O que estou dizendo é que eu não te odeio.

Ele segura as alças da bolsa da guitarra com as duas mãos.

– Odeia, sim – diz.

Eu subo na bicicleta.

– Não vou ficar aqui discutindo com você se te odeio ou não.

– Tá, então sobre o que você quer discutir comigo?

– Eu... hã?

Ele abre aquele sorriso imenso destruidor de neurônios, e percebo que desde o começo estava só me provocando.

– Tem razão – digo. – Eu odeio você, sim.

– Você nem me conhece – diz ele.

– É, mas quando conhecer provavelmente vou odiar.

Ele torna a inclinar a cabeça para a direita. É sua pose de pensar.

– Ah, você consegue prever o futuro? – pergunta.

Passo um tempo um pouco longo demais o encarando. O que aconteceria se eu respondesse *Sim, eu consigo prever o futuro*?

Subo nos pedais, pronta para partir.

– E você, por que está fazendo esse troço?

– O vô me pediu. Essa vitória no concurso é importante para eles. E eu sou adepto da filosofia de sempre dizer sim.

– Como assim?

– Eu digo sim para tudo que qualquer um me pede.

Ao ver minha expressão de incredulidade, ele se explica:

– Nada imoral nem ilegal.

– Mas por quê?

– Porque a vida é curta. Temos que aproveitar o dia. Viver no presente – diz ele, sorrindo. – Você tem alguma filosofia para me ensinar?

Será que *não fique de gracinha com caras extremamente gatos e possivelmente inteligentes e interessantes que com toda a certeza são galinhas* conta como filosofia?

– Não tenho filosofia nenhuma – digo.

– Deveria tentar o lance de dizer sim. É muito libertador.

– Não – respondo.

– Peguei a piada – replica ele, com um sorriso. – Eu também tenho uma política de zero papo furado.

– Por que você está me dizendo isso?

– Só colocando todas as cartas na mesa – responde ele.

Aperto o guidom e me acomodo no selim.

– Beleza, então – digo. – Vou embora agora.

– Prometo não pisar tanto no seu pé amanhã – diz ele enquanto me afasto.

Saio pedalando e digo a mim mesma que meu coração está disparado porque estou indo depressa demais, não porque estava me divertindo bastante de gracinha com ele na calçada. Sério, eu não deveria ficar de gracinha com nenhum cara. Por quê? Porque, em todos os livros românticos já escritos, ficar de gracinha é o primeiro passo. As gracinhas levam a conversas de verdade, que levam a encontros, que levam a beijos, que levam a namoros, que levam a sofrimento.

Viro na minha rua e lembro a mim mesma que o único motivo pelo qual estou entrando nesse concurso é para arranjar um jeito de me livrar das visões. Apesar do que possa parecer, isto não é uma história de amor.

CAPÍTULO 15

Dança número dois, fragmentos

– VOCÊ SEMPRE tem dificuldade para distinguir o pé esquerdo do direito?

– É para conduzir, não para sequestrar a dama!

– A menos que vocês quebrem algum dedo, continuem dançando.

– Mais perto! Ele ainda está com mau hálito?

– Sexy é uma palavra bem curta. Por que é tão difícil vocês entenderem?

– Não, não. Agora você está parecendo um pássaro gigante que não voa. Abaixe os cotovelos!

– Soltem os braços!

– Eu já dancei tango com o tornozelo torcido. Um pisão no pé não é nada.

– Sem se balançar de um lado para o outro. Vocês não estão no parquinho.

– A posição está desleixada. Por quê?

– Música é um privilégio, não um direito.

CAPÍTULO 16

Dança número três

IGUAL À DANÇA NÚMERO DOIS, mas com um pouco menos de pisadas no pé.

CAPÍTULO 17

Dança número quatro

– CONTINUEM DANÇANDO, agora vou pôr a música – diz Fifi 25 minutos depois de começarmos nossa quarta aula.

Fico tão chocada que erro o passo.

X também erra.

– Caramba – diz ele. – Se a gente mereceu música, não deve estar tão ruim assim.

– Está bem ruim – digo.

Fifi faz a marcação da bachata – "cinco, seis, sete, oito" –, e nós começamos.

Apesar da música, cometemos nossos erros de sempre. O Giro do Sovaco. A Pisada Destruidora de Pés.

Na terceira e quarta tentativas, erramos menos.

Na quinta, acertamos todos os passos.

Na sexta também.

No meio da nossa sétima tentativa, Fifi desliga a música.

– Até que enfim aprenderam os passos – diz ela. – Agora o trabalho de verdade pode começar!

Não sei o que ela quer dizer com "trabalho de verdade", mas não me parece bom.

Ela vai até o armário e pega um som portátil. Por que precisamos de um quando temos um sistema completo que funciona perfeitamente, você pode estar se perguntando. Bom, eu também poderia ter feito a mesma pergunta.

– Evie – diz ela depois de verificar que o som está com pilha. – Quais são os elementos mais importantes da dança de salão?

Embora apreensiva quanto ao que pode estar prestes a acontecer, respondo na mesma hora:

– Passos, musicalidade, arte.

– Sim, mas você esqueceu duas coisas – declara Fifi.

Ela se vira para X.

– Quer tentar adivinhar?

– É preciso um pouco de coragem – diz ele.

– Sim, muito bem – concorda ela. – É preciso coragem. É preciso saber se apresentar.

Ela torna a mexer dentro do armário e pega um punhado de CDs.

– O último elemento é a química, mas isso fica para depois. Hoje vamos trabalhar a apresentação.

Ela se encaminha para a porta.

– Venham, venham! – grita por cima do ombro.

– Para onde a gente vai? – pergunto.

– Venham. Vou levar vocês de carro até Santa Monica. Vocês vão ganhar o jantar dançando.

Passo o trajeto inteiro tentando convencer Fifi a desistir, mas ela está decidida. Do banco de trás, calado, X também não ajuda em nada.

Encontro seu olhar pelo retrovisor.

– Me ajuda – peço.

Ele faz que não com a cabeça.

– Eu digo sim para tudo, lembra?

Giro no banco para poder encará-lo.

– Eu pensei no que você disse ontem, sabe? Sobre viver cada dia como se fosse o último.

Ele se inclina para a frente, interessado.

– Ah, é?

– E decidi que isso na verdade não funciona. Se as pessoas vivessem assim, elas cederiam a todos os seus piores impulsos. Desistiriam das obrigações, diriam e fariam coisas erradas e imorais, comeriam mal. Seria um desastre.

Ele joga a cabeça para trás e ri. O som preenche o carro.

– Nossa, que discurso. Mas por que partir do princípio de que as pessoas fariam coisas erradas no último dia da vida delas? Vai ver comeriam todas as verduras do prato. Ou expressariam todo o amor que sentem pelos outros.

Acho que eu costumava ter tanta fé nas pessoas quanto ele.

Volto a olhar para a frente.

– Elas não fariam isso – afirmo.

– Estou só dizendo que talvez seja legal dançar na praia na frente de um bando de desconhecidos.

– Legal ou não, vocês vão dançar – diz Fifi.

Ela estaciona e tira o material do porta-malas: jarro para o dinheiro, som portátil e CDs. E saímos.

O calçadão de Santa Monica é basicamente um centro comercial ao ar livre cortado por uma rua sem circulação de carros e com calçada de tijolos. Na primavera e no verão, o lugar fica lotado de turistas assistindo a apresentações de artistas de rua. Pessoas dançando *breaking*, os meninos da Escola do Rock, uns cantores mais autorais. Mas o meu preferido é o Palhaço Ranzinza. Ele parece uma versão murcha de um palhaço de verdade. Quando não está andando para lá e para cá fumando um cigarro e olhando de cara feia para criancinhas, está sentado num dos bancos fazendo animais de balões dignos de pesadelos. Sério, são assustadores.

Fifi escolhe um lugar bem ao lado de uma das sebes podadas em formato de dinossauro que margeiam o calçadão.

Ela coloca o jarro no chão e dentro uma nota de vinte dólares que tira da bolsa.

– Tem mais chance de as pessoas gostarem de vocês se acharem que outras pessoas também gostam – diz ela diante da minha expressão intrigada.

X põe o som portátil no chão ao lado do jarro de dinheiro, e Fifi coloca um CD.

– Fifi... – começo a dizer, tentando uma última vez fazer com que minhas objeções surtam algum efeito.

Mas ela não presta atenção.

– Para dançar numa pista com onze outros casais, é preciso ser destemido. É preciso atrair a atenção dos jurados e tirá-la dos outros dançarinos. Deixar os outros casais invisíveis.

– Fifi, cara, assim até parece que a gente está indo para a guerra – diz X.

– Vocês *estão* indo para a guerra – rebate ela. – E, neste exato momento, não estão bem armados. – Ela bate palmas. – Se posicionem.

Respiro fundo duas vezes para me acalmar. O ar é um misto de maresia, perfumes florais e aquele cheiro de couro novo dos shoppings. O sol de quase meio-dia está alto e quente. Parece um holofote aceso bem em cima de nós dois.

– Vou começar com um fácil – diz Fifi, e se abaixa para apertar o play.

No começo, estamos travados feito o Homem de Lata do *Mágico de Oz*. Sinto uma vergonha imensa e, paradoxalmente, presto muita atenção em todo mundo que passa. Fico olhando de rabo de olho para nossa "plateia" em potencial. Os turistas nos lançam olhares vagamente curiosos. Os locais – as pessoas que trabalham por ali de fato e estão acostumadas com todo tipo de apresentação – nos ignoram solenemente.

Ao nosso lado, Fifi nos corrige com sibilos:

– Quadril infinito! Postura mais firme! Contato visual!

A primeira música termina, mas Fifi não nos deixa descansar. Põe mais três bachatas seguidas. O andamento vai aumentando a cada uma delas, então, quando chega a quarta, sou obrigada a me concentrar tanto que nem tenho tempo de sentir vergonha.

Quinze minutos mais tarde, quando a última música termina, X e eu estamos ofegantes.

Fifi nos chama com um aceno.

– Me digam uma coisa – diz ela. – Por que vocês acham que ninguém está assistindo?

Não respondo. Sei reconhecer uma pergunta retórica. E aparentemente X também, porque ele faz o mesmo.

– Ninguém está assistindo porque vocês dois estão dançando com a cabeça, não com o coração. E porque estão preocupados demais em prestar atenção nas pessoas que não estão prestando atenção em vocês.

Ela olha para X.

– Você faz parte de uma banda. Se apresenta no palco. Onde está sua coragem?

– Cantar e dançar não são a mesma coisa, Fi – diz ele.

– Mas você precisa ter carisma, não? Onde está o carisma? – pergunta ela.

Então se vira para mim.

– A técnica não está horrível. Mas você é pura fumaça sem fogo.

Tenho certeza de que isso é verdade. Mesmo assim, sinto vontade de argumentar que

a) fumaça é uma coisa bem quente

e

b) as pessoas morrem tanto de inalar fumaça quanto por causa do fogo em si.

Mas dizer qualquer uma dessas coisas certamente não vai melhorar minha situação.

Algumas crianças pequenas sobem na mureta em volta das esculturas de dinossauro e começam a fingir que são dinossauros. Elas rugem, e eu meio que sinto vontade de me juntar a elas.

– Tentem outra vez – diz Fifi.

X e eu reassumimos a posição.

– Solta as tranças – pede ele.

Levo a mão ao meu rabo de cavalo alto e franzo a testa.

– Por quê?

– Diz sim e pronto. Vamos nos soltar.

Soltar meu cabelo parece muito íntimo. Fico tímida, hesitante.

– Então você também tem que soltar seus dreads – digo, tentando recuperar o equilíbrio.

Ele solta o cabelo com uma das mãos. Os dreads caem em volta de seus ombros e emolduram seu rosto.

Nossos olhares se cruzam, e é como se uma espécie de fio se criasse entre nós dois, uma percepção a mais que se instaura. Uma pequena parte de mim sem qualquer bom senso sente vontade de segurar esse fio para ver onde ele vai dar. A parte maior e mais sensata de mim quer encontrar uma tesoura metafórica imensa e cortar o fio em pedacinhos.

A música seguinte começa. Talvez seja por termos soltado o cabelo, ou talvez porque Fifi basicamente nos disse para deixarmos de ser tão ruins, mas, por qualquer que seja o motivo, essa dança é diferente.

O cantor é um crooner. Pela voz, parece ter acabado de descobrir o significado da vida e estar prestes a revelá-lo. O ritmo quatro por quatro da música é insistente. X joga os ombros para trás, me encara e sorri. Ele me conduz com segurança. A mola do meu quadril de algum modo se soltou, e consigo fazer o quadril infinito.

Dançamos mais uma música, depois outra. Quando paramos, há um grupo de quinze ou vinte pessoas à nossa volta. Algumas chegam até a se aproximar para pôr dinheiro no jarro.

Espero elas irem embora e então conto nosso lucro.

– Tem 57 dólares aqui – digo, chocada.

– Tirando os vinte da Fifi, são 37 pratas em quarenta minutos – comenta X.

O que na verdade é bem bom.

– E aí, Fi, como a gente foi? – pergunta X.

Sei que dançamos as últimas músicas melhor do que nunca, mas isso não quer dizer que tenhamos de fato dançado bem.

Fifi fica mais calada do que de costume.

– Assim eu fico até com medo – comento.

– Eu também – diz X.

– Ainda está muito no começo – responde ela.

– É – concordo.

Ela me encara.

– E o quadril está melhor, mas ainda uma loucura.

– Certo – digo.

Ela se vira para X.

– E você não seria capaz de conduzir nem uma vaca até o pasto.

Ele só ri.

– Mas pode ser que juntos vocês tenham alguma coisa especial – diz ela com um sorriso.

– Mais eu, no caso, né? – pergunta X.

– Com certeza – responde ela.

– Ei – digo –, só porque ele é gato...

X vira a cabeça de repente.

– Você me acha gato?

Embasbacado é o adjetivo que eu usaria para descrever sua expressão.

Em situações como essa, a maioria das pessoas deseja que um buraco se abra no chão e as engula. Mas não é o que eu quero. Eu gostaria é de *ser o buraco*. Não sei o que esse sentimento significa, mas tenho certeza de que vem do coração.

– Eu quis dizer que *ela* acha você gato – replico, apontando para Fifi.

Fifi inclina a cabeça e nos encara com o mesmo olhar de alguém num museu diante de uma obra de arte que não está entendendo direito.

– Ah – diz ela.

– "Ah" o quê? – pergunto.

– Finalmente entendi qual é o problema.

– Ótimo. Talvez você possa me dizer – diz X.

– Deixem o problema para lá. Eu tenho a solução. Amanhã, em vez de ensaiar, vocês dois vão sair e se conhecer melhor.

– A gente tá de boa... – começo.

– De boa nada – retruca ela. – Um dos elementos mais importantes da dança de salão é a química. Saiam e fiquem amigos.

Dito assim, parece quase razoável.

X sorri.

– Sim, o que precisar – diz ele, porque, irritantemente, ele diz sim para tudo.

E lógico que sou obrigada a concordar também.

Dançamos outras três músicas e ganhamos mais dezoito dólares.

Fifi pega uma comissão de dez por cento.

De volta ao estúdio, X e eu trocamos telefones antes de seguirmos cada um para sua casa.

Existe um subgênero de livros românticos que eu gosto de chamar de Naufrágio. Nele, os protagonistas desavisados (e que em geral têm algum tipo de rivalidade) por algum motivo são forçados a passar tempo suficiente juntos a ponto de se darem conta do quanto gostam de ficar perto um do outro. Por exemplo, o casal fica preso num (pequeno e romântico) chalé no meio do mato por causa de uma nevasca. Ou o casal vai parar numa (linda, tropical, nem um pouco perigosa) ilha deserta depois de uma tempestade em alto-mar.

O que estou dizendo é que Fifi é uma tempestade, X e eu somos os protagonistas desavisados, e a coisa de nos conhecermos para criar química na dança é um pequeno chalé numa floresta coberta de neve.

CAPÍTULO 18

O sentido literal

Sophie, "Eu", Cassidy e Martin >

Sophie: Então você está dizendo que tem um encontro com o carinha novo e gostoso que conheceu no seu hobby novo e gostoso. É isso mesmo?

Eu: Não é um encontro

Sophie: Estou usando o sentido literal da palavra

Cassidy: Que é...?

Sophie: Duas ou mais pessoas se encontrando num local fixo num horário marcado por um motivo predeterminado

Martin: Aonde vocês vão?

Eu: Aahhhh

Eu: Aaaaahhhhh

Eu: Ele quer fazer um daqueles passeios de celebridades

Martin: Credo

Eu: Né?!

Sophie: Eu sempre quis fazer um passeio desses

Cassidy: Sério? Não achava q vc fosse curtir isso

Sophie: Como assim? Eu posso ser fútil

Cassidy: Eu curto que vc não é fútil

Eu: Vocês estão flertando? Parece que estão flertando

Cassidy: A gente n tá flertando

Sophie: Exato

Eu: ENFIM

Sophie e "Eu" >

Sophie: Por que vc disse aquilo sobre a Cassidy estar flertando comigo?

Eu: Eu tava só zoando

Eu: Pq?

Eu: Vc quer que ela flerte com vc?

Sophie: Óbvio que não

Sophie: Só foi meio estranho vc dizer isso

Cassidy e "Eu" >

Cassidy: Sem beijo de língua no 1o encontro

Eu: Cala.

Eu: A.

Eu: Boca.

Martin e "Eu" >

Eu: Acho que tá rolando alguma coisa entre elas

Martin: É, pode ser

Eu: A culpa é da primavera

Eu: É como se o pólen fizesse as pessoas quererem beijar

Martin: Você tá dizendo que o beijo é uma reação alérgica?

Eu: E não existe cura

CAPÍTULO 19

Não é um encontro, parte 1 de 3

CHEGO NA LALALAND TOURS quinze minutos adiantada. A sala fica num centro comercial de rua, com uma loja de penhores de um lado, uma casa de câmbio do outro e estrelas da Calçada da Fama de Hollywood pintadas na frente. Ironia, teu nome é Hollywood.

Assim que entro, uma jovem branca bonita, mas exageradamente animada, segurando uma prancheta e usando uma camiseta escrito *LaLaLand Tours* me entrega uma folha de papel. De um lado tem uma seção de perguntas frequentes com um aviso destacado nos lembrando de que não há garantia nenhuma de que veremos qualquer celebridade em seu habitat natural durante aquele passeio.

X aparece dez minutos depois do horário combinado. Acho que um dos efeitos colaterais de se viver no momento presente é chegar atrasado aos compromissos. Como sempre, ele está com os dreads presos no alto na cabeça. Usa uma calça jeans skinny, uma camisa de botão branca de manga curta e tênis de lona com estampa florida. Vejo-o atravessar o recinto e me dou conta de que não sou a única prestando atenção. Além da beleza, ele tem algo que atrai as pessoas. Talvez aquela sua expressão franca. Ou o jeito como parece muito interessado no mundo, como se tudo o que quisesse fosse estar neste exato local, neste exato momento.

A bonitinha da prancheta lhe entrega o papel de perguntas frequentes/aviso.

Ele abre seu sorriso absurdamente lindo.

Ela tira a roupa toda.

Brincadeira.

Ela não faz isso.

Mas quer.

– X – chamo, para que ela saiba que ele está indo encontrar outra pessoa.

A mulher da prancheta convoca todo mundo e nos conduz até a rua. O ônibus é um mamute de dois andares aberto em cima, coberto de imagens de pontos turísticos famosos e fotos granuladas de celebridades surpresas e com uma cara não muito satisfeita.

– Andar de baixo ou de cima? – pergunta X.

Escolho o de cima. O dia está bonito e nublado o suficiente para não assarmos no sol.

– Quantos passeios destes você já fez? – indaga ele quando estamos subindo a escada.

– Nenhum – respondo.

– Sério?

– Eu sou daqui – lembro a ele.

– Mais motivo ainda – diz ele.

Para minha surpresa, a primeira metade do passeio é bem interessante. Apesar de não vermos nenhuma celebridade, nossa guia nos conta histórias divertidas sobre encontros anteriores. Um astro famoso de um reality show que eles flagraram tirando meleca quando o ônibus parou ao lado do carro dele, por exemplo. Ela não diz quem era o cara, mas nos dá pistas suficientes para que possamos deduzir.

Quando chegamos ao Sunset Strip, X se vira para mim com uma expressão de "você está vendo a mesma coisa que eu?".

– O quê? – pergunto.

– Ali é o Roxy – diz ele. – E ali é o Whisky a Go Go.

Tanto o Roxy quanto o Whisky a Go Go são casas noturnas famosas. Ele diz os nomes num tom de tamanha reverência que é impossível não se sentir um pouco animada por ele.

Olho para os lugares, mas sei que onde vejo apenas outro prédio normal ele vê pontos históricos.

– Você nunca foi? – pergunto.

– Ainda não – diz ele.

X pega o celular e começa a tirar fotos.

– Cara, sabe as lendas que já tocaram no Roxy? Bob Marley & The Wailers. George Benson. Jane's Addiction. The Doors foi a banda fixa do Whisky a Go Go durante um tempo.

Volto a olhar para os prédios, já começando a vê-los de outra forma.

– Então seu sonho é tocar aí?

– Um dia eu chego lá – responde ele.

– Você é sempre tão... seguro de si?

– Você ia dizer "metido", né?

– Não – minto.

Ele abre um sorriso que diz *não acredito nem um pouco em você.*

É um sorriso bonito. Digo algo para não me perder nele.

– Você quer ser músico?

Ele muda de posição para poder me ver melhor.

– A gente vai mesmo fazer isso?

– Isso o quê?

– O que a Fifi disse para a gente fazer. Isso de se conhecer.

– Se existisse uma máfia da dança de salão, a Fifi seria a poderosa chefona. Nossa vida vai ser mais fácil se a gente fizer o que ela diz.

– Verdade – diz ele.

X dá uma risada rápida e torna a olhar para as casas noturnas enquanto passamos por elas.

– Músico eu já sou. O que eu quero é ser um astro do rock. Eu quero dominar o mundo. Quero lotar estádios. Fazer shows com ingressos esgotados. Quero a capa da *Rolling Stone*. Quero entrar para o Hall da Fama do Rock.

– E as groupies – intervenho.

Ele ri e dá de ombros.

– Mas precisa ter muita sorte para isso, né? – digo.

– É, estou sabendo.

Seu tom é ao mesmo tempo desafiador e cansado.

Eu com certeza não sou a primeira pessoa a lhe lembrar que ele tem poucas chances de conseguir o que quer. Fico pensando o que os pais dele acham do seu grande sonho. Os pais em geral não gostam quando os filhos arriscam o próprio futuro.

– Mas sabe o que mais? – digo. – Se todo mundo ficasse pensando na probabilidade de a coisa dar certo, não existiria nenhum astro do rock.

O sorriso dele torna a aparecer, e fico mais feliz com isso do que provavelmente deveria ficar.

Nosso ônibus para num cruzamento. Alguns pedestres acenam como se *nós* fôssemos as celebridades.

– Então você se mudou para cá para virar astro do rock?

– Em parte.
– E qual a outra parte?
Ele examina meu rosto por alguns segundos. Fico com a sensação de que está tentando decidir se quer se abrir comigo ou não.
– Um amigo meu morreu no ano passado. Clay. Ele era o nosso baixista.
– Ai, sinto muito.
Ele baixa os olhos.
– Eu também.
Não acho que X vá dizer mais nada, mas ele então engata:
– A banda era eu, o Clay, o Jamal na bateria e o Kevin no teclado. A gente quase chamou nossa banda de Os Únicos Solitários.
– Por quê?
– Não tinha muitas pessoas negras nas escolas de Lake Elizabeth – responde ele com um sorriso. – Clay e eu nos conhecíamos do fundamental II. Conhecemos Kevin e Jamal num teste para a banda no nono ano. Dizíamos que era um milagre existirem quatro de nós.
Dá para ver nos olhos dele a lembrança desse dia.
– E, antes de você me sacanear de novo, não fui eu quem escolhi o nome X Machine – se defende ele.
– Quando foi que eu sacaneei você?
– Sério? Você não lembra? No dia em que a gente se conheceu. As suas palavras exatas foram: “Então o nome da banda é por sua causa?”
– Tem certeza? – pergunto, embora me lembre perfeitamente. – Não parece uma coisa que eu diria.
– Você tem uma gêmea má?
– Não.
– Então foi você mesmo.
Sorrimos um para o outro.
– Quem inventou o nome foi o Clay. Ele disse que como eu era o vocalista e a banda tinha sido ideia minha, era o certo. Todos nós achávamos que X Machine fazia parecer que a banda vinha do futuro.
Ele repousa a cabeça no encosto da poltrona. Engole em seco uma vez, depois outra, como se estivesse tentando segurar algo que quer sair.
– Tudo aconteceu muito rápido. Num minuto ele estava aqui, no minuto seguinte, não mais.
Então minha ficha cai. Entendo por que ele diz sim para tudo e por que tenta viver no momento presente. É porque o amigo dele morreu. Ele não

está sendo pretensioso como eu achei. Como *esperava* que fosse ser. Ele é inteligente, sensível e engraçado, talvez até um pouco filosófico. Eu estava enganada.

Eu preciso que ele seja menos... tudo.

Preciso que ele tenha uma coleção secreta de unhas cortadas ou de pelos do nariz.

O ônibus faz uma curva aberta para a esquerda. Escorrego na poltrona, e meu ombro encosta no dele. Preciso esperar a curva terminar para poder me afastar outra vez.

– Nós já estávamos planejando nos mudar para cá quando acabássemos o ensino médio. Depois que o Clay morreu, eu e os outros resolvemos aproveitar a chance. E largamos a escola.

– Pera aí. Você largou o ensino médio?

– É.

– Mas você não está no último ano? Faltava só um semestre.

– Tem coisas que não podem esperar, Evie.

– Foi por isso que você terminou com a Jess? – pergunto. – Para poder se mudar para cá e virar um astro do rock?

– Uau, me espanta você lembrar o nome dela – diz ele.

– Tenho memória boa para nomes – explico.

Na verdade, não tenho não, mas é melhor ele pensar que sim.

– A Jess e eu não íamos dar certo. A gente não combinava.

Tem muita coisa que eu quero perguntar sobre por que eles não combinavam, mas eu certamente não deveria abordar a vida amorosa dele. Decido que é um bom momento para mudar de assunto.

– O que seus pais acham de você ter largado a escola?

– Acham ruim – responde ele.

X se vira e olha para mim.

– Você já quis tanto alguma coisa que não podia esperar?

– Já – respondo, mas sem dar detalhes.

Nunca quis tanto uma coisa na vida quanto no dia em que peguei a bicicleta e fui pedalando até Santa Monica para tentar convencer meu pai a voltar para casa.

Passamos o resto do passeio basicamente perdidos cada qual em seus pensamentos.

– Sinto muito por não termos visto nenhum famoso – digo ao descermos do ônibus.

– Tranquilo. Mesmo assim serviu para alguma coisa.

– Serviu para quê?

– A gente cumpriu a tarefa e se conheceu um pouco.

Fifi. Verdade. Eu meio que tinha esquecido o motivo daquela saída.

– Talvez a gente até fique amigo – diz ele.

– A Fifi disse que a gente precisava se conhecer, não gostar um do outro – brinco.

– É, mas você gosta de mim. Dá para notar.

– Você já ouviu a expressão: "Ela revirou tanto os olhos que chegou a ver o próprio cérebro?"

Ele bate no peito com a mão aberta e dá uma gargalhada alta e sincera. Uma gargalhada incrível.

– Podemos pelo menos concordar que você não me odeia? – pergunta.

– Eu não te odeio – admito.

Ele passa um braço pelos meus ombros e sorri.

– Bom, já é um começo – diz.

CAPÍTULO 20

No segundo ato

Sophie, "Eu", Cassidy e Martin >

Sophie: Nossa, outro encontro?

Eu: Não. É. Um. Encontro.

Cassidy: Só p eu entender. O roqueiro gato d+ convidou vc p ver ele tocar guitarra & cantar as musiks dele c a banda dele no 1 show dos caras em LA?

Martin: Caraca, Cassidy, será que você morreria se escrevesse as palavras direito? Tive que ler cinco vezes o que você escreveu

Cassidy: V S F

Cassidy: Enfim

Cassidy: Ele é muito gato mesmo?

Eu: Você nem gosta de meninos

Cassidy: Astros do rock n são meninos. Eles nem são humanos. São de uma outra espécie

Martin: Verdade

Eu: A gente só está saindo para se conhecer um pouco

Cassidy: Aham. P poder melhorar a química entre vcs quando estiverem dançando colados

Eu: DANÇA DE SALÃO NÃO É A MESMA COISA QUE DANÇAR COLADO

Cassidy: Fala sério. É transar de roupa

Martin: Verdade

Sophie: Ai, meu Deus, Cassidy

Cassidy: O q?
Cassidy: Ela é praticamente a heroína de um dos romances dela
Martin: Ela nem lê mais esses livros
Cassidy: Antes do final do segundo ato ela já vai estar apaixonada
Eu: Você entende que a vida real não tem atos, né?
Martin: Verdade

CAPÍTULO 21

Não é um encontro, parte 2 de 3

O LUGAR EM QUE X vai tocar é um buraco na parede. Sem janela. E com pouquíssima luz. Basicamente uma caverna.

Da porta, dou uma espiada na escuridão quase completa lá dentro, desejando ter um daqueles capacetes com lanterna, algo que nunca quis na vida. Não vejo X, mas nós combinamos que eu assistiria ao show e nos encontraríamos depois.

Até agora só tem umas poucas pessoas no recinto, algumas no bar e outras nas mesas nos fundos. Na parte da frente, há um pequeno palco já todo arrumado. Noto uma guitarra elétrica com um adesivo escrito *X Machine* encostada num amplificador. Não acredito que ele vai mesmo subir ali e cantar e tocar na frente de um monte de desconhecidos. Não acredito que estou tão nervosa por ele.

Tiro os olhos do palco, respiro fundo e na mesma hora torno a expirar com um tossido. O ar tem cheiro de fumaça, cerveja, xixi e dos produtos de limpeza usados (em vão) para disfarçar o cheiro de fumaça, cerveja e xixi. Escolho a mesa mais longe do palco que consigo encontrar. Não quero que o meu nervosismo o deixe nervoso. Não que isso fosse acontecer. Mas mesmo assim prefiro garantir.

O show está marcado para as seis, mas (pela lei) shows de rock não podem começar na hora. As pessoas continuam chegando durante os quarenta minutos seguintes, até o espaço ficar abarrotado. Por fim, um cara baixinho e branco, de moicano e todo vestido de couro preto, sobe ao microfone. Ele tem a pele quase inteiramente tatuada, inclusive o rosto.

– Bem-vindos ao Ricky's Club – diz, com um forte sotaque inglês. – Eu sou o Ricky. Temos um show e tanto hoje pra vocês. A primeira banda que vai tocar é a X Machine, que veio lá de...

Ele para e grita para as coxias:

– De onde vocês são mesmo?

– Lake Elizabeth! – responde uma voz.

– Isso – diz Ricky. – De Lake Elizabeth.

Ele torna a olhar para os bastidores.

– E onde fica essa porra?

– Norte do estado de Nova York – responde a mesma voz.

Ricky encara o público.

– É isso aí – retoma ele. – No norte da porra do estado de Nova York.

Observo a plateia, tentando avaliar o entusiasmo do público. Está bem morno.

Meu nervosismo atinge o ápice. Quero muito que X faça um bom show. Não só bom, maravilhoso. Tão maravilhoso quanto ele acha que é. Não quero que esse sonho impossível parta seu coração.

Antes de descer do palco, Ricky anuncia a banda para a qual a X Machine vai abrir: "a queridinha da cidade, Better Daze". A reação da plateia não é mais morna. Metade do público deve ser amigo da banda, mas entusiasmo é entusiasmo.

A luz da casa diminui mais ainda, e todos os três músicos sobem no palco. Eu me lembro um pouco deles do nosso passeio da LaLaLand. Jamal é o baterista, Kevin, o baixista. Kevin antes tocava teclado, mas começou a tocar baixo depois que Clay morreu.

X pega a guitarra e vai até o microfone. Ele parece diferente ali em cima, de alguma forma. Talvez por estar com os dreads soltos. Ou talvez seja o modo como as luzes do palco dão à sua pele marrom um brilho levemente azulado. Seus olhos vasculham a plateia. Levo um segundo para perceber que ele está procurando por mim. Levanto a mão e aceno.

Ele acena de volta, e algumas pessoas na plateia se viram e olham para mim.

– E aí, galera – diz no microfone.

Sua voz está mais grave do que estou acostumada a ouvir.

– Nós somos a X Machine – continua. – Somos do norte da porra do estado de Nova York. Este é o nosso primeiro show em LA. Obrigado por terem vindo. Esta música se chama "Formatura".

Num estilo clássico de baterista de rock, Jamal bate com as baquetas uma na outra e faz a marcação.

– Um, dois, três, quatro.

Eu imaginava que fosse ouvir um ritmo forte e acelerado – e a plateia também –, mas não é isso que escutamos. A música é lenta. Lenta demais.

A voz de X é tão suave que quase chega a derreter. Ele canta de um jeito melódico por cima da base de andamento mediano. A letra é doce e sincera, algo sobre enfeites de vestido e promessas.

Papai sempre diz que não se deve aparecer despreparado para uma situação. Tudo que consigo pensar agora é: não se deve levar uma balada para um show de rock. A plateia começa a ficar inquieta.

Mas então eles chegam ao refrão, e a música inteira muda. A voz de X fica mais firme, não zangada, mas dura. O ritmo acelera.

Eu não quero ir
Não quero ir
Não quero ir na formatura com você

O resto da música fala basicamente de tudo que tem de errado nas festas de formatura: as roupas de tule, as gravatas-borboleta, a música lixo, a pressão para ficar com alguém e se pegar até transar, a expectativa irrealista de que você vai acabar se casando com a pessoa que foi seu par na festa. A letra é hilária e contagiante, e, no fim, todo mundo já está odiando as festas de formatura junto com a banda.

– Essa farsa do começo sempre engana as pessoas – diz X quando os aplausos cessam. – A próxima música se chama "Correr é burrice".

Dessa vez não há nenhum início lento ou vocal melódico. A música é pura raiva, mas mesmo assim ainda é do tipo que gruda. Já sei que a estrofe vai ficar na minha cabeça:

Você não vai decidir
Quem eu sou
Quem eu posso ser
Você não vai me dizer
Mais nada
Mais nada
Nada

Eles tocam mais duas músicas, e não consigo desgrudar os olhos de X. Digamos apenas que entendo esse charme dos astros de rock. Entendo as groupies. Porque, em cima do palco, com a guitarra na mão, X transmite uma sensualidade inegável. Mas o que mexe comigo de verdade é ver que o lugar dele é ali. É em cima do palco que ele se solta totalmente.

Ele puxa o microfone mais para perto.

– Esta é uma nova que a gente começou a ensaiar ontem à noite. A letra ainda está incompleta, mas tem potencial. Vejam o que acham – diz.

Ele solta a correia da guitarra e a encosta na parede.

– Esta música se chama "Caixa-preta" – completa ele, e segura o pedestal do microfone com as duas mãos.

O baixo e a bateria começam a tocar antes de X entrar com o vocal. Quando ele canta, sua voz é grave, envolvente e tão cheia de desejo que pouco importa ele estar resmungando parte da letra em vez de cantar. No refrão, ele segura com força o pedestal do microfone e o inclina para a frente como se precisasse de mais espaço para sua voz crescer, como se precisasse de mais espaço para que o sentimento que ele está tentando transmitir para todos nós cresça também.

Um vislumbre de como vai ser o seu futuro surge na minha mente. Não uma casa de shows minúscula, mas um estádio. Não cinquenta pessoas, mas cinquenta mil. Não uma música inacabada, mas um catálogo inteiro de sucessos. No futuro, ele consegue tudo que quer. Mas então balanço a cabeça, porque é óbvio que provavelmente não vai acontecer assim. Nas últimas semanas, por causa das visões, vi uma quantidade suficiente de corações partidos para entender que as coisas quase nunca acontecem da maneira como imaginamos.

A música termina, e X torna a segurar o microfone.

– Sei que é estranho para vocês verem três caras pretos aqui em cima tocando rock'n'roll. Mas não esqueçam: o povo preto inventou o rock'n'roll.

Ele dá uma piscadinha e abre o mesmo sorriso que me deu no dia em que nos conhecemos, aquele capaz de fazê-lo furar qualquer fila. Dá certo, e as pessoas ao meu redor riem. Ele espera a plateia se acalmar.

– Nós somos a X Machine. Esse foi o nosso set – diz ele. – Obrigado por terem vindo.

A iluminação da casa passa da escuridão total para uma escuridão levemente menos intensa.

Entre a desmontagem dos equipamentos, os papos no meio do caminho e os elogios das pessoas pelo caminho, são mais uns vinte minutos até finalmente chegar à minha mesa. Ele está acompanhado de Jamal e Kevin.

– Foi você quem fez nosso menino começar a dançar balé? – pergunta Jamal.

Ele é mais alto do que X e tem cara de bebê e cabelo moicano.

– Eu mesma – respondo.

– Cara, eu já disse que não é balé. É dança de salão – replica X com um grunhido.

Posso ver que essa é uma piada recorrente entre eles.

Jamal me dá um abraço rápido.

– Continua ocupando o cara com a dança – diz. – Antes de você ele estava matando a gente de tanto ensaiar.

– E agora também anda bem menos mal-humorado – revela Kevin, também me abraçando.

Ele é baixo, grandão e tem a cabeça totalmente raspada. Deve ter sido uma rocha numa vida passada.

– Hora de vocês vazarem, manés – diz X.

Jamal ri.

– Prazer em finalmente te conhecer, Evie.

– Você está fazendo um ótimo trabalho – emenda Kevin.

Depois que eles vão embora, X se vira para mim.

– E aí – diz ele.

Seus olhos estão brilhando, e é como se ele estivesse energizado.

Pego minha mochila e aperto-a com força contra o peito.

– E aí – digo.

Mesmo correndo o risco de parecer uma groupie, preciso dizer como ele estava maravilhoso.

– Você foi incrível. Melhor do que disse que era. Obrigada por ter me convidado. Estou feliz de ter visto você tocar.

O rosto dele se ilumina. Nunca o vi assim antes, mas eu gosto. Gosto tanto que sinto vontade de fazer acontecer de novo.

– Aqui não costuma estar assim – digo para X depois de nos acomodarmos em nossa mesa na Surf City Waffle.

Na verdade, é a primeira vez que venho à noite, e o lugar está... diferente. As mesas foram cobertas com toalhas rosa-claro de rendinha. No centro de cada uma, pétalas de rosa boiam dentro de pequenos vasos redondos. Há velas de verdade em arandelas de verdade nas paredes. As chamas tremeluzem. Tudo muito romântico.

X olha em volta de um jeito exagerado.

– Quer dizer que você não me trouxe aqui pra me seduzir? – pergunta ele.

Chego a engasgar.

– Ahn?! Não!

Ele se reclina no encosto e dá uma risada segurando a barriga com as mãos gigantes.

– Te peguei – diz.

– Me erra – resmungo.

– Então para de facilitar – responde ele, com metade dos dreads no rosto.

– Você nem deveria flertar comigo. Não sou uma das suas groupies.

Ele faz aquilo de arquear uma das sobrancelhas.

– E quem disse que estou flertando com você?

– Meu radar de flerte – respondo.

Ele se inclina para a frente.

– Onde é que eu compro um?

– No mesmo lugar em que eu comprei meu detector de caô – respondo, me recostando no assento.

Ele ri segurando a barriga outra vez.

– Você é engraçada – diz.

– Aposto que você flerta com todo mundo.

Ele faz que não com a cabeça.

– Com todo mundo, não.

– Mas você azara bastante, né? – insisto.

– Eu gosto de meninas – diz ele, e começa a girar distraidamente o vaso no meio da mesa com os dedos compridos. – Principalmente das meninas inteligentes, bonitas, sarcásticas e que me desorientam um pouco.

– Que pena não ter nenhuma dessas por aqui – digo.

Então lembro a mim mesma de que ele já deve ter tido umas dez mil namoradas. Me pergunto se amou alguma delas, se algum dia já sofreu por amor. O que sei com certeza é que ele partiu o coração de Jess enquanto pedalava minha bicicleta pela sala 5 do estúdio de dança.

Como já deveria ter feito várias frases antes, mudo de assunto.

– Que música foi aquela que vocês tocaram por último? A que ainda não está pronta?

Antes de ele conseguir responder, a garçonete traz nossa comida. Frango com waffles para ele. Waffle com frutas vermelhas para mim.

Ele dá uma mordida no frango.

– Nossa, que delícia.

Acaba devorando tudo em no máximo dois minutos.

– Foi mal – diz ele, se recostando no banco e limpando as mãos com o guardanapo. – Tocar no palco me dá fome.

Ele fica me observando construir a garfada perfeita de waffle, calda de morango e chantilly.

Puxo meu prato mais para perto.

– Nem vem com esse olho grande para cima da minha comida – aviso.

– Fica tranquila, não estou mais com fome – diz ele. – A última música era "Caixa-preta".

– É sobre o quê?

– Várias coisas. Mas principalmente sobre o meu pai. A gente era próximo, mas as coisas andam meio bizarras desde a morte do Clay. Eu já não vejo mais o mundo como antes, e agora é como se a gente não conseguisse mais se entender.

Sua voz é um misto de remorso, incompreensão e raiva.

– O que aconteceu? – pergunto.

– A gente não concorda em relação ao meu futuro – diz ele, imitando uma voz grave e autoritária como a de um juiz proferindo uma sentença.

Dou meu palpite.

– Ele não quer que você seja músico.

– Tudo bem se for um hobby, segundo ele – começa X, pegando o garfo e o fazendo deslizar pelo prato antes de tornar a pousá-lo. – O bizarro é que foi *ele* quem me comprou meu primeiro violão. Foi *ele* quem me deu minhas primeiras aulas. A gente tinha até nossa própria banda quando eu era pequeno.

– Sério?

Imagino uma versão mais jovem de X, que é basicamente igual à versão que está na minha frente, só que mais baixa, mais gordinha e com as mãos menores.

– O nome era WoodsMen. Sacou? Porque o meu sobrenome é...

– Seu nome é Xavier Woods – interrompo. – Eu não sou burra.

– Meu nome do meio é Darius – diz ele com um sorriso. – Estou te dizendo isso para você poder falar meu nome inteiro quando estiver gritando comigo.

– Quanta gentileza, Xavier Darius Woods, valeu – respondo, rindo.

– Enfim, eu e o meu velho fazíamos uns showzinhos para a família no dia de Ação de Graças, no Natal e tal.

– Que tipo de música vocês tocavam?

– Gosto de pensar que nosso estilo era inclassificável – diz ele.

– Ou seja, vocês eram péssimos, né?

Ele ri.

– Pra não dizer coisa pior.

Uma garçonete aparece e volta a encher nossos copos de água.

– Foi mal, eu não queria baixar o astral falando do meu pai – diz X depois que ela se afasta.

– Não tem problema. Eu sei como é. Eu também era próxima do meu pai.

– Ah, é? E o que aconteceu?

Hesito. As únicas pessoas que sabem isso são Martin, Sophie e Cassidy.

– De boa se não quiser me contar – emenda ele.

Mas eu quero conversar sobre isso com ele. Ele sabe como é sentir saudade de como as coisas eram.

– Ele traiu minha mãe e eu o peguei no flagra.

X endireita as costas.

– Eita, Evie.

Conto a história inteira. Como é difícil encará-lo e falar sobre o assunto, fico olhando para o meu prato.

– Enfim, tem uns seis meses que não encontro com ele.

– Sua mãe sabe?

– Sabe, mas a minha irmã, não.

– Eita – repete ele, só que em voz baixa.

– O mais bizarro é que a mamãe e Danica parecem estar bem. Parece que uma bomba explodiu na nossa vida e eu sou a única que se feriu.

Eu me obrigo a erguer os olhos para ele. Sua expressão é de pura empatia.

– Bom – diz ele. – Eu ainda acho que ganhei a competição de história mais triste.

No começo, fico tão chocada que não consigo reagir. Não é o que eu esperava que ele dissesse. Eu esperava empatia e apoio. Não que ele fosse comparar as duas histórias e julgar qual era a mais triste.

Ele começa a rir, e então eu faço o mesmo.

Paramos de rir depois de um tempo, mas nossos olhares se cruzam e rola um momento, até eu entender o que está acontecendo e desviar o olhar.

– Por que você não canta a música para mim? – peço.

Por um segundo ele parece não entender, mas então pega o celular e coloca o instrumental da música.

Começa a cantar:

– *Tudo acaba / Numa explosão / E la-la-rá la-la-rá la-rá.*

Ele ri e para de cantar.

– Ainda não sei esse terceiro verso.

– Mas você é superbom em la-la-rá – digo. – Só precisa de alguma palavra que rime com "explosão".

Fico enrolando uma das tranças em volta do dedo, pensando, até que uma ideia me vem à mente:

– E destrói nosso coração.

– Ah, maneiro.

Ele digita o verso no telefone e torna a erguer os olhos para mim.

– Tá, o verso seguinte é num ritmo bem mais lento, mas eu até agora só tenho metade. "Você, caixa-preta, la-la-rá la-rá la-rá..."

– No fundo do mar – interrompo-o outra vez.

– Boa, boa – diz ele, e digita depressa.

X se inclina para a frente com os olhos brilhando.

– Vamos continuar.

– Tá, mas a gente precisa de um papel de verdade em vez de só seu celular.

Peço isso à garçonete, e ela nos traz algumas folhas e uma caneta. Ele anota o que dissemos até ali, então continua a cantar.

– "Caixa-preta, guarda sua história para contar."

Faço que não com a cabeça.

– "Com toda a história que tem para contar" em vez de "guarda sua história".

Ele anota.

Agora estamos os dois sorrindo, e ficamos passando a caneta e o papel um para o outro. Quando chegamos ao fim, a folha está uma bagunça de palavras riscadas e setas apontando em todas as direções.

– Queria estar com meu violão aqui – diz ele, puxando o papel mais para perto.

Ele volta a pôr a parte instrumental para tocar no celular e canta a música inteira.

Fecho os olhos para poder escutar sem me distrair com seu rosto. É estranho mas também legal ouvir sua voz cantar palavras que acabamos de escrever juntos. De algum jeito, as palavras ganham mais peso quando ele as canta. É como se ficassem mais verdadeiras. Quando ele chega aos três últimos versos, meus olhos se abrem de repente. Há tanta emoção na sua voz, tanto anseio por algo que ele não pode voltar a ter, que eu preciso ver seu rosto.

– Você é ótima – diz X. – Como letrista, quero dizer.

Ele esfrega a mão na nuca.

– A gente escreveu a letra juntos.

– É a primeira vez que escrevo uma música com outra pessoa – confessa ele. – Nunca fiz isso, nem com o Clay.

Ele sacode o papel para mim.

– Posso usar esta letra?

– Ela já é sua. Você ajudou a escrever.

– Foi mais você.

Dou de ombros.

– Eu sou bem boa em entender o sofrimento. É o meu superpoder.

CAPÍTULO 22

“Caixa-preta”, letra de Evie Thomas e Xavier Woods

[Primeira estrofe]

Tudo acaba
Numa explosão
E destrói nosso coração
Você, caixa-preta, no fundo do mar
Com toda a história que tem para contar

[Refrão]

Abrir você
Abrir e olhar
E já saber
O que vou achar
Nada vai durar
Nada vai durar
Nada vai durar

[Segunda estrofe]

O você que eu conhecia
Se perde lá no fundo
E não me sobra mais nada
Mais nada nesta porra de mundo
Caixa-preta, no fundo do mar

[Refrão]

Abrir você
Abrir e olhar
E já saber
O que vou achar
Nada vai durar
Nada vai durar
Nada vai durar

[Ponte]

É só a minha cabeça
Pura ilusão, falei
E saber que é passado
Tudo é tão lindo e tão errado
Tudo errado, tudo errado, tudo errado

[Refrão]

Abrir você
Abrir e olhar
E já saber
O que vou achar
Nada vai durar
Nada vai durar
Nada vai durar

CAPÍTULO 23

Maravilha, excelente e perfeito

Sophie, “Eu”, Cassidy e Martin >

Eu: Convidei o X pra nossa fogueira hoje à noite

Martin: Tá

Cassidy: Blz

Sophie: Ok

Eu: Hum

Eu: É só isso que vocês têm pra dizer?

Cassidy: É

Cassidy: Pq?

Cassidy: Vc tem + algm coisa p dizer?

Eu: Não

Cassidy: Maravilha

Martin: Excelente

Sophie: Perfeito

Eu: Que saco vocês

CAPÍTULO 24

Não é um encontro, parte 3 de 3

A PRAIA DE DOCKWEILER é um dos meus lugares preferidos no mundo. A praia em si é linda, com uma faixa de areia (razoavelmente limpa) bem larga e o mar azul-escuro sempre agitado que parece se estender até o fim do mundo. Tem uma ciclovia, uma área de piquenique e até chuveiros. Mas a parte de que eu mais gosto são os buracos para acender fogueiras que margeiam a praia. Quem chega cedo consegue pegar um e se reunir com os amigos ao redor da fogueira enquanto o sol se põe ouvindo as ondas do Pacífico quebrarem ao redor. Talvez esse seja o lugar mais perfeito do mundo.

– É ele ali? – pergunta Cassidy.

Ergo os olhos do fogo e vejo X andando pela areia com passos oscilantes.

– É mais fácil descalço! – grito para ele.

Ele para, tira os sapatos e vem até nós com passos levemente menos trêmulos.

– Você é o X – diz Cassidy quando ele nos alcança. – O amigo da Evie.

Não sei se a pequena pausa entre "o" e "amigo" é fruto da minha imaginação.

– Eu sou a Cassidy – cumprimenta ela. – A amiga rica e doida para quem os pais não dão bola. Fui eu quem trouxe a bebida.

Ela pega uma das cinco garrafas de vinho branco que trouxe. Mais cedo, quando eu disse que não precisávamos de tanto, ela respondeu: "Meus pais não vão nem dar falta."

– Eu sou o Martin. Acho que eu sou o amigo sensível – diz Martin a X. – Peguei uma cadeira pra você.

Ele aponta para a cadeira de praia afundada na areia ao lado da minha.

– E eu sou a Sophie. A amiga chata e confiável.

Cassidy toma um gole de vinho.

– Você não é chata – diz ela.

– Valeu – responde Sophie, e sorri. Ela torna a se virar para X e diz: – Eu trouxe os sanduíches mais gostosos, mais deliciosos de Los Angeles inteira para vocês.

X acena para todos.

– Obrigado por me deixarem vir.

– A Evie falou que você é incrível – solta Cassidy.

As sobrancelhas de X se erguem na mesma hora.

Eu me apresso para explicar.

– Incrível como músico. O que a Cassidy quer dizer é que eu disse que você é um músico incrível.

– É – diz Cassidy, olhando para ele e depois para mim com um sorriso divertido no rosto. – Foi exatamente isso que eu quis dizer.

Eu lanço para ela um olhar de *ninguém vai encontrar seu cadáver esquartejado e devorado pelos peixes no fundo do mar.*

Cassidy me ignora.

– Enfim, você pode tocar para agradecer à gente. Toda fogueira que se preze tem que ter um cara gato tocando violão.

– Você não precisa tocar – digo para X.

– Mas ser gato precisa – emenda Cassidy.

– Eu não me importo em fazer os dois – diz X com um sorriso.

Martin diz a ele para se sentar.

Sophie diz a ele para comer.

Cassidy dá a ele um copo de vinho quase transbordando.

Em vez de me sentar com todo mundo, vou cuidar da fogueira. No grupo, sou sempre eu que acendo o fogo porque sou a única boa nisso. Aprendi a técnica com o papai: colocar um jornal amassado debaixo de uma pirâmide baixa feita com três pedaços de madeira. Nós quatro costumávamos vir a essa praia pelo menos uma vez por semana no "inverno". As aspas em *inverno* são do papai. Ele é de Washington, onde o inverno é uma estação de verdade, com neve e gelo, e as pessoas chegam a chorar de tanto frio. Aqui em Los Angeles é raro a temperatura cair abaixo de 10° C. Quando isso acontece, é só uma desculpa para usarmos cachecóis estilosos e botas pesadas e fingirmos passar frio por alguns dias. Papai adorava nossas fogueiras porque, durante o inverno, a praia à noite era onde fazia mais frio em LA. E isso lhe lembrava suas origens.

A última vez em que estivemos aqui os quatro juntos foi alguns meses antes de mamãe e papai nos dizerem que iam se separar. Se na época eu soubesse que era a última vez, teria memorizado cada detalhe. Tudo de que me lembro agora são chutes.

Mamãe provavelmente fez comida, uma rabada ou um picadinho de carne, e preparou um Tupperware para cada um. Papai provavelmente passou o tempo inteiro cutucando a fogueira de forma obsessiva. Nós três provavelmente rimos e o chamamos de piromaníaco. Em algum momento, ele e mamãe provavelmente começaram a tomar vinho, e provavelmente passaram a rir mais e a se tocar mais. Provavelmente contaram histórias constrangedoras de quando Danica e eu éramos pequenas. Danica e eu provavelmente sorrimos uma para a outra à luz do fogo e fingimos estar com vergonha. No dia seguinte, provavelmente acordamos todos com cheiro de fumaça, carne e maresia. E com certeza encontramos areia nas nossas roupas.

– Está tudo bem? – pergunta X da sua cadeira de praia.

Ele é mais observador do que o necessário.

– Tudo – respondo, e, como o papai, fico cutucando a madeira, que cem por cento não precisa ser cutucada.

– Piromaníaca – diz X.

A noite está perfeita para fazer uma fogueira. A temperatura não poderia estar melhor: fria o suficiente para a gente querer ficar sentado ao lado de uma fogueira, mas não tão fria a ponto de querer estar *dentro* do fogo. Até o vento está cooperando, e sopra tão de leve que a fumaça sobe direto, em vez de vir na nossa cara.

Jogo mais um pedaço de madeira no fogo e fico ouvindo os quatro engatarem numa conversa tipo vamos-nos-conhecer-melhor. X diz aos outros de onde é, fala sobre a banda e conta que largou a escola. Essa última parte deixa Cassidy realmente impressionada.

Tento não olhar para X enquanto ele fala, mas não consigo me conter. A luz da fogueira tremula no seu rosto e o ilumina. Ele sorri muito e dá várias risadinhas. Chego à conclusão de que gosto de pessoas com o riso solto.

Quando X se dá conta de que nós quatro somos amigos desde o ensino fundamental, começa a implorar para que os outros contem histórias engraçadas – ou seja, constrangedoras – sobre mim. Ameaço jogar água na fogueira. Cassidy diz que não está com frio. Ela conta a X a história do dia em que fiz xixi na calça quando estava subindo correndo uma escada bem comprida no primeiro ano do fundamental. X ri e conta a história de quando fez xixi na calça no ônibus escolar no segundo ano, e de como ficou sentado esperando todo mundo descer antes de saltar e correr o caminho inteiro de volta para casa.

Depois de algum tempo, acabamos chegando à parte Filosofia Bebum da noite. É a hora em que estamos todos meio bêbados, o suficiente para fazer e responder perguntas pseudofilosóficas. Temos que nos explicar em no máximo uma frase curta. Só podemos responder "não sei" uma vez.

Martin começa: sete anos é tempo demais para se ter um amor não correspondido por alguém?

Martin: Não existe limite de tempo para o amor de verdade.
Eu: Sim, principalmente se essa pessoa for parente da sua melhor amiga.
Cassidy: Todos os meus amores sempre foram correspondidos.
Sophie: Infelizmente, sim.
X: É, não sei, mas pode ser que eu descubra em breve.

Depois é a minha vez: se você pudesse saber quando e como vai morrer, ia querer saber?

Martin: Não.
Cassidy: Nãããooo.
Sophie: Não.
X: Nem pensar. Imagina o medo de esperar isso acontecer. Estar vivo perderia toda a graça.
Eu: Sim. É sempre bom estar preparada.

Depois vem Cassidy: o amor incondicional é real?

Martin: Lógico.
Cassidy: Com certeza não.
Sophie: Sim.
X: Sim, com certeza.
Eu: Não. Além do mais, não é melhor ter condições?

Em seguida vai Sophie: "felizes para sempre" existe mesmo?

Martin: Sim.
Cassidy: Não.
Sophie: Sim.
X: Com certeza.
Eu: Quanto tempo é "para sempre"? Bom, minha resposta é "não".

Por fim, chega a vez de X: existe vida após a morte?

Martin: Não sei.
Cassidy: Nossa, espero que não.
Sophie: Segundo a ciência, não.
X: Não sei, mas espero que sim.
Eu: Não sei nem quero saber.

Jogamos mais algumas rodadas. Martin pergunta se o amor pode durar para sempre. Cassidy e eu somos as únicas a responder que não. Cassidy está só sendo do seu jeitinho de sempre: ranzinza e cínica.

Eu, por outro lado, tenho provas concretas de que não.

Embora as regras da brincadeira proíbam debates prolongados sobre as respostas, acabamos nos rendendo. X não consegue acreditar que eu ia querer saber onde e quando vou morrer.

– Ia ser horrível – diz ele. – Você teria uma nuvem existencial carregada imensa pairando acima da sua cabeça o tempo todo.

Todo mundo enche o saco de Cassidy por dizer que espera não existir vida após a morte.

– Uma vez só para mim basta, muitíssimo obrigada – argumenta.

No fim das contas, porém, ela cede e diz que tudo bem se "fosse parar no mesmo lugar que todas as pessoas legais e divertidas". Nenhum de nós sabe ao certo se para ela esse lugar é o céu, o inferno ou algum outro.

Depois de um tempo, passamos a fofocar sobre nossos colegas de turma, ou seja, a fofocar sobre suas vidas amorosas. Tenho certeza absoluta de que o próximo tema vai ser nossas próprias vidas amorosas.

Não sei se estou preparada para ouvir sobre a vida amorosa movimentada de X.

– Preciso fazer xixi – digo, alto demais por causa da bebida.

– Eu vou com você – diz Martin, como sempre faz.

Como o banheiro é distante e isolado demais para irmos sozinhas, o combinado é toda vez irmos com alguém. E o alguém é sempre Martin.

– Eu também preciso ir – diz X.

Martin volta a se sentar e pisca para mim.

Andamos um tempão sem dizer nada, até que X rompe o silêncio.

– Gostei dos seus amigos. Obrigado por me convidar.

– Eles também gostaram de você.

– A Cassidy é bem engraçada.

– É. Pena que os pais dela sejam uns idiotas.

– Ela e a Sophie já ficaram?

– Não... Por quê?

Ele dá de ombros.

– Por nada. É que elas parecem bem próximas.

– Nós somos *todos* bem próximos. Sobrevivemos juntos ao festival de vexames que é o ensino fundamental. Estamos ligados para sempre, como soldados que lutaram juntos na guerra.

Ele ri.

– Quer dizer que você dava vexame no fundamental? – pergunta ele.

– E todo mundo não dava?

– Eu não. Sempre fui maneiro.

– Você não é tão maneiro assim – digo, mas nenhum de nós dois acredita.

Chegamos ao banheiro e ficamos de guarda um para o outro, então começamos a andar de volta.

Está *mesmo* uma noite perfeita. Uma daquelas que me fazem sentir que tenho sorte por viver num lugar tão lindo. A praia está toda iluminada pela luz de outras fogueiras. Cada uma com o próprio grupo de pessoas rindo, dançando ou se aquecendo. Pressiono os dedos dos pés com força na areia úmida. Por algum motivo, sinto vontade de deixar minha marca.

Estamos na metade do caminho quando um avião imenso passa no céu. É um avião da Air France. Paramos de andar para vê-lo passar. As turbinas abafam temporariamente todos os outros sons.

– Paris seria bacana – digo, depois de o avião passar.

– Eu estou bem feliz aqui mesmo – diz ele.

Não sei quando ele parou de olhar para o céu e começou a olhar para mim.

– E aí, você acha que a Fifi está certa? Que a gente vai dançar melhor agora que se conheceu um pouco mais? – pergunta ele.

– Acho que sim.

A verdade é que já esqueci que foi por isso que começamos a sair juntos.

Ele para de andar.

– Só tem um jeito de saber – diz.

Ele segura minha mão direita com a sua esquerda e põe a outra na minha cintura. Estamos quase na posição fechada. Tudo que preciso fazer é mover a mão esquerda e colocá-la no seu ombro, então faço isso.

– Quer ensaiar agora? – pergunta ele.

Ele sobe a mão da minha cintura até logo abaixo da minha escápula. Usa a base da mão para apertar minhas costas e me puxar para mais perto. Fifi ficaria orgulhosa da sua técnica de condução. Estamos numa posição fechada perfeita.

Com no mínimo quinze centímetros de espaço entre nós dois.

Como não consigo me forçar a erguer os olhos para ele, fico encarando a sua clavícula.

– Estou muito a fim de te beijar – diz X.

Então sou obrigada a olhar para ele.

– Na dança de salão não tem beijo – digo.

Ele abre um sorriso que de alguma forma é mais largo do que o seu rosto. Sem tirar os olhos da minha boca.

– Isso é um sim?

Meu coração fica tão lento que quase para. Estranhamente, o que sinto é alívio. Eu sei que vou beijá-lo. Para ser bem sincera, nada poderia me impedir de beijá-lo. Já tem um tempo que quero fazer isso. Provavelmente desde o passeio da LaLaLand. Provavelmente desde antes disso.

Só não fiz nada ainda porque tenho medo. Por causa do meu pai e do divórcio. Por causa das visões. E se eu vir nosso futuro? E se ele não for bom?

Só que eu não quero mais ter medo.

Chego mais perto e levanto a cabeça.

Nossos dentes se chocam.

Ele sorri com a boca junto da minha e se afasta um instante para ajeitar nossa posição. Mas então segura meu rosto com as duas mãos e me beija de novo. Passo os braços em volta do seu pescoço querendo chegar mais perto, *precisando* ficar mais perto. As mãos dele deslizam pelas minhas costas e então... descem mais. Eu nunca mais vou zoar aquelas mãos enormes. Elas têm o tamanho perfeito.

– Uau, foi ainda melhor do que eu pensava que fosse ser, e olha que eu já achava que ia ser bom – diz ele quando enfim nos separamos.

Eu rio.

– Você tem pensado muito nisso?

– Bastante – responde ele, e me beija outra vez.

E é mais do que bom.

É excelente.

Fantástico.

Fabuloso.

Sensacional.

E todos os sinônimos de *excelente* já inventados.

Amanhã é quase certo que vou ficar encanada com esse beijo e com o que ele significa, mas por enquanto chego mais perto e o beijo de novo, feliz por viver o aqui e agora.

CAPÍTULO 25

Os imprevistos do destino, parte 1

– POR QUE VOCÊ NÃO PARA de tocar na boca desse jeito? – pergunta Sophie.

Ela me imita e leva dois dedos aos lábios.

Cassidy para de mastigar seu sanduíche.

– Você está *mesmo* mais estranha do que o normal.

– Aconteceu alguma coisa entre você e o X ontem? – pergunta Sophie.

Do outro lado da mesa, Martin só me observa.

Uma das desvantagens de se ter amigos, principalmente amigos de longa data, é que eles conhecem você muito bem.

– *Pode ser* que a gente tenha se beijado – confesso.

– Viu, eu sabia! – diz Cassidy, e cutuca o ombro de Sophie. – Não falei que ontem ela estava com a boca inchada de quem acabou de beijar?

– É, você falou isso mesmo – concorda Sophie, rindo.

Martin também entra na provocação.

– E o beijo foi bom?

– Numa escala de um a dez, infinito – respondo, com um sorriso enorme que por algum motivo não consigo conter.

Eles me provocam mais um pouco, e Cassidy diz que tem um radar para beijos, um "beijômetro". Sophie pergunta quando podemos fazer outra fogueira com meu "namorado".

Ouvi-la dizer a palavra *namorado* me deixa levemente em pânico. Em primeiro lugar, X e eu não estamos oficialmente namorando. Em segundo lugar, eu não sei pelas minhas visões que as coisas acabam? Em terceiro lugar, não entendo por que não tive uma visão de nós dois ontem à noite. Talvez uma das regras das visões seja eu não conseguir ver meu próprio futuro. Ou talvez eu precise de fato *ver* o beijo para a visão acontecer. O que por mim tudo bem. Eu gosto de beijar de olhos fechados.

Eu me levanto com a minha bandeja.

– Vou pegar outro leite. Quando eu voltar, seria incrível se a gente pudesse falar de outra coisa que não a minha boca.

Vou andando até o balcão das bebidas, me esquivando de abraços e gritinhos, tapinhas nas costas e toca-aquis. O refeitório fica sempre mais barulhento e mais cheio no primeiro dia depois de um recesso, e hoje está exatamente assim. Mas não é só isso. Como faltam só dez semanas para a formatura, os alunos do último ano estão especialmente emotivos. Nunca houve tantos términos, reconciliações, ficadas, declarações de amor e acontecimentos diversos. Os corredores são um campo minado de bombas de nostalgia e granadas de arrependimento. A maioria das conversas começa com *lembra aquela vez...* ou *eu queria tanto ter...* Muitas selfies em grupo sendo tiradas. As pessoas riem mais alto e por mais tempo, como se o que quer que tenha sido dito fosse a coisa mais engraçada que já tivessem escutado. Amigos que não conviviam desde o primeiro ano do ensino médio de repente começam a se sentar juntos outra vez. É como se todo mundo tivesse se dado conta de que a escola vai acabar e estivesse tentando aproveitar tudo ao máximo.

Pego o último achocolatado e volto para nossa mesa. Quando chego lá, Sophie e Cassidy sumiram.

– Para onde elas foram? – pergunto a Martin.

Ele dá de ombros.

– Menor ideia. A Sophie tinha alguma coisa pra fazer, e a Cassidy foi com ela.

Ele espera eu me reacomodar na cadeira antes de dar início ao interrogatório.

– Então, imagino que você não tenha tido nenhuma visão depois que vocês se beijaram?

Eu me remexo um pouquinho na cadeira.

– Nada, nem uma imagem.

– Hum – diz ele. – Por que será?

– Estou tentando não pensar no motivo – respondo.

– Estou feliz por você, Eves. Vocês dois combinam.

Ele sorri, mas sinto que algo está errado.

– E com *você*, o que tá rolando? – pergunto.

– Acho que a Danica está gostando do namorado novo – diz ele. – Ela posta muito sobre ele. E se eu tiver perdido a minha chance?

Fico sem saber o que dizer. Eu me sinto dividida entre querer fazê-lo se sentir melhor e não querer alimentar suas esperanças quanto a algo que nunca vai acontecer.

– Eu não acho que você tenha perdido sua chance – digo.

O sinal toca, e nós recolhemos nossas coisas e saímos do refeitório. Nossa aula seguinte é no terceiro andar. Martin abre a porta da escada com um empurrão, mas então empaca tão de repente que quase trombo nele.

– Ai, meu Deus – diz.

Primeiro eu penso que Danica deve estar em algum lugar por perto, porque ela sempre faz Martin congelar. Mas então sigo seu olhar. Não é Danica.

Sophie e Cassidy estão em pé bem ali, no meio da escada.

Estão se beijando.

E eu vejo.

CAPÍTULO 26

Sophie e Cassidy

SOPHIE E CASSIDY em frente à imensa casa de Cassidy. É tarde da noite. Cassidy está com dificuldade para enfiar a chave na fechadura.

- Deixa eu te ajudar - diz Sophie.

Ela tenta pegar a chave de Cassidy, mas Cassidy não solta. Em vez disso, tenta puxar Sophie mais para perto.

Sophie resiste.

- Você é tão bonita - diz Cassidy. - Como é que eu levei tanto tempo para perceber como você é bonita?

Nos olhos escuros de Sophie há esperança e cautela.

- Quanto você bebeu? - pergunta ela, meio brincando, meio sério.

Cassidy balança a cabeça.

- Você também é bonita quando estou sóbria.

Dessa vez, quando Cassidy a puxa para perto, Sophie não resiste.

Cassidy conduz Sophie pelas portas do planetário no Observatório de Griffith. Tirando um segurança e um guia turístico, não há mais ninguém ali.

- Como você conseguiu isso? - pergunta Sophie, empolgada e em choque.

Cassidy dá de ombros.

- Melhor usar o dinheiro dos meus pais para alguma coisa boa - diz ela.

* * *

Esse momento de agora, elas se beijando na escada da escola como se ninguém estivesse vendo.

Uma festa à beira da piscina no quintal de alguém. Luzinhas de Natal penduradas. Jovens jogados na grama.

Cassidy cambaleia, quase cai na piscina e quase leva Sophie junto.

- Caraca, Cassidy, quanto você bebeu? - pergunta Sophie.

- Ah, Sophie, para com isso - diz Cassidy. - Relaxa.

Sophie olha para a água. A piscina é iluminada por dentro, seu brilho azul e verde em contraste com a noite. Para Cassidy, ela diz:

- Mas eu pensei que você gostasse de mim assim.

Nós quatro na Surf City Waffle. O mapa dos Estados Unidos de Martin está dobrado e preso entre as embalagens de calda e a parede.

Sophie e Cassidy estão sentadas uma do lado da outra, mas sem se tocar.

Cassidy está olhando pela janela. Sua expressão diz que ela queria estar em outro lugar, qualquer lugar.

Sophie está olhando para Cassidy. Sua expressão diz que ela queria a mesma coisa.

Cassidy começa a rasgar páginas do seu guia de viagens de carro pelos Estados Unidos.

Não olha para Sophie nem para nenhum de nós quando vai embora.

CAPÍTULO 27

Os imprevistos do destino, parte 2

A VISÃO TERMINA e estou de volta à escada da escola.

Sophie e Cassidy não estão mais se beijando. Em vez disso, estão acenando para Martin e para mim com expressões bobas e felizes no rosto.

Martin cutuca meu ombro.

– Ih, merda – diz ele. – Você *viu* elas duas, não foi?

Estou abalada demais para falar, então só faço que sim com a cabeça.

Sophie e Cassidy percebem que tem alguma coisa errada. As duas começam a descer a escada na nossa direção.

Não posso ficar ali e fingir que estou feliz por elas quando sei quanta dor vão causar uma à outra.

– Preciso ir – digo, e saio empurrando a porta.

E é estranho, porque já tive tantas visões que já sei que preciso estar preparada para o fato de todos os relacionamentos acabarem. Mas o fim da nossa amizade é um sofrimento que eu não previ.

CAPÍTULO 28

A queda

SEI QUE TEM ALGUMA coisa errada assim que chego da escola.

Primeiro porque as portas de vidro que dão para o nosso terraço e para o quintal coletivo estão abertas. Mamãe quase nunca abre essas portas porque detesta a natureza. Basicamente, ela detesta os insetos, mas como insetos fazem parte da natureza... Ela está de costas para a sala e segura com firmeza o batente da porta, como se estivesse precisando se firmar.

Franzo a testa para Danica. Minha irmã está sentada no sofá segurando o celular junto à orelha com uma das mãos e puxando as pontas do cabelo com a outra.

– Tá bom, papai – diz ela no tom de voz feliz que sempre usa com ele.

Eu não tenho mais uma voz assim para o nosso pai. Se Danica soubesse o verdadeiro motivo do divórcio, ela também não teria.

Dou meia-volta, tentando fugir para o andar de cima para não ter que falar com ele.

Mamãe impede minha fuga.

– Evie, seu pai precisa falar com você.

Começo a protestar, mas ela parece tão atordoada que me detenho.

– O que está acontecendo? – pergunto.

– Seu pai vai explicar.

Seu sotaque jamaicano está tão marcado que parece que ela emigrou na véspera.

Danica estende o celular para mim.

Pego o aparelho, mas não o levo à orelha na mesma hora. Sempre demoro alguns segundos para conseguir falar com meu pai. Dentro de mim existem duas Evies: a que o amava e a que ainda o ama mas não quer amar.

– Oi – atendo, usando meu tom de voz mais neutro.

– Oi, chuchu.

Ele me colocou no viva-voz. Detesto o viva-voz.

– Não gosto quando você me chama assim – digo.

Ele suspira. Vejo exatamente o que está fazendo: apertando o nariz com uma das mãos enquanto esfrega a nuca com a outra.

– Tenho uma notícia para te dar – diz ele.

Eu não digo nada.

– Queria te contar pessoalmente, mas...

Ele para de falar. O que quer dizer é que, como eu me recuso a ir visitá-lo, ele não tem como me dizer nada pessoalmente.

Mamãe agora saiu de vez para o terraço.

Os grandes olhos escuros de Danica examinam meu rosto.

– É sobre a Shirley – declara meu pai.

Por um segundo acho que ele vai dizer que os dois terminaram. Por um segundo vejo nós quatro de novo juntos em casa, comendo panquecas de mirtilo no café da manhã.

Mas não é isso que ele diz.

– A gente vai se casar.

Houve um tempo em que ele teria usado alguma expressão pouco conhecida, como *fazer o enlace*, não dito que ia *se casar*. Teria me feito pensar junto com ele sobre a etimologia da expressão, e eu o teria provocado por aquela nerdice com as palavras, apesar de ser igualzinha. Nós éramos superpróximos antes do divórcio. Temos o mesmo senso de humor: um pouco excêntrico, um pouco cínico. E a mesma visão de mundo: no meio caminho entre o bom humor e a incompreensão.

Ainda é difícil acreditar em como estamos afastados agora.

Ele quebra meu silêncio com um suspiro.

– Chuchu, fala alguma coisa – pede.

– Para de me chamar de "chuchu" – digo.

– Eu sei que você está sofrendo com isso tudo... – começa ele num tom compreensivo.

Aquela empatia só me dá raiva. Se não fosse a dissimulação dele, eu não precisaria da sua empatia.

– Não precisa fingir que você se importa, porque nós dois sabemos que...

– Para – diz ele, o viva-voz fazendo a palavra ecoar.

Eu me sento no primeiro degrau da escada. Agora entendo por que a mamãe parecia desequilibrada quando cheguei.

Danica está franzindo a testa e balançado a cabeça para mim com reprovação.

– Eu quero que você vá ao casamento – declara ele.

– Não – respondo. – Eu não vou.

– Evie, vamos conversar. Eu quero muito que você...

– Não – repito. – Eu não vou e você não tem como me obrigar.

Ele respira fundo, e sei que está se preparando para me soterrar de palavras e tentar me convencer.

– Preciso ir ao banheiro – digo.

– Evie, eu...

– Sério, preciso fazer xixi – insisto. – Vou lá.

Ele desiste.

– Tá bom.

Desligo o telefone, mas não me movo.

Mamãe entra de novo em casa e desliza as portas de correr. Com elas fechadas, parecemos estar dentro da nossa própria pequena bolha, isoladas do mundo.

– Bom, tá – diz mamãe. – Acho que a gente precisa conversar.

Antes de ela poder começar qualquer conversa séria de mãe com a gente, eu pergunto:

– Quando ele te contou?

– A gente conversou ontem à noite, mas ele mesmo queria te contar.

Ela olha para Danica e une as mãos no colo.

– O que você achou da notícia, D? – pergunta.

– Por mim tudo bem – responde Danica.

– E você, Evie?

– Você sabe o que eu acho – respondo.

Ela assente.

– Eu sei que esse pode ser um momento complicado – começa, como se estivesse lendo um livro de psicologia. *Como falar com seus filhos sobre divórcio.*

Só que eu não sou mais criança. Tenho quase 18 anos. As visões me ensinaram mais sobre como o amor realmente funciona do que eu já quis ou imaginei saber.

– Mãe – interrompo o discurso dela –, por favor, não me obriga a ir a esse casamento.

Ela aperta os braços da cadeira.

– É importante para o seu pai.

– E o que é importante para mim não conta?

Danica dá um tapa na própria coxa.

– Por que você está tão brava com o papai? – pergunta ela. – Ele não fez nada de errado. Eles não se amavam mais e se separaram. Acontece o tempo todo.

Pressiono os lábios por um instante para não dizer nada que não deveria.

– Mãe, por favor, não me obriga a ir – imploro.

– Eu acho que você vai se arrepender se não for, mas não vou te obrigar a ir.

Ela se levanta e se encaminha para o armário do hall de entrada.

– Você está mesmo disposta a magoar seu pai assim?

Ambas sabemos a resposta para essa pergunta.

– Me promete pelo menos pensar no assunto – pede ela.

Não sei se algum dia já senti tanto alívio.

– Tá bom – digo, mas só para fazê-la se sentir melhor.

Eu com certeza não vou pensar no assunto.

Mamãe veste um suéter.

– Vou dar uma volta – diz.

Danica balança a cabeça para mim, mas não diz nada. Sobe a escada e me deixa sozinha na sala.

Mamãe está errada quando diz que vou me arrepender se não for ao casamento. Vou me arrepender é se vir o papai beijar a Shirley e descobrir o futuro deles. Vou me arrepender de fingir que estou feliz por ele. Vou me arrepender de ver como ele está feliz na sua nova vida sabendo que ele um dia foi nosso. E, mais do que tudo, vou me arrepender de estar lá para celebrar oficialmente o fim da nossa família.

Passo o resto da noite sem fazer nada a não ser responder (e deixar de responder) mensagens. Sophie escreve se desculpando por não ter me contado que tinha ficado com Cassidy, mas não é incrível elas estarem juntas? Ela parece feliz de verdade. Cassidy também escreve. Ela não se desculpa por ter mantido a relação das duas em segredo, mas está tão animada quanto Sophie. *Vc acredita q ela agora é minha namô??????*

Ambas querem saber se estou feliz por elas, provavelmente por eu ter fugido mais cedo. Eu lhes digo que sim, e quero muito que seja verdade. Mas tudo que consigo enxergar é como a relação delas impacta nossa amizade.

X manda uma mensagem bem na hora em que estou indo para a cama.

Sinto um rodopio de alegria na barriga ao ver o nome dele surgir na minha tela, mas o rodopio então se transforma num movimento lento e pesado. O que eu estou fazendo? Já bastam o anúncio de papai e a visão que tive de Sophie e Cassidy; não preciso de mais nenhum lembrete de por que ficar com X é uma má ideia.

X: Ei, só pra dar um oi
X: Seu dia foi legal?

Demoro dez minutos para elaborar algo que responda às perguntas dele sem incentivar outras.

Eu: Foi. Mas já estou indo dormir
Eu: Boa noite
X: Beleza
X: Boa noite

Passo um tempão acordada, pensando. As pessoas vivem dizendo coisas do tipo "dá uma chance para o amor", "o amor vale o risco" etc.

Só que as visões me ensinaram outra coisa. Meu pai de casamento marcado com a mulher com quem traiu minha mãe me ensinou outra coisa. Sim, se apaixonar requer um voto de confiança, requer que as pessoas se joguem com tudo em algo novo. Mas as pessoas só fazem isso porque não sabem onde estão se jogando. Elas acreditam *de verdade* que vão ter uma aterrissagem suave. Que serão recebidas por coisas macias: penas, travesseiros de plumas, mantinhas felpudas de bebê, carpetes daqueles bem peludos. Mas eu já vi onde estão se lançando. E tudo o que tem lá embaixo são pedaços pontiagudos e letais dos ossos de quem se jogou antes.

É impossível sobreviver à queda.

CAPÍTULO 29

Os imprevistos do destino, parte 3

NO DIA SEGUINTE, dou um jeito de evitar Sophie e Cassidy ao mesmo tempo que finjo não estar evitando as duas. De manhã, passo no meu escaninho dez minutos antes do horário habitual. Na hora do almoço, quando elas me mandam mensagem do refeitório, digo que estou fazendo uns deveres de casa atrasados na biblioteca. Depois da aula, digo que mamãe me pediu para fazer umas coisas para ela.

Mas as duas acabam desconfiando.

Mais tarde, à noite, mamãe bate na minha porta.

– Suas amigas chegaram – diz ela. – Não sabia que elas iam vir.

Nem eu.

Quando chego lá embaixo, Sophie e Cassidy estão comendo cookies de limão siciliano e mirtilo, o mais recente experimento culinário da mamãe. Sophie está até tomando um copo de leite. Minha mãe fica alguns minutos com a gente e faz aquelas perguntas típicas de mãe: *Como vão seus pais? E o último ano? Estão prontas para a faculdade?* As perguntas e os cookies terminam mais rápido do que eu gostaria. Mamãe volta para a TV, onde está assistindo a um programa que ensina a fazer doces.

– Vamos subir para o seu quarto – diz Cassidy.

Ela começa a falar assim que fecho a porta.

– Por que você está evitando a gente?

– Eu não estou evitando vocês – respondo, sem encará-la.

Nós duas sabemos que estou mentindo. Tento outra vez.

– É que eu tenho andado...

– Ocupada. É, a gente ficou sabendo – diz ela.

Sophie se senta na minha cama.

– Ficamos nos perguntando se você achou estranho ver nós duas juntas.

– Por que seria estranho?

Cassidy dá um suspiro impaciente, mas Sophie continua.

– Porque a Cassidy e eu agora estamos namorando, e isso muda as coisas para nós quatro.

– Para o Martin está tranquilo – intervém Cassidy.

Sophie lhe lança um olhar que diz *fica quieta, por favor.*

Cassidy faz um gesto de quem está fechando a boca com um zíper.

– O que está rolando com você? – pergunta Sophie.

– Está tudo bem – respondo.

– Está nada – diz Cassidy.

Ela se afasta da porta e vai se sentar na minha cama ao lado de Sophie.

– Você está sendo cínica e um pé no...

Embora ela tenha razão, eu fico na defensiva, como se estivesse sendo o foco de algum tipo de intervenção. Mas não sou eu quem precisa de ajuda.

– Eu não acho que vocês duas devam ficar juntas – disparo.

– Viu só? – diz Cassidy, virando-se para Sophie. – Eu sabia!

Sophie baixa os olhos para as próprias mãos.

– Mas por quê?

– Estou com medo do que vai acontecer com a nossa amizade quando vocês terminarem – digo, do jeito mais delicado que consigo.

Só que não existe um jeito delicado de dizer isso.

Sophie cruza os braços e bate com o pé no chão.

– E quem disse que a gente vai terminar?

– Bom... a maioria dos casais acaba terminando, né?

Estranhamente, é Cassidy quem tenta me salvar de mim mesma.

– Qual é, Eves. A gente está apaixonada. Fica feliz por nós duas e pronto.

– Desculpa – sussurro, balançando a cabeça. – Eu não consigo fingir que estou feliz com o fim da nossa amizade.

Engraçado como existem muitos tipos diferentes de silêncio. Esse é chocado, decepcionado e definitivo.

Eu poderia contar sobre o casamento do meu pai. Cassidy ficaria com raiva por mim, e Sophie seria compreensiva. As duas me perdoariam pelas coisas horríveis que acabei de dizer, mas eu não falo isso. Estou só tentando impedi-las de se magoarem. De magoar todos nós.

Elas se levantam ao mesmo tempo. Sinto seus olhos em mim, mas continuo encarando meus pés. Não ergo o rosto quando ouço a porta do meu quarto abrir, nem quando escuto seus passos pesados na escada ou a porta da frente batendo com força.

Sei que a nossa amizade ia mudar. No outono vamos cada um para uma faculdade, mas achei que ainda tivéssemos o resto do verão, nossa viagem de carro épica e tudo do jeito que sempre foi. Agora descubro que não nos resta mais tempo nenhum.

CAPÍTULO 30

Se jogando

NO DIA SEGUINTE, quando chego em casa da escola, mamãe e Danica estão sentadas em frente à mesa da cozinha examinando a tela do notebook da minha irmã.

Mamãe me dá um oi rápido, então volta a digitar alguma coisa.

Danica suspira e tira o notebook da frente dela.

– Não, mãe, você precisa dizer alguma coisa interessante sobre si mesma – reclama ela. – Não é pra escrever sobre ser mãe. É pra escrever sobre *você.*

Não preciso ver o rosto da minha mãe para saber que ela está com aquele seu sorriso de *olha só quanta coisa você ainda não sabe.*

– É a mesma coisa, D!

– Mas ser mãe não é sexy.

– Daqui a uns vinte anos vou te lembrar que você disse isso – diz mamãe.

Não acredito que Danica está tentando convencer a mamãe a sair com alguém. Primeiro Sophie e Cassidy, depois o papai de casamento marcado, e agora isso?

Quando Martin me manda uma mensagem cinco minutos depois me dizendo para encontrá-lo no La Brea Tar Pits, subo na bicicleta na hora. Qualquer coisa para me fazer parar de pensar.

O La Brea Tar Pits fica em La Brea e tem, como o nome diz, um monte de poços de piche. O maior deles, Lake Pit, fica logo na entrada principal. O piche é grosso, preto-esverdeado e não para de brotar do chão. De tempos em tempos, uma bolha de ar malcheiroso estoura na superfície.

Lake Pit é o meu poço preferido, porque lá tem uma das esculturas mais macabras que eu já vi. São três mamutes imensos, dois adultos e um filhote. Um dos adultos está preso até a cintura no piche. O outro adulto e o filhote de mamute estão em terra firme, mas o filhote está nitidamente bramindo de medo. Sua boca está escancarada num grito. A tromba rígida aponta para o mamute preso no piche. O outro mamute adulto parece resignado.

O legal dessa escultura é que ela capta um momento. Há duas leituras possíveis para ela: ou o mamute preso no poço já era, e estamos presenciando seus últimos segundos de vida, ou estamos vendo o início de uma fuga milagrosa.

Minha leitura muda dependendo do meu humor.

Hoje chego à conclusão de que o mamute preso no poço está condenado.

Deixo a família de mamutes com sua interminável tragédia, subo até o alto do morro principal e me sento na grama. São três da tarde. Nesse horário, a população do parque consiste principalmente em famílias com filhos pequenos. Fico olhando as criancinhas subirem o morro correndo e descerem rolando inúmeras vezes. E olhando os pais as observarem com nervosismo.

Dez minutos depois, Martin aparece, subindo o morro a passos lentos. Está usando uma camisa cáqui, um short cáqui e um chapéu cáqui. Tem um lenço vermelho amarrado no pescoço.

– Você está parecendo um guarda-florestal – digo.

– Valeu – diz ele.

Martin se senta e enxuga o suor da testa. Com o lenço.

Antes que eu consiga zoar um pouco mais a roupa dele, reparo num menininho olhando para a escultura dos mamutes. A mãe está com ele. Não dá para ouvir o que estão dizendo, mas é óbvio que o menino está assustado e a mãe está tentando reconfortá-lo.

– Que verdade desagradável é essa escultura – comento.

– Acho que nem preciso perguntar como está seu humor hoje – replica Martin.

Dou de ombros e suspiro.

– A Sophie e a Cassidy me contaram da briga – diz ele.

– É, eu imaginei – respondo.

Descanso a cabeça no seu ombro e olho para o parque lá embaixo.

– Me conta o que você está vendo – pede ele, fazendo aspas com os dedos em *vendo*.

– Você quer que eu te conte o que vai acontecer com as pessoas? – pergunto, e ele assente.

Dou uma olhada ao redor, procurando algum casal prestes a se beijar. Encontro um: um cara e uma garota fazendo um piquenique ao lado de uma árvore bem grande. Mostro para Martin. Quando a visão termina, conto o desfecho:

– Semestre de intercâmbio no Japão. Ela se apaixona por uma japonesa.

– Ui – diz ele.

Encontro outro casal de mãos dadas. Novamente mostro os dois para Martin. Não preciso esperar muito até o inevitável beijo.

– Ele a pede em casamento e ela diz não. Não o ama o suficiente.

Outro casal deitado numa canga já está se beijando. Ele se muda para Nova York.

Passamos a hora seguinte assim. Vejo todas as coisas que estava esperando ver. Muitos começos apaixonados. Muitos finais amargos. Traições, mortes, doenças, desilusão e tédio.

Depois de um tempo, estou exausta e paro.

As pessoas dão algumas dicas quando estão prestes a se beijar: a mão pousada de leve num ombro, ou um toque na cintura, ou uma aproximação sutil. O único jeito de viver com essa maldição é evitar completamente ver qualquer beijo. Preciso aprender a desviar os olhos a tempo.

– Talvez você possa contar para elas sobre as visões e dizer o que vai acontecer – sugere Martin.

Ele está falando sobre Sophie e Cassidy, mas sei que não é para valer. Está só tão confuso e frustrado quanto eu. Seria uma crueldade dizer a elas o que vai acontecer. Seria tirar sua felicidade.

Faço que não com a cabeça.

– Elas nunca acreditariam em mim.

Casais apaixonados acreditam que vão continuar apaixonados para sempre. Inclusive, essa é uma das formas de saber que se está apaixonado.

– Não dá simplesmente para você fingir que não sabe?

– Martin, você não viu o que eu vi. É horrível. Elas vão causar muita tristeza uma para a outra. Além disso, o problema maior não é que *elas* vão se separar. O problema é que elas vão separar *todos nós*. Nós quatro não vamos mais ser amigos. Não vai ter mais viagem épica de carro. Nem conversa de grupo. Nem recesso da faculdade. Não vai ter mais nada.

– É, entendi.

Ele volta a olhar para os casais no parque.

– Eles parecem tão felizes, né?

Entendo o que ele quer dizer. Depois de cada visão, estudo o casal para ver se consigo ter algum vislumbre do que vai acontecer, mas não consigo encontrar sinal nenhum. Neste exato instante, no mesmo parque que os mamutes condenados à morte, eles estão felizes.

Meu telefone vibra. É o X. Mostro a tela para Martin e ele me responde com uma expressão emocionadíssima. Dou uma cotovelada nele.

X: Ei
Eu: Oi
X: Está ocupada?
Eu: Na verdade, não
X: Quer sair?
Eu: Quando?
X: Agora

Viro o celular para Martin poder ler as mensagens.

– Você deveria ir – diz ele.

– Provavelmente é uma má ideia.

Indico o parque e todos os casais cujas visões acabei de ter e de explicar.

– Eves – diz ele. – Você não acha que o fato de eles estarem felizes agora significa alguma coisa?

Eu não sei.

Talvez?

Meu telefone torna a vibrar.

X: Ou pode ser outra hora

Mostro o telefone para Martin outra vez.

– Você disse que o beijo dele era infinito numa escala de um a dez. Qual é a dúvida? – pergunta ele. – Responde logo.

Eu: Pode ser agora
Eu: Agora está bom

X: Show
X: Aonde a gente vai? Você escolhe dessa vez
Eu: Por que eu que escolho?
X: Eu escolhi o tour da lalaland e o meu show
X: Você só escolheu a fogueira
X: Então... dois encontros contra um... sua vez
Eu: Não foram encontros
Eu: Foram saídas
Eu: Por causa da Fifi
X: Ah, tá

"Ah, tá" o quê?

X: E aí, quer "sair" de novo daqui a uma hora?
X: Me manda mensagem dizendo aonde quer ir e eu te encontro lá
Eu: Tá

– Você tá caidinha, hein? – comenta Martin.

– Ninguém te perguntou nada – rebato.

Volto de bicicleta para casa, troco de roupa e saio de novo. Meu estômago dá cambalhotas cada vez mais complexas enquanto pedalo ao encontro de X. O que estou fazendo, afinal?, pergunto a mim mesma. Duas noites atrás, falei para o meu pai que não iria ao casamento dele. Comparei se apaixonar a se jogar de um precipício. E ontem à noite mesmo disse a Sophie e Cassidy que todos os relacionamentos terminam.

Quanta hipocrisia, Evie.

Levo os dedos aos lábios e torço para estar errada em relação à letalidade da minha queda.

CAPÍTULO 31

Definitivamente um encontro

– A GENTE VAI JOGAR SINUCA? – pergunta X ao se aproximar de onde estou parada, debaixo do letreiro da Sinuca Wilshire.

– Você não quer?

Eu não sabia direito o que escolher para nossa primeira saída/encontro/seja-lá-o-que-for oficial. Agora estou nervosa com medo de ele não gostar.

Ele para a poucos metros de mim.

– Não. Estou surpreso, só isso – diz.

Nós nos encaramos. É esquisito e ao mesmo tempo estranhamente emocionante. Na última vez em que nos vimos, nós nos beijamos, mas como não decidimos o que os beijos significaram nenhum de nós dois sabe o que fazer com as mãos. Ou com as bocas.

Aceno para ele. Ele acena de volta para mim. A meio metro de distância um do outro.

Por fim, ele começa a rir, e eu também.

– Estou superfeliz de te ver – diz ele.

– Eu também – respondo.

Sinto que deveríamos nos abraçar ou algo assim, mas nenhum de nós dois faz menção de tentar esse movimento.

Ele segura a porta aberta para mim.

– Sinuca então, é isso?

– Bom, eu imaginei que você devesse jogar bem. Não deve ter muita coisa para fazer em Lake Elizabeth.

– Uau – diz X, fingindo estar ofendido. – Sua metida de cidade grande.

Sorrio para ele, mas é verdade que não consigo me imaginar não morando em uma cidade grande e diversa.

Assim que entramos, vou direto para a recepção. O gerente, um sessentão chamado Julio, me reconhece na hora.

– *Señorita* Evie, há quanto tempo!

Ele se inclina por cima do balcão para me dar dois beijinhos, depois olha por cima do meu ombro.

– Mas cadê o seu pai?

– Meu pai não veio hoje – digo, puxando as alças da mochila. – Somos só eu e meu amigo X.

Ele e X se cumprimentam dizendo "e aí, cara" e apertando a mão.

Julio olha de mim para X, como se estivesse tentando entender se somos amigos ou *amigos*. Não sei dizer a que conclusão ele chega.

– Cuidado com essa daí – diz ele para X. – Ela é danada.

– Estou percebendo – responde X, batendo com o dedo no estojo do meu taco, que desponta para fora da mochila.

– Mesa 17 – diz Julio.

Ele me entrega a bandeja com as bolas e o giz. A mesa 17 é onde papai e eu sempre jogávamos. Fica meio afastada, no canto dos fundos à direita, perto dos alvos de dardos que ninguém nunca joga.

Mas eu não preciso de mais nenhuma lembrança do meu pai agora. Desde que disse que não iria ao seu casamento, ele me mandou três mensagens. A primeira foi a foto de um folheto colado num poste de rua, anunciando o festival de tacos. A segunda foi uma lista de todos os food trucks que vão participar. A terceira foi uma foto de nós dois no festival dois anos atrás. Estamos ambos dando uma mordida em *chimichangas* de frango (um *burrito* frito que leva arroz, queijo, feijão, frango desfiado e alegria). Estamos de olhos fechados, em êxtase. Acho que posso ir com a mamãe, com Martin ou com qualquer outro amigo, mas sei que não vou fazer isso. Ninguém mais é um especialista como papai. Ninguém mais vai saber valorizar todos os tipos de molhos e o que torna um melhor do que o outro.

Peço para Julio trocar nossa mesa por outra do lado esquerdo, perto das máquinas de pinball.

A Sinuca Wilshire não é uma daquelas sinucas escuras e meio sinistras que sempre vemos nos filmes. É um espaço grande e limpo, com mesas impecáveis e tacos lustrosos em suportes de madeira escura. A iluminação principal é sempre reduzida, mas cada mesa tem a própria luminária logo acima. Sempre gostei do visual que isso cria: grandes áreas escuras pontuadas por focos de luz amarela.

Como é quarta-feira e estamos no final da tarde, a maioria das mesas está vazia, exceto as que ficam na frente do salão, que são usadas pelos jogadores mais antigos. São quase todos homens brancos mais velhos, resmungões e de cabelo desgrenhado, mas jogam uma sinuca de primeira. Um ou dois deles me reconhecem e me cumprimentam com um meneio de cabeça.

Chegamos à nossa mesa, e tiro meu taco da mochila. Os bons tacos de sinuca vêm em duas partes. Sinto X me observar enquanto abro meu estojo e atarraxo as peças.

– O que foi? – pergunto.

– Julio estava certo quando disse que você era danada?

– Eu jogo razoavelmente bem – respondo, minimizando minhas capacidades.

– Mentira, você é danada – diz ele, rindo, e pega um taco no suporte de madeira. – Tá, me ensina como se faz, sua metida de cidade grande.

Então eu ensino.

Ensino a ele como se certificar de que um taco está reto pousando-o na mesa e fazendo-o rolar. Se ele não balançar é porque está reto. Ensino a dispor as bolas na mesa e a passar giz na ponta do taco e talco na parte da mão que fica entre o polegar e o indicador, por onde o taco vai deslizar. Por fim, explico as regras do mata oito: uma pessoa encaçapa as bolas de cor cheia (as lisas), menos a bola oito, e a outra encaçapa as bolas que têm uma faixa branca (as listradas). Quem encaçapar todas as suas bolas primeiro tem que encaçapar a oito.

– Vou te mostrar a saída.

Vou até a mesa e bato na bola branca, lançando-a nas outras. As bolas coloridas se espalham pela mesa.

Rearrumo as bolas para ele.

– Sua vez – digo.

Ele chega perto da mesa. E é difícil imaginá-lo cometendo mais erros do que ele comete. Ele segura o taco para cima demais, apoia-o nos dois dedos errados e não alinha a cabeça com o taco. Quando faz a saída, seu taco só resvala na bola branca, fazendo-a avançar apenas uns poucos centímetros antes de parar.

Ele sorri para mim.

– Talvez seja melhor eu tentar de novo – diz.

Eu rio.

– Foi bem ruim.

Balanço a cabeça, mas secretamente estou meio que animada por ter uma desculpa para chegar mais perto dele e ajeitar sua postura.

Penso em todas as comédias românticas heterossexuais às quais já assisti e que tinham uma cena de sinuca. Em geral, jogar sinuca é uma sugestão do cara, porque:

1) ele pode exibir suas habilidades

e

2) ele pode chegar bem pertinho da garota com a desculpa de lhe ensinar a técnica adequada.

Volto a arrumar as bolas.

– Assim, deixa eu te mostrar – digo. Fico em pé bem do lado dele, me inclino por cima da mesa e demonstro a forma correta de segurar o taco.

Ele tenta de novo. Dessa vez a bola branca acerta as outras, mas com tão pouca força que elas mal saem do lugar.

Tapo a boca com a mão para disfarçar uma risada.

Dessa vez, depois de arrumar as bolas, dou a volta na mesa, me inclino e ponho o braço por cima do dele para poder ajeitar sua pegada.

Ele vira a cabeça. De repente, seu rosto (e sua boca) ficam *bem na minha frente.*

– Obrigado pela ajuda – diz ele.

– De nada – respondo.

Ele baixa os olhos para minha boca e não tira.

– No letreiro lá fora está escrito *sinuca*, não *point de pegação* – diz uma voz vinda de algum lugar atrás de nós.

Julio.

Praticamente pulo para longe de X.

– Eu estava só ensinando ele a jogar.

X fica onde está, disfarçando o riso no braço esticado.

Julio sorri e balança a cabeça.

– Pode chamar do que quiser, mas não vamos exagerar. Pelo amor de Deus, eu conheço o seu pai – diz ele, se afastando.

X ri mais um pouco.

Cutuco-o com meu taco e lhe digo para ficar quieto.

– Tá, vamos ver se eu entendi – diz ele, tornando a olhar para a mesa.

De repente, seu corpo se transforma. A postura passa de desleixada a perfeita. Ele segura o taco exatamente como se deve segurar, e sua cabeça fica alinhadinha.

Ele dá a saída com um barulho bem alto e encaçapa uma das lisas. Então encaçapa mais quatro seguidas antes de errar por pouco a sexta. Depois, vira de costas para a mesa, olha nos meus olhos e abre o sorriso mais sacana que eu já vi.

– Acho que você tinha razão. Não tem nada para fazer em Lake Elizabeth – diz ele.

Eu. Paguei. De otária.

Bato com a base do meu taco no chão.

– Por que você fingiu que não sabia jogar?

– Vai ver eu queria que você me ensinasse – diz ele com uma piscadela. – Ou vai ver foi porque você zoou minha cidade. Vamos ver se você é boa mesmo, garota da cidade grande.

Eu semicerro os olhos para ele.

– Você já era, garoto da cidade pequena.

Tento matar a nove, mas erro. Ainda estou abalada com a sua farsa e com a sua habilidade. Não tenho nem outra chance de ganhar, porque ele encaçapa a lisa que sobrou e em seguida mata a oito e vence a partida.

Digo um palavrão mais alto do que deveria, e ele só ri.

– Gostei desse seu lado – diz.

– Não tenta me distrair.

Finjo fazer uma cara feia, mas estou feliz por ele jogar tão bem. Sinuca é mais divertido quando você tem um adversário de verdade.

Ganho as duas partidas seguintes, mas ele ganha a quarta e a quinta. Eu levo a sexta quando ele erra uma jogada fácil para encaçapar a oito. Ficamos empatados, três a três.

– Vamos deixar no empate? – pergunta X.

– Por quê? Está com medo de perder?

– Tá, depois não vem falar que eu não te dei uma chance de se retirar com dignidade – diz ele.

Reviro os olhos.

– Pode deixar que da minha dignidade cuido eu – retruco. – Mas vamos comer alguma coisa primeiro? Estou morrendo de fome, e o hambúrguer aqui é ótimo.

Fazemos nosso pedido no bar e vamos nos sentar numa das mesinhas na frente.

X dá uma olhada no salão. O lugar agora está mais cheio do que quando chegamos. Um dos caras da velha guarda está em frente ao jukebox, sem dúvida escolhendo uma música country do século passado. Olho para Julio, que ri e dá de ombros. Há anos ele promete arrumar músicas melhores para o jukebox.

– Quer dizer que você e seu pai costumavam vir aqui? – pergunta X.

– Todo domingo de manhã. Ele e o Julio se revezavam para me ensinar, e aí a gente passava horas jogando.

– Cara, o seu pai deve ser incrível – comenta ele, antes de lembrar que eu não o acho tão legal assim. – Desculpa, esqueci que...

– Não, tudo bem. Quer dizer, eu também o achava incrível. Para ser sincera, é por isso que a situação toda está tão ruim. Uma coisa é ele ter traído a minha mãe, mas eu sinto que ele traiu também toda a construção que eu tinha dele. E agora ele vai se casar de novo e não tem mais como tudo voltar a ser como antes. Sei lá. Estou só falando um monte de coisa sem sentido.

– Que merda, Evie, não sabia que ele ia se casar de novo.

Ele pousa a mão na minha por alguns segundos.

– Mas eu entendo o que você quer dizer. É como se ele não fosse quem você achava que ele era.

– É, tipo naqueles filmes em que tem uma virada e a pessoa que você achava que era o cara legal na verdade é o vilão.

Sinto o coração apertado. Não quero deixar o clima tão pesado entre a gente, mas sinto que preciso contar a ele como estou me sentindo em relação ao mundo.

– Eu nem sempre fui assim – digo.

– Assim como?

Bem nessa hora, Julio chega com os hambúrgueres, o que é bom, porque me dá um tempo para entender o que estou tentando dizer.

X dá uma mordida no seu e faz um barulho feliz como quem diz *que delícia*. Passamos um tempo comendo antes de ele voltar ao assunto.

– Você nem sempre foi assim como?

Eu me inclino para a frente.

– Não sei se eu acredito mais em tudo isso.

– Tudo isso o quê? – pergunta ele, mastigando devagar.

Faço um movimento com a mão entre nós dois.

– Sair, ficar junto.

Ele baixa o sanduíche e mantém os olhos cravados em mim enquanto me espera continuar.

– Lembra na fogueira, quando você me perguntou se a Sophie e a Cassidy já tinham ficado? – pergunto.

– Lembro, o que tem?

Vejo o instante em que a sua ficha cai.

– Elas ficaram?

Faço que sim com a cabeça.

Seus olhos percorrem meu rosto.

– E por que isso deixa você triste?

Não quero contar sobre a nossa briga, nem que ficamos sem nos ver a semana toda.

– Eu não acho que as duas combinam, e quando elas terminarem isso vai estragar nossa amizade.

– Quem disse que elas vão terminar?

Como explicar isso para ele sem falar sobre as visões?

– Nada dura – respondo. – Meus pais eram tão felizes... Se você tivesse conhecido a Evie de um ano atrás e dito que o pai dela trairia a mãe, que eles iriam se divorciar e que o pai dela iria se casar de novo, ela teria rido da sua cara sem piedade.

– Bom, não sei como era a Evie de antes, mas eu gosto muito da de agora – diz ele. – Tudo bem você andar meio cínica ultimamente. Tudo bem não confiar tanto no mundo neste exato momento. Você tem bons motivos para isso.

E assim, em um piscar de olhos, eu passo a gostar ainda mais dele. Esse garoto é surpreendente, uma mistura de autoconfiança, sensibilidade e gentileza.

Terminamos os hambúrgueres e voltamos para nossa mesa de sinuca.

– Preparada para perder? – pergunta ele, empunhando o taco.

Nem sequer me dou ao trabalho de fazer uma cara enfezada. Assim que ele termina de arrumar as bolas, dou a saída e mato duas lisas. Então continuo e encaçapo a mesa inteira como se nunca tivesse feito outra coisa na vida. Só sobra a bola oito. Eu me viro para ele e abro o sorriso mais arrogante de que sou capaz.

– Eu mereço – diz ele, e dá uma gargalhada.

– Quem sabe eu mato essa de olhos fechados? – digo.

– Fala sério. Até parece que você vai correr esse risco.

Mas é uma bola fácil para mim. Nem seria um risco muito grande.

Mato a oito com os olhos fechados. Quando volto a abri-los, ele está logo ao meu lado e pega o taco da minha mão, pousando-o na mesa.

– Bela partida – diz, e me puxa para um abraço.

Enlaço-o pela cintura e pressiono o rosto no seu peito.

Ficamos um tempo assim até ele dizer:

– A gente pode ir com calma, se você quiser.

Ele recua um pouco para me encarar.

– Quer dizer, supondo que você queira fazer algo assim de novo. Comigo.

É fofo ver o nervosismo dele. Eu sorrio.

– Tá, vamos devagar.

– Isso significa que podemos dizer oficialmente que isso foi um encontro? – pergunta ele.

Eu rio e volto a pôr a cabeça no seu peito.

– Com certeza foi um encontro – respondo.

CAPÍTULO 32

Como é que taco?

HOJE MAMÃE VAI TER seu primeiro encontro de aplicativo. O nome do cara é Bob. Ele é pediatra. Oncologista pediátrico, na verdade. Quando perguntei a ela por que, na sua opinião, um médico bonitão nunca teria sido casado aos 47 anos de idade, ela olhou para mim e disse: "Ele salva a vida de crianças, Evie. Crianças com câncer."

Não sei bem o que uma coisa tem a ver com a outra, mas não insisto.

– Você está linda, confia em mim – diz Danica para mamãe quando elas descem a escada.

Não sei como ela convenceu mamãe a passar sombra dourada cintilante e batom vermelho, mas ela tem razão. Mamãe está uma gata. Está usando um vestido midi azul-escuro justo no quadril, além de seu par preferido de saltos confortáveis porém sexy. A última vez em que a vi calçar esses sapatos foi para ir jantar fora com o papai.

Ela confere o rosto no espelho do hall de entrada e se vira para Danica.

– Tem certeza sobre este batom? Não acha que está...

– *Vem-cá-rapaz* demais? – completo para ela.

Nem um hidrante consegue ser tão vermelho.

– Isso – diz minha mãe.

Danica lança um olhar malicioso para ela.

– A ideia é essa mesmo, fazer o rapaz vir.

– Ha! – responde mamãe.

Ela torna a se olhar no espelho e ensaia vários sorrisos. Fico ao mesmo tempo feliz e irritada com aquela empolgação.

A campainha toca.

– É ele? – pergunto, me levantando do sofá. – Vocês não deviam se encontrar no restaurante, para ele não saber onde a gente mora caso seja um oncologista serial killer?

– Eu *vou* encontrar com ele no restaurante – diz mamãe, franzindo a testa.

Danica olha pelo olho mágico.

– Ah, é o papai – informa ela com uma voz alegre e feliz.

E escancara a porta.

Pela expressão no rosto da minha mãe, noto que ela está tão surpresa quanto eu.

Mamãe vai até a porta.

– Não sabia que você ia passar aqui hoje.

Sua voz está séria, mais séria do que eu esperava, como se ela o estivesse repreendendo.

Papai também percebe e parece constrangido.

– Grace. Você está bonita – diz ele.

O elogio faz mamãe dar um passo para trás. Ela cruza os braços e aguarda.

– O que está acontecendo?

– Desculpa ter vindo sem avisar. Eu estava tentando fazer uma surpresa para a Evie.

– Pode-se dizer que fez uma surpresa para todas nós – diz mamãe.

Ouço seu sotaque ali, mesmo de leve. Ela dá um passo para o lado e o deixa entrar.

Faz seis meses que não vejo meu pai, desde a noite em que ele levou Danica para jantar e conhecer Shirley e eu me recusei a ir.

Ele está com a mesma aparência, mas também está um pouco diferente. Eu nunca o vi com aquela camisa verde, por exemplo. E seu afro está um pouco grisalho. Até seu bigode está um pouco grisalho. E ele emagreceu? Não sei dizer. Vai ver é aquilo de a gente não notar as mudanças numa pessoa a não ser que passe um tempo longe dela. Ele já devia estar um pouco grisalho antes de sair de casa. Mas a camisa verde é nova. Pelo menos nova para mim.

– Evie – diz ele. – Hoje é o festival de tacos.

Ele fala como se fosse uma coisa sagrada. Como se estivéssemos na igreja e um taco de tortilha de milho fosse a hóstia. E, bom, é verdade. O festival é mesmo uma experiência religiosa, e faltar definitivamente é um sacrilégio. Mas se nós estamos faltando é por culpa dele.

Ele leva a mão ao bolso do blazer (novo) e pega os óculos (também novos).

– Olha. Consegui passes de prioridade para o Mariscos Chente.

Fico parada ali sem dizer nada. Todos os seis olhos do ambiente me encaram. Os de papai estão esperançosos. Os de Danica, atentos. E os de mamãe… é difícil interpretar. Ninguém sabe esconder melhor o jogo do que ela. Faz parte de ser enfermeira, eu acho.

Minha mãe me pega pela mão.

– Vamos conversar lá em cima.

Quando chegamos ao quarto, ela fecha a porta.

– Eu quero que você vá com o seu pai.

Uma coisa em que nunca reparei antes: ela agora só se refere a ele como "o seu pai", ou "o pai de vocês", em vez de "o papai".

– Mãe, eu não quero ir… – começo a protestar.

Ela me interrompe:

– Você já não vai ao casamento dele.

– Você sabe por que eu não vou – digo.

– A gente não vai falar sobre isso.

Sua voz é firme. Ela me encara e sustenta meu olhar.

– Sabe qual é uma das partes mais difíceis de ser mãe?

– Qual?

– Ver um filho fazer uma coisa da qual você sabe que ele vai se arrepender.

E isso basta. Eu aceito ir. Não quero que nada seja mais difícil para ela, principalmente em relação ao papai.

Desço a escada a tempo de ouvir Danica contar ao papai sobre o namorado novo.

– O nome dele é Archer – diz ela.

– Archer quer dizer arqueiro. Isso não é nome, é profissão.

Um comentário típico do papai.

Sem conseguir me conter, entro na brincadeira.

– Na verdade, é mais um esporte olímpico do que uma profissão.

– Olimpíada de verão ou de inverno? – pergunta papai.

– Verão, certeza.

Papai e eu sorrimos um para o outro até eu lembrar que não devo fazer mais isso. Seria muito fácil voltar a esse ritmo com ele.

Danica revira os olhos.

– Enfim, o nome dele é Archer e ele é ótimo.

Caminho até a porta, pronta para ir. Danica e papai dão um abraço de despedida. Mamãe e papai só se cumprimentam com um aceno de cabeça. E saímos.

São só quinze minutos a pé do condomínio em que moramos até nosso destino. Eis como passamos os primeiros cinco minutos:

Papai: E na escola, tudo bem?
Eu: Tudo.

Silêncio longo e constrangedor.

Papai: A Danica me disse que você está fazendo dança de salão. Está gostando?
Eu: Sim.

Silêncio mais longo e mais constrangedor ainda.

Papai: Como estão seus amigos?
Eu: Acho que essa resposta você consegue adivinhar, né?

Ele para de andar.

Eu faço o mesmo.

– E você também deve saber que não vai conseguir me subornar com tacos pra eu te perdoar – digo.

Ele joga as mãos para o alto.

– Então com o que vou conseguir te subornar?

Cruzo os braços com força e encaro meus sapatos. Flores de jacarandá já meio murchas, mais marrons do que lilases, cobrem a calçada. Engraçado como elas ficam tão lindas na árvore e atrapalham tanto quando caem.

– Será que a gente pode ter uma trégua hoje à noite? – pergunta ele.

A última vez que o ouvi falar desse jeito foi quando ele prometeu para mim e para Danica que só porque não iríamos mais morar juntos, não significava que ele nos amava menos.

Dou um suspiro e assinto.

Ele sorri como se eu tivesse lhe dito que ele é o melhor pai do mundo ou qualquer coisa do tipo.

Sinto muita saudade de pensar que ele era o melhor pai do mundo.

Voltamos a andar.

– Vamos montar uma estratégia? – pergunta ele.

Faço uma cara de quem não entendeu.

– Precisamos decidir em quais trucks vamos comer e em que ordem – explica.

Não consigo segurar um sorriso.

– Por causa do grande incidente do *chimichanga* do ano passado, você quer dizer?

– Quem não aprende com a história...

– Está fadado a repeti-la – concluo, com uma seriedade fingida.

Da última vez, nós começamos com as carnes fritas, o que foi um erro. Era pesado demais. No terceiro *chimichanga* já estávamos cheios.

– Vamos começar com os ceviches – decide ele.

Nós concordamos e passamos mais alguns minutos decidindo nossa estratégia. Uma vez resolvido esse ponto, começamos a conversar sobre nosso esporte predileto: o Concurso Nacional de Soletração. Eu costumava argumentar que soletrar não era esporte, mas papai acabou me convencendo do contrário. "Já viu como a garotada sua enquanto está pensando?", perguntou ele.

Conversamos sobre a palavra que definiu o vencedor no ano passado – *vaticínio* –, que, por uma estranha coincidência, considerando a minha presente situação, significa "profecia".

Não falamos sobre como sentimos saudade de assistir ao concurso juntos.

Não falamos sobre como faltam só dois meses para a disputa desse ano, nem sobre como provavelmente também não vamos assistir a essa juntos. Talvez ele nem veja mais. Eu me pergunto se Shirley é uma nerd das palavras.

Atravessamos a Sixth Street e cortamos caminho pelo Pan Pacific Park até finalmente chegarmos a Wilshire Boulevard. Food trucks de tacos reluzem ao longe.

– Estou sentindo o cheiro do meu futuro – diz papai.

– Seu futuro tem cheiro de molho – retruco.

Nós dois rimos.

Comemos até ficarmos com a barriga doendo. No fim das contas, não importa se você começa com as comidas mais leves se você também exagerar nelas.

No caminho de volta, ele vai me contando piadas péssimas sobre comida mexicana.

Pergunta: Como se chama uma pimenta cheia de caprichos?

Resposta: Pimenta-biquinho.

e

Uma tortilha pergunta para outra tortilha: E aí, como é que taco?

A outra tortilha responde: Nacho de bola.

As piadas são tão ruins que é impossível não rir. Acho que a expressão *piada sem graça* foi inventada especialmente para o meu pai.

Passamos das piadas ruins para uma conversa sobre os nossos tacos preferidos da noite. O dele foi o taco *al pastor*. O meu foi o de ceviche de camarão. É como se fosse qualquer outra noite do festival de tacos, só que cada um está voltando para sua nova casa.

Estamos a apenas um ou dois prédios da minha quando ele diz que precisa me contar uma coisa.

– A Shirley e eu estamos pensando em adiar o casamento.

Um lampejo de esperança surge em um lugarzinho teimoso do meu coração, o mesmo que costumava ler livros românticos em excesso. Talvez isso queira dizer que ele está repensando. Talvez queira dizer que existe esperança para ele e mamãe. Mas o sentimento dura apenas um segundo. Sei que não foi isso que ele quis dizer.

– Por quê? – pergunto.

– Para te dar mais tempo de se acostumar com a ideia. Eu quero que você vá. É importante para mim.

É difícil olhar para sua expressão sincera. Eu quero dizer sim. Não. Eu quero querer dizer sim. Mas não consigo fingir que estou feliz por ele e Shirley.

Mesmo assim, é legal ele querer que eu vá.

Balanço a cabeça.

– Não, pai. Não precisa adiar por minha causa.

Posso ver que ele quer forçar esse tópico, recorrer à autoridade paterna, mas ele não faz nada disso.

– Tá bom – diz ele. – Mas promete pra mim que vai pensar no assunto.

Não ignoro o fato de que tanto ele quanto mamãe me pediram para prometer a mesma coisa.

Antes de eu conseguir responder, alguém chama meu nome.

- Ei, Evie.

É o X. Meu coração reage com uma dancinha estranha dentro do meu peito. X está com os dreads soltos, e seus olhos escuros brilham, cravados em mim. Está com a guitarra pendurada nas costas.

Papai chega mais perto, como se pudesse precisar me proteger da beleza de X.

- Oi, X - digo, e aceno de leve.

Papai pigarreia.

Tá. Apresentar os dois.

- Pai, esse é o X. X, esse é o meu pai.

Papai gargalha.

- Seu nome é X? Tipo a variável *x*?

- Sua filha já me zoou por causa do meu nome, Sr. Thomas - responde X, estendendo a mão para apertar a do meu pai.

- Tomara que tenha zoado mesmo - diz papai, e aponta para o cabelo de X. - Esses dreads são por religião ou só por estilo mesmo?

- Só por estilo mesmo, Sr. T.

- Pode dizer meu nome inteiro, filho. É Sr. Thomas. E essa guitarra? É só por estilo também?

X ri.

- Não, Sr. Thomas. A guitarra é de verdade.

Papai então começa um interrogatório com X sobre sua história pregressa e futura. Felizmente, X deixa de fora a parte sobre ter largado a escola.

Acho que papai fica satisfeito com as respostas, porque, depois de algum tempo, diz:

- Tudo bem eu deixar vocês dois sozinhos?

- Tudo, claro - respondo.

Papai se vira para mim.

- Uma última piada, a saideira - pede ele.

- Tá bom - respondo, já balançando a cabeça só de pensar no quanto ela vai ser ruim.

- Você já ouviu a da *quesadilla*? - pergunta ele.

Entro na brincadeira.

- Não, nunca ouvi a da *quesadilla*.

- Tudo bem, não é para ouvir mesmo, é para comer.

X ri com o punho fechado em frente à boca.

– Boa, Sr. Thomas.

Todo pimpão é uma expressão que meu pai sempre usa. No momento é assim que ele está.

– Gostei de você, apesar do nome ridículo – diz ele para X.

– Obrigado, Sr. T – responde X. Então, ao ver a expressão zangada do meu pai, emenda: – Brincadeira, Sr. Thomas.

– Por favor, pensa no que eu falei sobre o casamento – me diz papai.

– Tá – respondo, e estou sendo sincera.

Provavelmente amanhã vou estar com raiva de novo, mas, neste instante, minha barriga está cheia de comidas deliciosas, ainda estou com um sorriso no rosto por causa das suas piadas ruins, e ele parece aquela versão de antigamente: meu primeiro melhor amigo para a vida toda. Ele me puxa para um abraço e me aperta com força, e eu retribuo, desejando naquele mesmo lugarzinho teimoso que essa sensação dure para sempre.

CAPÍTULO 33

O tempo que a gente tem

X E EU FICAMOS PARADOS na calçada vendo meu pai ir embora. Quando o carro dele some depois de uma curva, eu me viro para X.

– Vocês não iam ter ensaio hoje à noite? – pergunto.

– É, mas acabou mais cedo.

Ele dá uma puxadinha na correia da guitarra. Ouço uma ponta de tristeza na sua voz e o observo com mais atenção, mas ele não explica por que o ensaio acabou antes.

– A gente acabou a "Caixa-preta". Então resolvi passar aqui e te surpreender com ela. Tem problema?

Faço que não. Sei que deveríamos estar indo devagar, mas ele ter aparecido espontaneamente na porta da minha casa está longe de ser um problema.

Nós entramos, e eu lhe ofereço um copo d'água, que ele bebe numa golada só. Sirvo outro, e ele bebe o segundo também de uma vez. Do terceiro ele só toma uns golinhos. Saímos da cozinha e hesitamos no espaço entre a sala de jantar e a de estar. Ele solta a correia da guitarra e a apoia na parede ao lado das portas de correr de vidro.

– E aí, você e seu pai saíram?

Explico a ele nossa tradição do festival e que papai me pegou de surpresa.

– E como foi? – pergunta ele.

– Foi... na verdade, bem legal – digo.

– Está meio bolada por ter se divertido, né?

– Como é que você sabe?

– Por um tempo, depois que o Clay morreu, eu ficava com raiva de mim mesmo por me divertir tocando sem ele.

– E quando você parou de sentir isso?

– Ainda não parei – responde ele.

Pergunto se ele quer conhecer o apartamento antes de me dar conta de que isso significa ir até o meu quarto. Será que mostrar meu quarto conta como ir devagar? Não, não conta.

Ele me segue até lá em cima. Aponto para nosso único banheiro, e para os quartos da mamãe e de Danica.

– Quando vou conhecer sua irmã? – pergunta ele.

– Ela tem namorado – digo sem pensar, respondendo a uma pergunta que ele não fez.

Por que falei isso?

Ele me encara por um instante.

– E a gente não pode se conhecer porque o namorado a deixa trancada numa torre de princesa?

O sorrisinho no canto da sua boca me informa que ele está me zoando.

– Não, eu só quis dizer que ela saiu hoje. Com o namorado. Então não vai dar pra vocês se conhecerem.

Ele assente, mas o sorriso continua ali.

– E a sua mãe?

– Também saiu com um cara. E aqui é o meu quarto – digo quando chegamos ao final do corredor.

A porta está fechada. Paro a um ou dois metros de distância e a encaro.

Ele olha para a porta, depois para mim, depois de novo para a porta.

– Você vai abrir com a mente ou...?

– Hã? Não. A telecinese não é um dos meus superpoderes. Estava só pensando em outra coisa.

– Tá – diz ele.

Voltamos a encarar a porta.

– Deixa eu só conferir se não tem nada esquisito aí dentro – digo.

Abro a porta só o suficiente para passar espremendo o corpo, então a fecho na cara dele.

Com "nada esquisito" eu quis dizer nenhuma calcinha ou sutiã jogados, nem nenhuma outra coisa constrangedora. Enfio dois sutiãs dentro da cômoda.

Faço a cama.

Por fim, abro a porta.

– Entra – convido, tentando soar blasé, mas é difícil ser blasé quando se acabou de esconder a própria roupa íntima.

Ele entra e olha lentamente ao redor. Começa com meu armário, à esquerda, vai para minha escrivaninha debaixo da janela, depois para minha estante e minha cômoda, até se deter na cama.

Eu me sinto nua (metaforicamente falando).

Ele vai até a estante. Não posso culpá-lo. É o que eu faria também. Corre os olhos pelos meus livros, e tento adivinhar o que está descobrindo a meu respeito.

– Você etiqueta suas prateleiras – diz ele, virando-se para mim.

– Isso é bom ou ruim?

– Não sei ainda – responde ele, rindo. – Mas o que houve com todos estes livros aqui? – pergunta, indicando a seção de romances contemporâneos.

– Não curto mais, só isso.

Ele aquiesce como se tivesse entendido, porque de fato entende. Ele sabe como é ter a vida dividida em "antes" e "depois". Existe uma Evie de antes do divórcio e uma Evie de depois do divórcio. Elas parecem iguais, mas não são.

Ele toca a prateleira vazia.

– Você tinha algum preferido?

Não preciso nem pensar antes de falar.

– *Cupcakes e beijos* – respondo.

A cena em que os dois chefs ficam enquanto estão fazendo sobremesas passa pela minha cabeça. Chego à conclusão de que está na hora de sair do meu quarto. X está começando a parecer um prato de comida.

– Tá, bom, este é o meu quarto – digo. – Não tem mais nada para ver aqui. Por que a gente não desce de novo?

A frase soava bem mais casual na minha mente.

– Sim, com toda a certeza. Vamos? – replica ele, fingindo formalidade para me provocar.

Descemos, e ele pega a guitarra antes de sairmos para o terraço.

Já são quase nove da noite. A luz está acesa na maioria dos outros apartamentos. Todos os terraços estão banhados em pequenas poças de luz amarelo-alaranjada. Alguém está fazendo comida, provavelmente a Sra. Chabra. O ar da noite tem um cheiro delicioso de cúrcuma e cebola.

Nós dois nos sentamos, eu na poltrona e ele no sofá na minha frente. Ele me abre um leve sorriso e fica encarando o pátio com um olhar perdido.

Ele com certeza está incomodado com alguma coisa.

– Está tudo bem? – pergunto.

Ele tapa os olhos com as mãos.

– O Clay, hoje é aniversário da... quer dizer, faz um ano hoje. Não pensei que fosse ser tão difícil. Hoje no ensaio a gente ficou tentando agir como se tudo estivesse normal.

Ele ergue os olhos para o céu por alguns segundos.

– Você quer conversar sobre isso? – pergunto, depois de algum tempo.

No início não tenho certeza de que ele vai responder. Ele dedilha a guitarra, muda de acorde uma ou duas vezes e dedilha mais um pouco.

– O que mais me deixa bolado é como foi idiota. Ele estava atravessando a rua. E o motorista estava mandando mensagem no celular. Porra, é um negócio tão fácil de evitar... é a lei. Não use o celular quando estiver dirigindo.

Ele toca um único acorde, alto e raivoso.

– E nem era um garoto. Não era um adolescente irresponsável feito a gente. Era a porra de um adulto. Ele deveria saber que não é pra fazer isso. Não é essa a única vantagem de ser adulto? Saber o que se deve e o que não se deve fazer? – Ele solta um muxoxo. – Eles não sabem merda nenhuma. Só sabem fingir melhor.

Ele volta a dedilhar a guitarra, só que dessa vez mais baixo.

– A gente ia fazer um show. De uma série de shows de verão no Barrington Park. O Clay estava atrasado, mas ele vivia atrasado, então eu não sabia que...

Ele balança a cabeça, como se tivesse cometido algum erro por não saber.

– A irmã dele ligou. Foi ela quem nos contou o que tinha acontecido. Quando eu, o Jamal e o Kevin chegamos, ele já tinha morrido. Morreu na rua mesmo.

Ele se inclina para a frente e se curva por cima da guitarra como se a estivesse ninando. Os dreads caem por cima do seu rosto, e não consigo ver se ele está chorando ou não. Não sei o que fazer nem o que dizer para ajudá-lo, mas preciso ajudá-lo.

Eu me levanto, tiro a guitarra da sua mão e coloco o instrumento de lado.

Sem ele, X se curva ainda mais e cobre o rosto com as mãos. Eu me sento ao seu lado e passo um dos braços pelos seus ombros. Ele se encosta em mim, e eu passo o outro braço em volta dele.

Não lhe digo que está tudo bem, porque não está. O melhor amigo dele teve uma morte estúpida e completamente possível de ser evitada, e isso é uma droga, não faz sentido algum, e não está tudo bem.

Não sei quanto tempo passa, mas por fim ele endireita as costas. Eu solto o abraço. Ele enxuga os olhos e abre um sorriso, meio constrangido, meio agradecido.

– Vou buscar uma água pra você – digo.

Não acho que ele precisa beber mais água, mas quero lhe dar um tempo para se recompor. É o que eu gostaria que fizessem por mim.

– Não precisa, tô de boa – diz ele.

– Estou só tentando deixar você sozinho um pouco – explico.

Ele está com os olhos molhados e vermelhos.

– Evie, eu entendi o que você está fazendo. E obrigado por isso, mas queria que você ficasse comigo. Se não tiver problema.

Não sei como ele consegue se permitir ficar tão vulnerável. Volto a me sentar ao seu lado, e ficamos olhando o céu escurecer.

Peço a ele para me falar sobre o Clay. Ele conta que os dois se conheceram numa loja de música quando eram crianças. Estavam começando a ter aula de violão e tinham ido até a loja com os pais para comprar partituras.

– Ele estava na seção das guitarras segurando um baixo umas quinze vezes maior do que deveria. Eu sentei ali e ficamos amigos na mesma hora. – Ele olha para mim. – Ele teria curtido você. Teria curtido o seu sarcasmo.

– Eu nunca fui sarcástica na vida.

Ele ri.

– Diz a menina sarcástica com sarcasmo.

No apartamento vizinho, a Sra. Chabra liga o som. A música começa lenta, mas quase no mesmo instante fica mais acelerada.

X bate o pé no ritmo da música.

– Já dançou música de Bollywood? – pergunta ele.

Faço que não com a cabeça.

– Um dos meus amigos lá de Lake Elizabeth tem ascendência indiana. Cara, os pais dele sim sabem como dar uma festa. A música é sempre alta, e a dança é muito maneira.

Ele sorri, e tenho certeza de que nunca me senti tão feliz com a música da Sra. Chabra.

– Não tem nada desse lance de posição fechada de dança de salão – diz ele.

– Me mostra – peço.

Ele se levanta num pulo, e de repente seu corpo inteiro começa a se movimentar: pescoço balançando, punhos girando, quadril rebolando. Ele chega até a dar uns tapinhas nos próprios joelhos. Parece um robô com defeito, mas cheio de entusiasmo.

Tenho certeza de que ele não está de modo algum fazendo jus à dança indiana, mas é tão bom vê-lo sorrir em vez de chorar que até perdoo.

Eu me junto a ele e começo a fazer os passos que "aprendi" com um ou outro filme de Bollywood. Em pouco tempo, estamos os dois competindo para ver quem faz movimentos mais complexos com o pescoço e com os punhos. De alguma forma, meus passos se transformam na dança do robô. Ele para de dançar para rir de mim, e eu (roboticamente) lhe mostro o dedo do meio. Ele ri mais ainda e começa a me olhar do mesmo jeito que me olhou na praia logo antes de nos beijarmos. Me segura pela cintura, e eu ponho as duas mãos espalmadas no seu peito.

Uma luz se acende em algum lugar ali. Sei que deveria prestar atenção nela, mas toda a minha concentração está dedicada a registrar a proximidade exata entre os meus lábios e os de X.

É ele quem nos interrompe.

– Eu acho que chegou alguém – diz.

Dou um passo para trás bem na hora em que minha mãe entra na sala. Ela abre a porta do pátio.

– O que está acontecendo aqui exatamente? – pergunta.

Não estamos fazendo nada que poderia ser considerado preocupante para pais – transando, usando drogas, fazendo piercings doidos –, mas mesmo assim me sinto pega no flagra.

Mamãe examina meu estado. Uma vez convencida de que estou usando todas as minhas peças de roupa, e do jeito que devem ser usadas, sua expressão zangada se suaviza, restando apenas a testa franzida.

– Quem é esse? – pergunta ela.

– Esse é o X – respondo.

– Prazer em conhecê-la, Sra. Thomas.

– Ah, sim. Você é o dançarino. O neto. Como estão os ensaios?

– Bem, tudo bem. A instrutora ainda não matou a gente – responde X.

– Que engraçado. Não achei que eu estivesse correndo risco de perder minha filha mais velha – diz mamãe com uma expressão muito séria.

X ri.

– Dança de salão é mais mortal do que a maioria das pessoas pensa, Sra. Thomas.

Mamãe inclina a cabeça de lado enquanto pensa no que responder.

– Você é engraçado – diz ela. – Bom, muito prazer. Espero que tanto você quanto minha filha sobrevivam à dança.

Ela já está quase dentro da sala outra vez quando me dou conta do motivo de todo esse bom-humor.

– Como foi seu encontro, mãe?

– Foi… foi bem legal – admite ela com um sorrisinho feliz. – Vamos nos encontrar de novo no fim de semana que vem. Vamos fazer uma trilha.

– Mas você detesta natureza – lembro a ela. – E você não faz trilha.

– Agora faço – rebate ela, sorrindo. – Sua hora de dormir é daqui a cinco minutos.

Depois que a porta de correr se fecha totalmente, X se vira para mim.

– Essa foi por pouco – comenta ele. – A primeira impressão da sua mãe a meu respeito não pode ser ruim. Preciso que ela goste de mim.

– Ela gostou de você – respondo, com tanta ênfase que tenho certeza de que ele sabe que estou me referindo a mim mesma. – Meu pai também gostou de você.

– Que bom.

Ficamos nos encarando por mais alguns segundos. Por que minha mãe não chegou em casa um minuto depois?

– Bom, acho melhor eu ir andando – diz ele, pegando a guitarra e a colocando nas costas. – Nem consegui tocar a música pra você.

– Da próxima vez você toca – digo.

Eu o acompanho até a porta.

– Acha que os seus amigos topariam uma fogueira amanhã à noite? – pergunta.

Quase concordo, então me lembro da situação atual com Sophie e Cassidy.

– Acho que não é uma boa ideia – respondo.

Ele esfrega a nuca.

– Desculpa, eu sei que você disse que queria ir devagar.

– Não, não é isso – digo depressa para tranquilizá-lo.

Eu conto o que aconteceu com Sophie e Cassidy. Quando chego ao final da história, ele inclina a cabeça, confuso.

– Pera aí. Você brigou com elas porque as duas começaram a ficar?

– Não porque elas *começaram*. Porque elas um dia vão *parar* de ficar. E vão partir o coração uma da outra. Vai ser doloroso demais ver isso acontecer.

– Então você parou de ser amiga delas?

– Nós somos amigas. Só não andamos mais juntas.

Sei como isso soa sem sentido. Tento sorrir para desanuviar o clima e mudar de assunto, mas não dá certo.

– Evie, você deu um pé na bunda das meninas que eram suas amigas desde o fundamental.

Dou um suspiro frustrado.

– Eu não consigo explicar.

– Porque não faz sentido. Mesmo que o seu palpite esteja certo e elas terminem e estraguem tudo, olha só o tempo que você está perdendo com elas *agora*.

Ele se vira e encara a rua como se estivesse torcendo para ver algo surgir ali.

– Evie, as pessoas não voltam. O tempo que a gente tem é só esse.

Sua voz sai urgente, como se ele precisasse de verdade que eu entendesse aquilo. Ele daria tudo para ter mais um dia com Clay.

Dou um passo mais para perto e o enlaço pela cintura. Depois de alguns segundos, ele me abraça também.

– Vou pensar no que você falou – digo.

– Essa foi nossa primeira briga? – pergunta ele.

– Acho que sim.

– Não foi tão ruim assim – comenta ele, sorrindo.

Sorrio de volta para ele.

– A gente pode se esforçar mais da próxima vez.

CAPÍTULO 34

Tá tudo bem, baby

ACORDO COM A CERTEZA do que preciso fazer. É domingo, ou seja, dia de brunch na Surf City Waffle. Quando mando uma mensagem para Martin dizendo que vou encontrá-los lá, ele me diz para ir para a casa da Cassidy em vez disso. Sophie não quis ir à SCW se não estivéssemos todos juntos. Subo na bicicleta e tento não pensar em todo o tempo que não vamos passar juntos no futuro. Volto a pensar nas palavras de X na noite passada. *O tempo que a gente tem é só esse.*

Na primeira vez em que fui à casa de Cassidy em Beverly Hills, eu estava no ensino fundamental. A casa dela é tão grande que me lembro de pensar que meu pai tinha errado o endereço e me levado para um hotel ou um country club. Mas não.

Toco a campainha, e Martin vem atender. Em vez de me dar oi, ele diz:

– Só para avisar, elas ainda estão bem bravas.

– Bem bravas quanto?

– Pode se preparar para oferecer um dos seus órgãos – responde ele, e fecha a porta depois que entro.

– Quem está mais brava?

– A Sophie tem uma probabilidade menor de te dar um soco.

– Tá.

– Além disso, você precisa saber que elas são superadeptas a demonstrações de afeto em público. Ficam se beijando o tempo todo. Ficam chamando a outra de "baby" o tempo todo.

– Até a Cassidy?

– Principalmente a Cassidy. Eves, você não imagina as coisas que eu vi – confessa ele.

Estremeço e rio. Mais estremeço do que rio: 63% de estremecimento, 37% de riso.

– Graças a Deus você voltou – diz ele. – Não é a mesma coisa sem você.

Ele me leva até a piscina.

No início elas não me veem. Estão ocupadas demais se abraçando dentro d'água. Como não quero interromper, vou me sentar diante da mesa de jantar externa. A mesa está posta, com pratos chiques, talheres de prata e taças de champanhe. Vejo os resquícios de waffles e algumas caldas de sabores diferentes.

– Vocês pediram delivery da SCW? – pergunto.

– Não. É que agora eles têm um chef em casa – responde Martin.

– Caramba, como eles são ricos – comento.

– Pois é.

Ele me oferece um prato, mas estou nervosa demais para comer, então fico simplesmente sentada esperando. Não demora muito até Cassidy perceber minha presença.

– Não lembro de ter chamado você – diz ela, usando seu tom de voz de *estou prestes a atear fogo em alguma coisa.*

Martin faz uma mímica como se estivesse extraindo e oferecendo um dos próprios órgãos.

Em vez disso, começo pelo básico.

– Oi, gente.

Sophie sai da piscina, se enrola em uma toalha e se senta em uma das espreguiçadeiras.

– Oi, Evie – murmura, sem olhar para mim.

Cassidy sai da piscina e vai se sentar com Sophie na mesma espreguiçadeira. Ela me ignora por completo.

– O que ela está fazendo aqui? – pergunta para Martin.

– Eu vim pedir desculpas – declaro.

Vejo nos olhos de Sophie que ela quer me desculpar. Ela pousa uma das mãos no ombro de Cassidy e aperta de leve, mas Cassidy só cruza os braços com força.

Olho para Martin, pedindo ajuda.

– Rasteja – articula ele com os lábios.

Não achei que fosse ser tão difícil, mas agora percebo que talvez isso não dependa de mim. E se elas decidirem não me perdoar? Então X terá tido razão: *eu* serei a responsável pelo fim da nossa amizade. Não elas.

– Por que você disse que a gente não deveria ficar juntas? – pergunta Cassidy. – Sou eu, né? Você acha que eu não sou boa o suficiente para a Sophie?

Não consigo acreditar que ela pensa isso. Ou melhor, consigo, sim. É basicamente o que seus pais vêm lhe dizendo a vida inteira com aquela negligência constante.

Ando até a espreguiçadeira e me agacho na sua frente.

– Não, Cassidy. Não é nada disso. Sou só eu. Desde que a minha mãe e o meu pai...

Sophie dá outro apertão no ombro de Cassidy.

– Viu? Eu te disse – diz ela.

Fico feliz em saber que Sophie manteve sua fé em mim.

Mas Cassidy ainda não está pronta para me perdoar.

– Meu Deus, supera isso, já está na hora. Desde que aconteceu, você...

– O que a Cassidy está tentando dizer – interrompe Sophie – é que a gente está com saudade da Evie de antes. Nem todo mundo vai acabar como os seus pais. Tem gente que é feliz.

– Desculpa ter sido tão egoísta. Eu fui muito idiota – digo para Cassidy.

Ela balança a cabeça, mas eu capto a centelha de um sorriso.

– Muito idiota e babaca – completa ela.

– Desculpa ter sido tão idiota e babaca – digo, sorrindo para ela. – Eu não queria dizer nada daquilo. Estou superfeliz por vocês estarem felizes.

O rosto de Cassidy se ilumina. Talvez seja a primeira vez na sua vida que isso acontece.

– Seu rosto se iluminou.

Ela franze a testa.

– Iluminou nada.

– Iluminou, sim – diz Sophie.

E Cassidy então faz outra coisa nada típica de Cassidy: ela fica corada.

Nós três a encaramos.

– Porra – diz ela.

Passamos o resto do domingo pondo o papo em dia. Martin tem razão: Sophie e Cassidy são mesmo membras honorárias do fã-clube das demonstrações de afeto em público. E a palavra *baby* precisaria ser exorcizada do seu vocabulário. E é mesmo muito estranho ver as duas se tocando e se beijando.

Mas não posso negar que elas estão felizes. Felizes pra valer.

Queria poder fazer isso durar. Esse é o superpoder que eu *deveria* ter: o de fazer o amor durar para sempre.

Ficamos juntos até chegar a hora de eu ir para casa jantar.

Sophie me puxa para um abraço.

– A gente sentiu saudades de você, Evie.

Cassidy também entra no abraço.

– Da próxima vez não vamos te perdoar tão fácil.

– Dessa vez foi fácil?

– Você continua com todos os seus órgãos no lugar – ressalta Martin, nos envolvendo com os braços.

– É verdade – digo. – Também senti saudades de vocês.

CAPÍTULO 35

Segunda-feira: bachata

– QUE BOM QUE VOCÊ FEZ as pazes com elas – diz X assim que entra no estúdio de dança na segunda à noite.

Mandei uma mensagem para ele ontem dizendo que tinha me reconciliado com Sophie e Cassidy.

– Também acho – digo. – Você tinha razão.

Ele me puxa para um abraço.

– Eu sempre tenho razão. Você vai ter que se acostumar com isso.

– Ah, shh – replico.

Nossos olhares se cruzam. O clima entre nós muda de provocação para desejo.

– Quando eu disse que era para vocês se conhecerem, não quis dizer no sentido bíblico – diz Fifi bem alto do vão da porta, com uma risada que parece um grasnado.

Nós nos separamos. Fifi ri mais um pouco.

– Faltam só seis semanas para o concurso. Está na hora de começar a levar as coisas a sério.

Nós ensaiamos por duas horas. Quando terminamos, tanto X quanto eu estamos suados e exaustos.

– Foi o melhor ensaio até agora. A química está bem melhor – comenta Fifi com uma piscadela. – Mas, infelizmente, vão precisar de mais do que química para vencer.

Ela monta um cronograma intensivo de ensaios. Segunda é o dia da bachata. Terça, da salsa. Quarta é dia de swing. Quinta é dia de hustle. Como o tango argentino é o mais difícil de todos, ela estende o ensaio por três dias: sexta, sábado e domingo.

Depois de acertarmos o cronograma, ela bate palmas.

– Agora está na hora de ver do que vocês são capazes de verdade – diz.

CAPÍTULO 36

Terça-feira: salsa

<Terça-feira, 12h13>

X: A Fifi não tá batendo bem da bola

Eu: Mais caliente! Mais caliente!

Eu: Acho que *caliente* é a única palavra que ela sabe em espanhol

X: Quantas vezes você acha que ela disse isso?

Eu: Umas cinquenta ou sessenta

X: Talvez mais

X: Então, estou lendo aquele livro que você falou.

Eu: Qual?

X: Cupcakes e beijos

X: Não imaginava que tivesse tanta SACANAGEM

Eu: Você está na primeira cena da padaria

X: Glacê é para passar no bolo

Eu: Que falta de imaginação

X: O que são belos montes carnudos?

X: Não aprendi isso na aula de biologia

Eu: Essa matéria é só do segundo semestre do último ano

X: Ui

Eu: Foi mal

X: Mas, sério, acho que esse lance do glacê não é higiênico

Eu: Boa noite, X

X: Nunca mais vou entrar numa padaria

Eu: Eu vou dormir

X: Por onde será que aqueles cookies já passaram?
X: Molho secreto é o escambau
X: Você ainda tá aí?
Eu: Sim, foi mal. Estava morrendo de tanto rir
X: Eu gosto de fazer você rir
Eu: Você é bem bom nisso

CAPÍTULO 37

Quarta-feira: west coast swing

ESTOU NO SÉTIMO SONO, sonhando, quando meu celular apita.

X: Está acordada?
Eu: Estou
X: Posso te ligar?
Eu: Pode

Meu telefone toca na mesma hora.

– Oi – atendo, tentando fazer soar como se não estivesse sonhando agora há pouco.

Não dá certo.

– Ai, cara, eu te acordei – diz ele.

– Não, tudo bem – respondo, piscando no escuro. – E aí? Como foi o show?

– Foi legal.

Ele passa um tempinho sem dizer nada. Ouço o farfalhar dos seus lençóis, puxo meu cobertor até as axilas e me ajeito nos travesseiros enquanto espero ele continuar.

– Meu pai ligou. A gente brigou outra vez – conta X.

– Por quê?

– Pelo mesmo motivo que a gente sempre briga. Porque eu estou jogando a vida fora com essa besteira de seguir com a música.

– Que péssimo, X.

– É.

Ficamos os dois em silêncio. É como se estivéssemos deitados um do lado do outro em um botezinho, flutuando por um lago escuro e silencioso.

– Quer ouvir um segredo? – pergunta ele, a voz rouca e baixa.

– O quê?

– Às vezes fico pensando se ele não tem razão.

Fico surpresa demais para responder qualquer coisa na hora. Jamais teria imaginado que X tivesse dúvidas em relação à música, considerando o modo como ele fala do assunto e seu jeito no palco.

– Lembra que naquele dia da sinuca você disse que, quando descobriu o caso do seu pai, foi como se ele tivesse traído toda a construção que você tinha dele?

– Lembro.

– Acho que é meio isso que meu pai sente em relação a mim. Antes de o Clay morrer, a banda era só um hobby. Meu pai e eu sempre tivemos um acordo, nada muito explícito, de que eu entraria na faculdade e me formaria em alguma coisa prática. Mas, depois que o Clay morreu, tudo mudou para mim. Eu comecei a tentar entender o mundo e meu lugar nele.

Sua voz agora está tão baixa que preciso pressionar o telefone no ouvido ainda mais para conseguir escutá-lo.

– No fim das contas, tudo que eu consegui entender foi o quanto amava tocar guitarra, cantar e estar no palco. Entendi que fazer parte da banda significava mais para mim do que eu pensava. E quando você identifica aquilo que mais ama, não quer desperdiçar seu tempo com mais nada. Só que eu não consegui fazer meu pai entender isso. Entendo por que ele está bravo comigo. Eu mudei todos os planos.

Eu me viro de lado. Minha persiana está ligeiramente aberta, e o luar traça retângulos compridos no piso.

– Vou dizer uma coisa, e você não precisa dizer nada de volta, mas também não pode ficar bravo comigo. Vou só dizer e pronto.

– Tá. O que é? – pergunta ele.

– Eu acho que você deveria terminar o ensino médio.

Ele passa um tempo sem dizer nada, e penso que nosso bote metafórico no meio do lago está prestes a virar. Mas então ele começa a rir.

– Mulher, eu exponho meu coração aqui e você me diz para terminar o ensino médio.

– Seu coração é ótimo. Sério. E eu juro que você não está errado em relação à música. Já vi você no palco. Você nasceu para isso. Mas vai lá e termina a escola. Falta um semestre só. Seu pai vai ficar bem menos zangado com você, eu juro.

A risada dele se transforma num risinho grave.

– Tá. Minha vez de dizer uma coisa sem você poder ficar brava.

– Lá vem.

– Não se preocupa. Não é tão ruim assim.

– Lá vem – repito eu.

– Eu acho que você deveria tentar se entender com o seu pai. Acho que deveria ir ao casamento dele.

Nesse momento, nosso bote de fato vira. Eu me sento na cama.

– Depois do que ele fez? Por quê?

– Logo depois de o Clay morrer, eu o via em todos os lugares, mas era estranho. Eu não via todas as coisas que a gente costumava fazer. Ficava vendo as coisas que a gente *deveria* ter feito. – Ele pigarreia. – Faz sentido?

– Você estava com saudade do futuro que vocês deveriam ter tido.

– É, como se estivesse me lembrando de coisas que nunca chegaram a acontecer.

Penso no meu pai e em todas as coisas que não fazemos mais juntos. Coisas importantes, como jogar sinuca, e também coisas bobas e pequenas. Tipo o jeito que ele costumava beijar minha testa todo dia de manhã quando eu estava sentada na cozinha. Ou como ele colocava Ella Fitzgerald ou Nina Simone para tocar aos domingos. O jeito como ele largava os armários da cozinha abertos e deixava minha mãe transtornada.

É possível sentir saudade do futuro com pessoas que ainda estão vivas também.

– Tá – digo. – Eu vou pensar no assunto.

Tento disfarçar um bocejo, mas ele sai mesmo assim.

– É melhor eu deixar você ir dormir – diz ele. – Foi mal ter te acordado.

– Imagina. Pode me acordar quando quiser – respondo. – Boa noite, X.

– Boa noite, Evie.

CAPÍTULO 38

Quinta-feira: hustle

<Quinta-feira, 20h55>

Eu: Você foi bem no hustle hoje

X: Eu gosto dessa dança

X: É basicamente dançar disco, só que com par

Eu: É uma boa definição

X: Não fui eu quem inventei

X: Li na internet em algum lugar

X: Estou só tentando te impressionar com meu raciocínio brilhante

X: Deu certo?

Eu: Só um pouquinho

X: Viu?

X: Então, eu estava pensando: será que os seus amigos ficariam a fim de ir ver um show da banda no sábado?

Eu: Posso ir também?

X: Não, só os seus amigos

Eu: Rsrs

X: Então a resposta é sim?

Eu: Vou perguntar, mas certeza que eles vão dizer sim

Eu: Eles gostam de você

X: Eu também gosto deles

<21h38>

Eu: Eu pensei no que você falou ontem sobre o meu pai e o casamento
X: Ah, é?
Eu: Ainda não decidi o que fazer
Eu: Mas estou pensando no assunto
X: Que bom
X: Também estou pensando no que você falou sobre a escola
Eu: E?
X: Ainda estou pensando no assunto
Eu: Que bom

<00h05>

X: Voltei a ler cupcakes e beijos
Eu: Gamou, né?
X: A menina acabou de dizer que o namorado dela tem cheiro de creme de chocolate com canela
Eu: Bem específico
X: Eu tenho cheiro de quê?
Eu: Você não tem cheiro
X: Ah, para
X: Eu tenho cheiro de rock'n'roll
X: E de suor de macho
X: E do sangue dos inimigos que venci
X: Tá aí?
Eu: Rindo
X: Sem pressa, pode rir

CAPÍTULO 39

Sexta-feira: tango argentino

NA SEXTA-FEIRA, Fifi está puro tango argentino: usa um vestido assimétrico curto, cor de cereja, com franja e tudo. A franja também é assimétrica. E os sapatos são vermelhos, de salto e tiras finas.

X dá um assobio quando ela entra na sala.

– Você está uma gata hoje – diz ele.

Fifi faz uma pose dramática, com o quadril projetado para um dos lados e a perna esquerda estendida. A expressão no seu rosto está entre *quero te dar um beijo* e *quero te assassinar*. Ela encontra meu olhar no espelho.

– Você vai usar uma roupa bem parecida no dia do concurso – declara.

– É meio curto, Fifi – protesto.

– Você tem pernas para isso.

É um elogio *e* uma ordem.

Ao meu lado, X apenas reprime uma risada.

– Então – diz ela, batendo palma uma vez. – O tango argentino é minha dança preferida do mundo inteira. Sedutora. Triste. Sensual.

Ela diz isso tudo com um sotaque carregadíssimo.

X olha para mim, e dá para ver pelos seus olhos que ele está querendo rir. Tapo a boca com a mão para não ter uma crise de riso.

– Meu primeiro professor de tango disse que ele passaria seus últimos três minutos de vida dançando tango. Quando vocês dois sentirem isso, aí vão saber que estão prontos.

– Caramba, Fi, é muita pressão – diz X.

– O tango é isso – afirma ela, e bate com o pé no chão. – Agora vamos começar.

Ela nos posiciona no centro da sala, a poucos metros do espelho da frente.

– A primeira coisa que vocês precisam saber é que a posição é fechada – diz ela.

Fifi ajeita nossos braços. Uma vez satisfeita, dá a volta e nos corrige até nossas costas ficarem retas mas levemente inclinadas na direção um do outro.

– Agora aproximem o peito um do outro.

Meu coração começa a bater disparado. Não sei onde ele vai parar.

Ela então nos ensina a caminhada do tango, que é mais um deslizar dramático do que realmente um caminhar. Em um passo normal, a primeira coisa a tocar o chão é o calcanhar, depois o meio do pé, e por fim os dedos. No passo do tango é o contrário.

– Outra coisa que vocês precisam saber é que o tango é uma dança de improviso. Vou ensinar passos e técnicas, mas vocês é que vão ter que juntar as duas coisas quando dançarem. Vão ter que sentir.

Ela encara o espelho e começa a balançar o corpo ao ritmo de uma música na sua cabeça.

– Quando você estiver dançando, X, precisa conduzir a Evie rumo à paixão. Precisa seduzir a mente dela com seu corpo, para que ela se renda a você. E, Evie, você precisa se entregar a ele...

– Isso é muito machista – protesto.

Ela descarta o comentário com um aceno.

– Sim, óbvio. É tango – repete ela.

Passamos duas horas ensaiando. Fifi alterna elogios às minhas habilidades técnicas e lamentos quanto à minha incapacidade de "me render à paixão da música".

– O tango é a dança do desejo. Durante os três minutos do tango, seu parceiro é a única coisa que existe. Enquanto estiver dançando, você pertence a ele.

– Mais uma vez, totalmente machista – digo.

– Mas ser desejada também é poderoso, não? – indaga Fifi.

Isso eu já não sei. Mas a verdade é que entendo o que ela quer dizer. Eu *estou* me segurando, sim. *Estou* com medo de me entregar completamente ao que sinto por X.

– Não se preocupe – me diz ela quando estamos saindo. – O tango vem para todo mundo. Você vai acabar aprendendo a se soltar.

CAPÍTULO 40

Declarações

– VOCÊS MANDARAM MELHOR do que eu pensei! – grita Cassidy para X, Jamal e Kevin depois do show.

X ri.

– Aceito o elogio – diz, pegando cadeiras a mais para pôr em volta da mesa.

Kevin e Jamal encaram Cassidy com uma expressão que diz: *e quem é você, branquela?* Ela os ignora com um dar de ombros.

– Não escutem a Cassidy – digo. – Vocês foram o máximo.

– Esse foi meu primeiro show de rock – diz Martin, soando ao mesmo tempo como o tataravô de alguém e como se tivesse vindo de outro planeta. – Achei incrível.

X apresenta todo mundo e dá a volta na mesa até mim. Seus olhos estão daquele jeito elétrico e brilhante que notei na primeira vez em que o vi tocar. Ele me faz ficar de pé, então me pega no colo e gira comigo. Dou um gritinho e me seguro firme enquanto ele ri com o rosto no meu cabelo.

– A gente tocou legal? – pergunta ele.

– Demais – respondo.

Ele sorri com o rosto no meu pescoço, e sinto seus dreads esfregarem de leve minha bochecha.

Eu o abraço mais forte. Dentro de mim, parece que há um balão a um segundo de estourar. Nós passamos muito tempo juntos ultimamente, só os dois: dançando, trocando mensagens, conversando até tarde da noite. É bom estar com nossos amigos, mas também sinto que é um grande passo.

Como se estivéssemos fazendo uma declaração pública para os amigos dele e os meus.

Sinto que estou fazendo uma declaração para mim mesma. Apesar do que as visões me ensinaram, ainda estou nessa com X.

Ele se senta na minha cadeira e eu me sento no seu colo. Ele me enlaça pela cintura. Todo mundo conversa e ri, mas eu mal escuto. A casa de shows é ainda mais escura, pequena e fedorenta do que na minha lembrança. Talvez os produtos de limpeza que eles usam sejam à base de cerveja choca e xixi. A atração principal está se arrumando no palco, e o espaço vai ficando cada vez mais cheio. X ri de alguma coisa, e sinto a vibração de sua risada nas minhas costas. Adoro como ele ri; é uma risada livre, franca, entregue.

Depois de um tempo, Jamal e Kevin vão embora. Têm encontros marcados com duas "espectadoras bem lindas", nas palavras de Jamal. X se despede deles com um soquinho. Vejo ambos desaparecerem nos braços de um grupo de pessoas inacreditavelmente descoladas.

Nenhum de nós quer que a noite termine, então acabamos indo para a casa de Cassidy. Como de costume, seus pais estão viajando, gravando algum filme. Ela nos leva até a "área de lazer externa". Parece mais um country club em miniatura do que um quintal, e é lindíssimo. Minha parte preferida é o riozinho azul-esverdeado que borbulha e serpenteia pelo gramado inclinado. Luzinhas penduradas em palmeiras altas e largas tremeluzem acima de nós. Há um bar completo, sofás, namoradeiras e até uma lareira a gás cheia de vidro azul brilhante e pedras vulcânicas.

Cassidy acende a lareira e serve bebidas para todos. O fogo tem algo que nos faz querer ficar olhando para ele, e passamos alguns minutos observando as chamas enquanto escutamos a piscina borbulhar e as folhas das palmeiras farfalharem com o vento.

– Meus pais nunca vêm aqui atrás. Nunca mesmo – confessa Cassidy, quebrando o silêncio.

Sophie recosta a cabeça no ombro de Cassidy, e Cassidy dá um gole na sua bebida.

– Obrigado por ter convidado a gente – diz X. – Esta é de longe a melhor festinha em casa à qual já fui.

Ela ri.

– É incrível, né? Que bom que vocês vieram.

Martin está sentado na única poltrona, de frente para mim e para X. Ele me cutuca com o pé.

– Você escreveu mesmo aquela música, "Caixa-preta"?

Logo antes de a banda começar a tocar a música no show, X disse à plateia que a letra era minha.

– Foi a que eu mais gostei – disse Sophie.

– Eu só ajudei um pouco – digo.

X faz que não com a cabeça.

– Ajudou muito, ela quer dizer.

Todo mundo está olhando para nós dois, e eu fico muito sem graça.

Cassidy está com um brilho travesso nos olhos que me diz que ela vai me constranger.

– Oin, que fofinhos vocês – brinca ela.

– Não é? – retruca X, recusando-se a ficar constrangido.

Martin se levanta de supetão.

– Tenho uma declaração a fazer. – Ele pigarreia. – Da próxima vez que a Danica ficar solteira, vou chamá-la para sair.

– É isso aí, cara – diz X, aplaudindo. – Tomara que ela diga sim.

Sinto uma pontada de preocupação, mas me forço a deixá-la de lado. Afinal, aqui estou eu, com X, aceitando o risco de um futuro desconhecido.

– Eu também espero que ela diga sim – digo.

Martin se espanta.

– Achei que você quisesse me convencer a desistir disso – diz ele.

– A Evie está crescendo – comenta Cassidy, rindo e erguendo seu copo.

– Posso declarar uma coisa também? – pergunta Sophie.

– Claro, baby! Cada um faz uma declaração.

– Eu declaro que um dia vou trabalhar na Estação Espacial Internacional.

Depois é a vez de Cassidy.

– Eu declaro... uma guerra de dedão.

Todos rimos e tentamos convencê-la a falar sério e fazer uma declaração de verdade, mas ela não topa.

É a minha vez.

– Preciso ficar em pé?

Martin e X dizem que sim ao mesmo tempo.

– Tá – digo, e me levanto. – Eu declaro que vou ao casamento do meu pai.

– Para – diz Martin.

– Sério – confirmo, assentindo.

– Você cresceu demais mesmo – solta Cassidy.

– Que orgulho, Eves – diz Sophie.

X apenas sorri para mim.

– Acho que agora sou eu – diz ele, e se levanta. – Eu declaro que um dia vou entrar para o Hall da Fama do Rock and Roll. Declaro também que vou terminar o ensino médio. Algum dia, em breve. Não sei quão em breve.

Todos rimos.

– Falando em ensino médio, nem acredito que já está quase acabando – comenta Martin.

– Sem sentimentalismo, hein?! – grita Cassidy. Ela agora está mais do que um pouco alegre de bebida. – Além disso, ainda temos nossa viagem de carro no verão.

Minha visão do término de Sophie e Cassidy e do que isso significa para nossa viagem surge na minha mente, mas eu a suprimo. Martin me dá uma olhada rápida para conferir como estou. Eu lhe lanço um sorriso muito breve para garantir que está tudo bem. Encosto o ombro em X e lembro a mim mesma de que estou vivendo o presente.

Cassidy se serve mais uma taça de vinho.

– Sabem do que esta festa precisa? Música – diz.

Ela faz alguma coisa no celular, e de repente uma música começa a sair de alto-falantes que não consigo ver. Ela se levanta num pulo.

– Vamos, mostrem para a gente um pouco dessa dança de salão metida a besta.

– Nããão, vamos só ficar aqui sentados – respondo. – Além do mais, não dá para dançar dança de salão com essa música.

Escondo o rosto no ombro de X, mas ele não quer nem saber. Diz a Cassidy que música colocar, e de repente nos vemos dando uma aula de dança improvisada. Começamos com a bachata. De modo um tanto surpreendente, Sophie e Martin conseguem na hora fazer o quadril infinito. Cassidy leva um pouco mais de tempo. Então passamos para a salsa, depois para o hustle, trocando de pares para Martin não sentir que está sobrando.

Bebemos mais, dançamos mais e começamos a falar alto, ficar bêbados e falar besteira, e o amor que sentimos uns pelos outros vira tamanho que me dá vontade de rir e de chorar ao mesmo tempo.

A felicidade é uma coisa engraçada. Às vezes é preciso lutar por ela. Mas outras vezes – as melhores –, ela chega por trás, segura sua cintura e puxa você para perto.

CAPÍTULO 41

Emoji de alegria

<Quinta-feira, 9h47>

Eu: Oi, pai
Papai: Oi, meu amor. Aconteceu alguma coisa?
Eu: Está tudo bem
Eu: Queria dizer uma coisa
Eu: Mas só quero dizer por mensagem
Eu: Se eu falar, vou chorar, e não quero chorar
Papai: Tá.
Eu: Eu decidi que eu vou ao seu casamento
Papai: Que maravilha, filha. Você não sabe como eu fico feliz em escutar isso.
Eu: Tá, ok
Papai: Tem certeza de que eu não posso te ligar? Mensagens de texto não são muito convenientes para transmitir alegria.
Eu: Nossa, você é muito pai nerd e professor mesmo
Eu: Por favor, não me liga. Eu já entendi como você está feliz.
Papai: Tá bom, meu amor.
Papai: A despedida de solteira da Shirley é no domingo que vem. Seria forçar a barra pedir para você ir também?
Eu: Sim, com certeza seria forçar a barra
Eu: Mas eu vou
Papai: !!!!!!!!!!!!!!!
Eu: Nossa, pai, quanto ponto de exclamação

Papai: Esta é mesmo uma forma de comunicação muito ruim.
Eu: Você precisa de uns emojis
Papai: Nem pensar.
Papai: Eu te amo muito, Evie.
Eu: ♥ ♥ ♥

CAPÍTULO 42

Silêncios desconfortáveis

A DESPEDIDA DE SOLTEIRA de Shirley é "temática", um jeito rebuscado de dizer que se trata de uma festa à fantasia. O conceito é nos vestirmos como se estivéssemos indo tomar chá no Palácio de Buckingham.

Danica escolhe para a ocasião um vestido de seda vintage, sem mangas, com uma estampa floral rosa e branca. Faz também um penteado todo rebuscado e cheio de enfeites. Vejo um beija-flor e flores de hibisco presos no seu afro. Dizendo assim parece ridículo, mas o efeito é incrível. Escolher o visual perfeito para cada ocasião é o superpoder da minha irmã.

A minha roupa não é nada de mais, só uma saia bege e uma blusa amarelo-clara meio transparente. Cogitei (por um instante, apenas por um instante) usar preto, como se estivesse indo a um funeral. Convenci a mim mesma a não ir a essa festa no mínimo duas vezes ao longo da última semana. Em ambas as vezes, X acabou me convencendo de novo a ir.

Quando descemos, mamãe está sentada à mesa da cozinha tomando chá e folheando mais um livro de receitas. Ao nos ver, ela fecha o livro e leva a mão ao coração. Não sei se entendo bem a expressão com a qual ela nos encara. Há orgulho em seu rosto, mas alguma outra coisa também.

– Quando foi que vocês ficaram tão grandes?

– Grandes *e* lindas – corrige Danica, fazendo uma pequena mesura.

– Lindas vocês sempre foram – diz minha mãe. – Só não sei quando ficaram tão grandes.

Ela soa genuinamente surpresa, estupefata até, como se tivéssemos crescido meio metro da noite para o dia.

– Está tudo bem, mãe? – pergunto.

– Está, sim. Tudo bem – responde ela, fazendo um gesto com a mão como quem diz *não se preocupe.*

Ela vai até Danica e ajeita o hibisco no seu cabelo. Passa a mão no meu ombro para tirar alguma sujeirinha que não consigo ver.

– O tempo voa mesmo, sabem? – diz. – E quanto mais velha a gente fica, mais depressa ele voa.

Não acho que o leve sotaque que escuto em sua voz seja minha imaginação. Examino seu rosto em busca de algum sinal de que ela não esteja se sentindo bem, mas não consigo encontrar. Mas como ela pode estar bem quando eu e minha irmã estamos prestes a sair para a despedida de solteira da futura noiva do papai? Como ela pode ter superado tão bem a separação quando eu não superei nem um pouco?

– Divirtam-se, meninas – diz ela, e nos faz sair pela porta.

A festa é a 45 minutos da nossa casa, num hotel em Pasadena. Quando chegamos, é fácil identificar os outros convidados. Há vestidos floridos e chapéus imensos por toda parte. Algumas pessoas nos encaram, e alguns funcionários e convidados do hotel chegam a se espantar com a nossa presença. Imagino que eles não vejam todo dia grupos grandes de mulheres majoritariamente negras vestidas como quem vai a uma festa de chá. Ou isso, ou eles estão embasbacados com nossa beleza colossal.

A hostess nos conduz até os fundos do hotel, e é como se estivéssemos entrando num jardim inglês selvagem. Vejo buganvílias em pérgulas e trepadeiras nas paredes. Há arbustos de lavanda, alecrim e jasmim em tudo que é canto. E também hibiscos, papoulas, cravos, e outras flores coloridas cujos nomes desconheço.

É tudo muito lindo, como um conto de fadas.

Shirley é a madrasta má.

Lógico.

Não é difícil encontrá-la. Ela é a única usando um véu branco. Danica vai direto até ela. Vejo as duas se abraçarem. Danica rodopia para exibir a roupa e Shirley bate palmas, encantada. Elas parecem mais irmãs do que futuras madrasta e enteada. Tento não encará-las, mas não consigo evitar. A última (e única) vez em que vi Shirley foi quando a flagrei com meu pai.

Fisicamente, pelo menos, ela não tem nada a ver com a minha mãe. Mamãe é alta e reta. Shirley é baixa e cheia de curvas. Mamãe tem o cabelo curto, já o afro de Shirley é cheio e volumoso. Eu me pergunto se elas têm personalidades assim diferentes também. E, caso tenham, como meu pai conseguiu se apaixonar pelas duas na mesma vida?

Tenho que me forçar a parar de encará-la e sigo apressada até minha mesa. Se conseguir dar um jeito de não falar com ela durante toda a festa, o dia terá sido um sucesso.

Assim que me sento, meu telefone vibra com uma mensagem de X. Só de ler seu nome na minha tela meu pânico já diminui.

A mensagem diz: *Tudo certo por aí?*

Faço uma selfie segurando uma das xícaras elegantes. Mando por mensagem para ele com a legenda #cháparaum.

Ele responde na hora. *Quer que eu vá te encontrar?*

Eu adoraria que ele pudesse. Ele me faria rir. Me distrairia da sensação de tristeza, raiva e pânico que está revirando meu estômago.

É só pra meninas, escrevo de volta.

Dois minutos depois, ele me manda uma foto sua de vestido, sapatos de salto alto e muita maquiagem.

Dou um zoom e chego à conclusão de que ele está bem bonito. Tenho muitas perguntas sobre a foto, mas não tempo suficiente para fazê-las.

Danica chega à mesa com tia Collette (a irmã mais velha do papai) e nossa prima Denise (filha de Collette). Como elas moram em São Francisco, não nos vemos tanto. Tia Collette passa dez minutos dizendo a mim e a Danica que não consegue acreditar em como nós crescemos. Danica e eu trocamos sorrisos. Primeiro a mamãe, agora ela. Por que os adultos vivem se espantando com o fato de as crianças crescerem? Tenho certeza de que é normal isso acontecer.

Alguns minutos depois, garçons aparecem para anotar nossos pedidos, e a festa começa para valer. O jardim é tomado pelo burburinho de mulheres de 20 e poucos anos conversando e comemorando.

Shirley está na mesa ao lado da nossa, sentada com outras cinco mulheres. Mais uma vez, não consigo evitar e olho para ela. Uma ou duas das mulheres parecem ser suas irmãs e têm os mesmos olhos grandes e maçãs do rosto marcadas. A mais velha sentada ao seu lado deve ser sua mãe. É assim que Shirley vai ficar daqui a trinta anos. A mãe se inclina para cochichar algo no seu ouvido que a faz jogar a cabeça para trás e rir. A risada de

Shirley é alta e lembra estranhamente o barulho de um golfinho. É também totalmente contagiosa. É impossível não sorrir.

– Lá vai a caçula com essa risada – brinca uma mulher mais velha em outra mesa, e algumas outras pessoas também dão risadinhas.

Eu me obrigo a parar de encará-la. Até a risada dela é diferente da de mamãe. Minha mãe ri como se não quisesse perturbar o ar a seu redor. Shirley ri feito um furacão. Pela milionésima vez, me pergunto se meu pai primeiro deixou de amar a minha mãe ou primeiro se apaixonou pela Shirley. Se Shirley não existisse, será que a nossa família ainda estaria junta? Ou será que ele teria se apaixonado por outra pessoa?

Felizmente, os garçons reaparecem e me poupam do trabalho de ficar pensando em perguntas para as quais não existem respostas. Dessa vez, vêm trazendo bandejas de prata com vários andares, cheios de sanduichinhos e docinhos. Ouço diversas exclamações de admiração. Uma mulher diz estar torcendo para eles trazerem mais comida.

Danica tira fotos artísticas de tudo que come e posta nas redes. Eu tiro fotos menos artísticas e as mando para X.

Envio uma foto de uma torta de limão minúscula, arrematada com uma folhinha dourada em cima. Ele manda uma solitária batata chips no centro de um dos pratos de porcelana de Maggie.

Envio a foto de um sanduíche de salmão triangular com caviar em cima. Ele me manda a de uma colherada de geleia rodeada por quatro pedaços de casca de pão de forma.

Continuamos assim, e passo a refeição inteira rindo.

Quarenta e cinco minutos mais tarde, já comi tantos sanduíches de pepino e *scones* com creme azedo quanto manda o bom senso. Tento não gostar da comida, mas estava tudo uma delícia.

Por fim, chega a hora da troca de presentes. Eu me preparo mentalmente para achar tudo um saco. E não estou enganada: é tudo um saco *mesmo*. Basicamente, o processo consiste em Shirley abrindo presentes, se extasiando com cada um e, em seguida, agradecendo chorosa a quem lhe deu o mimo da vez. Quinze presentes depois, minha vontade é cravar uma faca no meu peito. Vinte presentes depois, eu realmente faço isso. Brincadeira.

Depois de aberto o último presente e de todo o ritual de agradecimento, a mãe de Shirley se levanta e dá batidinhas com o garfo na taça de champanhe.

Alguém grita:
– Não vá nos fazer chorar, hein, Sra. Gene!
– Ah, você sabe que ela vai! – retruca outra mulher.
A Sra. Gene silencia ambas com um "shh".
– Quietas agora, todas vocês.
Ela se vira para Shirley, segura sua mão e a beija, então torna a se virar para nós.
– Para aquelas que conhecem minha Shirley, vocês sabem que ela já passou por muita coisa – diz, antes de parar e levar a mão fechada ao coração. – Ninguém deveria ter que suportar algumas coisas pelas quais ela passou. Não sei por que o bom Deus decidiu fazer minha filha passar por tudo isso, mas Ele age de formas misteriosas.
Shirley baixa a cabeça de leve, e suas irmãs pousam as mãos nas suas.
Fico pensando: o que será que aconteceu com ela?
A mãe se abaixa para lhe dar um beijo na testa. Quando volta a se levantar, está chorando.
– Eu prometi a mim mesma que não ia chorar neste dia lindo, mas... Enfim, o dia de hoje não tem a ver com dores antigas. Hoje é dia de celebrar.
Um coro de *ahaaams* percorre a festa.
– Quando Shirley me contou que tinha conhecido um homem... digamos apenas que eu fiquei cética.
Nova rodada de *ahaaams* e risadas.
Endireito as costas. É esquisito ouvir outra pessoa falar sobre o meu pai como se ele lhe pertencesse.
– Mas eu disse para Shirley que iria manter a mente aberta quando o conhecesse. E quando de fato o conheci, disse a ele que seria difícil me agradar.
Ela sorri para Shirley e prossegue:
– Mas, milagre dos milagres, ele me agradou. Em primeiro lugar, porque é um homem bom. Um homem de família. Estou muito feliz por termos duas novas netas para paparicar.
Ela sorri na direção da nossa mesa e ergue sua taça para Danica e para mim.
Ergo minha taça de espumante, e Danica ergue a sua também.
Só a conheço faz poucos minutos, mas já dá para ver que a mãe da Shirley é o tipo de pessoa que ama muito. É orgulhosa, decidida e também doce. Seu amor pela filha é evidente. Assim como é evidente também que ela vai amar muito a mim e Danica.

Uma parte de mim gostaria de conhecê-la, de sentir o peso desse grande amor. Mas outra parte de mim resiste ao fato de ser reivindicada dessa forma. Minha família tinha o tamanho perfeito. Eu já tenho duas avós de verdade. Não preciso de uma terceira. Não *quero* uma terceira. E sei que o que estou sentindo não é exatamente justo, mas nem por isso é menos verdadeiro.

A mãe da Shirley continua a falar:

– E vocês precisam ver o jeito como ele olha para a minha Shirley. É quase constrangedor o quanto ele a ama. Mas um amor assim é o que ela merece.

Minha vontade é protestar. Papai amou a mamãe assim também, não amou? Onde foi parar todo esse amor que ele sentia por ela? Simplesmente sumiu? Ele transferiu tudo para a Shirley? É assim que o amor funciona?

– E vocês sabem que a minha Shirley ama com todo o coração. Ela simplesmente o adora, ele e suas palavras complicadas de professor. Então agora quero todo mundo erguendo os copos bem alto. Isso, isso, bem lá no alto.

Mais uma vez, ela olha para Shirley.

– Filha, você é o amor da minha vida. Estou muito feliz que tenha encontrado o amor da sua.

Lágrimas escorrem pelo rosto de Shirley, e ela não tenta enxugá-las. Seu rosto está tão tomado de amor pelo meu pai que é quase difícil encará-lo. Eu pensei muitas coisas ruins a seu respeito no último ano que passou. Chamei-a de mentirosa, de traidora. Culpei-a por ter tirado o papai de nós. E por ter feito as coisas ficarem ruins entre mim e mamãe, e entre mim e Danica. Senti raiva. Muita raiva.

Mas, ao olhar para ela agora, posso ver como ela ama meu pai. De todas as coisas que imaginei sentir nesse dia, compreensão pela Shirley não era uma delas. É difícil odiar alguém que ama uma pessoa que você ama. Ela ama meu pai. Isso eu não posso negar. Assim como não posso negar que eu ainda o amo.

Danica também está chorando. Não sei se está se sentindo confusa ou atropelada pelos sentimentos como eu, mas aperto a sua mão. Ela aperta de volta, e aí tudo meio que extrapola. São emoções demais rodopiando dentro de mim. Emoções que são metade uma coisa e metade outra. Beleza demais, e tristeza demais também.

Aperto a mão de Danica outra vez, mas então a solto e me levanto correndo da mesa. Quando chego ao banheiro, estou chorando tanto quanto

Danica e Shirley estavam. Eu me escondo em um dos cubículos e deixo as lágrimas rolarem.

Não sei quanto tempo passa, mas em algum momento não estou mais chorando tanto. Olho para o espelho e ajeito a maquiagem da melhor forma que consigo. Mando uma mensagem para Danica dizendo que estou no banheiro e para ela ir me buscar quando quiser ir embora. Não garanto que não vou voltar a chorar na frente de todo mundo.

Menos de vinte segundos depois, a porta se abre. Eu me viro depressa, torcendo para ser Danica e podermos sair dali e ir para casa.

Só que não é a Danica.

É a Shirley.

Ela dá uma olhada no recinto, como se procurando alguma coisa, até encontrar.

E o que ela está procurando sou eu.

– Ah, você está aí – diz, soando aliviada.

Ela se aproxima de onde estou, em frente à pia. Vejo o instante em que percebe que chorei.

– Estava torcendo para a gente poder conversar – continua, já sem alívio nenhum na voz.

– Não sei se é uma ideia muito boa.

Ela assente, como se tivesse entendido.

– Fica tranquila. Não vou te pedir para me perdoar. Sei que é pedir demais.

Relaxo um pouco, porque sei que é verdade.

Ela respira fundo.

– Queria te agradecer por ter decidido ir ao casamento.

Não sei o que eu estava esperando, mas não era isso.

– Não é por sua causa que eu vou – digo.

– Eu sei, mas obrigada mesmo assim.

Ela fecha os olhos por um segundo e respira fundo outra vez, se preparando para dizer alguma coisa.

Abraço meu próprio corpo. Não sei bem se estou emocionalmente pronta para mais alguma coisa neste dia.

– Tem outra coisa que eu queria dizer – começa ela. – Eu sinto muito pelo jeito como as coisas aconteceram entre mim e seu pai. E sinto muito que isso esteja magoando você. Eu amo o seu pai. Sei que talvez você nunca goste de mim, mas eu já te amo, porque você faz parte dele.

Como não sei o que dizer, sigo em silêncio.

Ela percorre meu rosto com os olhos à procura de alguma coisa.

– Você parece tanto com ele – diz, sorrindo. – Ele também sabe lidar muito bem com silêncios desconfortáveis.

Ela se vira e se olha no espelho.

– Já eu sou horrível nisso. Tudo que consigo fazer é ficar falando, falando, falando, para tentar resolver as coisas.

Ela ri e ajeita o véu.

– Acho que estou fazendo isso agora – comenta.

– Um pouco – digo, com um leve sorriso.

Quando ela torna a se virar para mim, sua expressão revela um quê de esperança. Mas eu baixo os olhos para não encará-la. Não posso prometer nada. Não estou pronta para isso, ainda não.

– Obrigada por ter vindo hoje, Evie. É um prazer ver você aqui, de verdade – diz ela.

Danica passa o trajeto de táxi de volta para casa quase inteiro calada. Nem o celular ela olha.

Fico olhando pela janela e penso em todas as visões que tive nos últimos meses. Então me ocorre que um final infeliz para uma pessoa pode significar um começo feliz para outra, do mesmo jeito que o final infeliz da mamãe com o papai levou ao começo feliz da Shirley com ele. Penso no modo como cada um de nós estrela apenas a própria história.

No seu discurso, a Sra. Gene fez parecer que o papai salvou a Shirley, de alguma forma. Na sua versão das coisas, a Shirley não é a madrasta má que eu pintei, que eu *pintava*. Ela é a princesa que finalmente encontrou seu príncipe.

– O que você achou? – pergunto a Danica quando estamos quase em casa.

– Achei muito lindo – responde ela.

– Eu também – digo.

E estou sendo sincera. Foi lindo mesmo. Mas foi triste também. As duas coisas, e ao mesmo tempo. Não sei por que uma parte tão grande da vida é assim.

CAPÍTULO 43

Entretenham-nos

AGORA QUE FALTAM só quatro semanas para o concurso de dança, Fifi aumenta a intensidade do nosso cronograma de ensaios, que passa de rigoroso a surreal. Os ensaios durante a semana agora têm três horas em vez de duas. Ela nos leva de novo ao calçadão para ver se conseguimos atrair uma plateia e prender a atenção das pessoas. Manda a gente dar miniaulas de dança para desconhecidos e depois dançar com eles.

– O melhor jeito de aprender é ensinando – diz.

Os horários de ensaio estendidos melhoram nossa salsa, nossa bachata, nosso hustle e nosso west coast swing. Mas o tango argentino segue sendo um desafio. E a culpa é em grande parte minha. Pelo menos segundo Fifi.

– Você precisa ser mais sensual, mais solta – ela me diz. – Se deixe arrebatar.

Eu *estou* tentando. Já domino todos os passos. A condução de X agora está mais segura, e sou capaz de segui-la melhor. Mas ainda não consigo relaxar. Para o tango, a ideia é eu me entregar a X como se fosse algo que eu não conseguisse evitar. Mas tenho medo de que, se fingir nem que se seja por três minutos, depois não vá conseguir mais parar. A verdade é que eu não quero parar. E embora esteja tendo menos visões ultimamente porque agora sei como evitá-las, ainda tenho medo do que o futuro nos reserva.

Agora que voltei a ser amiga das meninas, X se entrosa com o nosso grupo como se sempre tivesse feito parte dele. Ele vai comigo a todas as nossas fogueiras na praia. Leva o violão, e ficamos cantando músicas bobas e brincando de Filosofia Bebum. Vamos aos shows dele todos juntos. Cassidy bebe além da conta e põe a culpa na música. Toda groupie que se preza bebe, diz ela. Martin até inventa um apelido para nós: Facção X.

Conforme a primavera vai esquentando, decidimos começar a passar as manhãs de domingo na piscina da casa de Cassidy, em vez de na Surf City Waffle. Na primeira vez em que X tira a camisa para entrar na piscina, eu quase morro. Fico encarando tanto que tropeço sozinha e quase caio na água. Passo o resto do dia convencida de que entrei em um dos meus livros românticos. Como explicar aquela combinação de peitoral e abdômen tão ridiculamente incrível senão assim? X sem camisa é praticamente fatal.

Faltando três semanas para o concurso, Fifi muda nosso cronograma outra vez. Passamos de surreal para total e estupidamente absurdo. Quatro horas de ensaio por noite em vez de três. Ela não liga a mínima para meus compromissos sociais, escolares ou familiares.

– Dançar é *vida*! – diz.

Faltando duas semanas, ela começa a filmar todos os ensaios. Faz com que assistamos às nossas performances enquanto as critica como se não estivéssemos presentes.

Uma semana antes do concurso, ela acrescenta às quatro horas de ensaio por dia um ensaio geral com o figurino de apresentação.

Na segunda-feira, quando chego ao estúdio para nosso primeiro ensaio com o figurino, X ainda não chegou, mas Fifi, Archibald e Maggie já estão presentes. Os três puseram cadeiras dobráveis nos fundos da sala, perto das janelas.

Só depois de cumprimentá-los é que me ocorre por que estão ali.

– Vocês estão aqui para nos julgar? – pergunto, apavorada.

Quem responde é Fifi.

– Julgar não. Nós somos a plateia. Vocês vão nos entreter.

Por algum motivo, essa resposta me causa ainda mais pavor.

– Vou me trocar – digo, e dou o fora dali.

Como não tem aula na sala dois, uso-a para trocar de roupa. Tiro meu figurino do protetor plástico e me apaixono por ele outra vez. O vestido é o sonho de qualquer dançarina: verde-esmeralda, cheio de paetês e com alças fininhas. Ele foi uma princesa sereia numa vida passada. Visto a roupa tomando muito cuidado para não desarrumar minhas tranças, que estão presas por aproximadamente 77 grampos de cabelo. Confiro se coloquei os protetores de calcanhar antes de calçar os sapatos dourados cintilantes.

Depois de vestir tudo, me viro de frente para o espelho para avaliar o efeito geral.

E o efeito geral... não é nada mau.

O vestido é justo, mas não muito colado. Meus ombros e braços estão à mostra, e pareço ter um oceano inteiro de pele, toda marrom e reluzente por causa dos domingos na piscina de Cassidy. Tomara que os jurados não se importem com marcas de biquíni. Eu me examino de todos os ângulos e chego à conclusão de que gosto do meu corpo desse jeito, forte e curvilíneo. Chego mais perto do espelho. A maquiagem para um concurso de dança deve ser teatral e nada sutil. Fiz um trabalho razoável, mas Danica teria feito melhor.

Quando volto para a sala, X ainda não chegou. Ao me ver, Archibald e Maggie soltam elogios e dizem que estou linda. Estou no meio da execução de um giro perfeito quando X finalmente entra.

Só não tropeço por causa do treinamento exaustivo de Fifi, porque, neste momento, é como se X fosse um terremoto. Ele merece estar na capa de um romance sobre roqueiros bad boy com coração de ouro. Está usando suspensórios pretos e uma calça preta com corte de alfaiataria. E, bom, aparentemente eu gosto muito de suspensórios.

Ao encará-lo, me dou conta de que ele está me olhando do mesmo jeito que estou olhando para ele.

– Porra, Evie, meu Deus do céu, você está...

– Xavier Darius Woods, olhe a boca – repreende Maggie antes que ele consiga terminar.

Tenho certeza de que em toda a vida de Maggie ninguém nunca se atreveu a fazer "shh" para ela, mas eu quase faço. Porra, eu estou... *o quê?!*

X leva a mão à nuca.

– Foi mal, vó – diz ele, mas sem tirar os olhos de mim.

– Você também está bonito – digo.

Fifi bate palma.

– Posição!

X e eu assumimos nossas posições, e Fifi aperta o play.

Cinco danças e vinte minutos depois, nós terminamos. Archibald e Maggie ficam maravilhados com o nosso progresso.

– O Westside não vai nem saber o que os atingiu – diz Maggie com uma risadinha.

Na sua mente, ela já está separando um lugar para o troféu de melhor dupla amadora.

Como ela hoje é só "um membro da plateia", Fifi se limita a dizer que gostou da nossa apresentação. Ela nos manda ir para casa e descansar.

X está pegando sua guitarra no armário, e não consigo mais me segurar.

– Que palavra você ia usar naquela hora? – pergunto.

Ele sabe exatamente à qual estou me referindo. E se vira para mim, me dando toda a sua atenção.

– *Estonteante* – responde. – Porra, Evie, meu Deus do céu, você está estonteante.

Como estou totalmente focada naquela frase, não reparo que Archibald e Maggie ainda estão na sala. Não reparo no jeito como estão se aproximando um do outro.

Não reparo que eles estão prestes a se beijar até que seja tarde demais.

E eu vejo.

CAPÍTULO 44

Archibald e Maggie

O SOL FORTE DE MEIO-DIA no estacionamento em frente a um estúdio de dança. Uma fila de bailarinos, todos homens e mulheres negros, com portfólios nas mãos e esperando alguma coisa. Estão vestidos da cabeça aos pés com lycra fluorescente e calçam tênis em tons neon.

Uma das bailarinas é Maggie, só que numa versão bem mais jovem. Seu rosto é pleno e franco, sem rugas na testa, sem cabelos brancos. Em vez de dreads, usa tranças entremeadas com fios prateados.

– Este é o terceiro teste que fazemos juntos – diz uma voz em algum lugar atrás dela.

Maggie se vira para a voz.

– Ah, é? – responde ela para o rapaz que sorri, e arqueia uma das sobrancelhas. – Não me lembro de você.

Um jovem Archibald hesita e baixa os olhos, sem saber direito como responder.

Algumas mulheres em volta de Maggie dão risadinhas irônicas.

– Chapa, você vai ter que se esforçar mais do que isso – diz um homem de collant roxo neon.

Archibald endireita as costas e se recupera.

– Olha, eu só não quero que você vire aquela que eu deixei escapar.

Maggie relaxa a sobrancelha e passa um tempão olhando para ele, pensando.

– É melhor não me deixar escapar, então – declara ela, no mesmo instante em que seu nome é chamado para o teste.

* * *

A luz azul da televisão ilumina um grupo de rostos marrons sorridentes abarrotados numa salinha. Maggie está sentada no colo de Archibald. Ele a enlaça pela cintura. Ela está com os braços por cima dos dele.

- Ali! Olha ele ali! - grita Maggie, e aponta para a tela.

Os amigos chegam mais perto para poderem identificar Archibald no grupo de bailarinos de apoio do videoclipe.

Archibald nem se dá ao trabalho de olhar para a TV. Em vez disso, abraça Maggie com mais força ainda.

- Eu te amo - diz ele.

Maggie se vira e o enlaça pelo pescoço.

- Eu também te amo - diz, e os dois tombam para trás e caem no chão.

Noite. Um salão de baile com as paredes tomadas por painéis espelhados. Archibald e Maggie dançam uma valsa vienense.

Archibald está de smoking.

O vestido de noiva de Maggie é de chifon e renda.

Eles não param de girar, abraçados.

Os dois são pura felicidade.

Um quarto de hospital verde-claro; o dia ainda não raiou por completo. Archibald e Maggie estão deitados juntos na cama.

Maggie está segurando uma trouxinha no colo.

- Olha o que a gente fez - sussurra ela para Archibald. - Olha só a coisa linda que a gente fez.

Uma cozinha pequena, com uma fraca luz amarelada entrando por entre as persianas. Archibald e Maggie estão sentados diante de uma mesa, com uma pilha de contas entre eles.

- Mags, vou aceitar aquele emprego de professor substituto - diz Archibald.

Maggie balança a cabeça.

– Não quero que você abra mão dos seus sonhos.

Archibald empurra as contas para o lado, abrindo espaço para poder estender a mão e segurar a dela.

– Eu já tenho meus sonhos, Mags.

Quase meia-noite, em outro quarto verde-claro de hospital. Maggie está sentada na cama. Sua expressão é um misto de exaustão e júbilo.

Archibald está segurando sua filha pequena.

– Lembra, filha – diz Maggie para a menina. – O coração cresce para a gente poder amar mais.

A menina assente, solene como só as crianças sabem ser, sem desgrudar os olhos do irmão recém-nascido.

Archibald conduz Maggie por um corredor comprido e escuro. Ela está vendada, e avança com passos miúdos e cuidadosos. Archibald a guia para dentro de uma sala de dança. O piso ainda está sem acabamento e falta um painel na parede de espelhos nos fundos.

– O que você está tramando, Archibald Johnson?

– Preparada para descobrir? – pergunta ele, soltando a venda.

Maggie arqueja e leva uma das mãos ao coração. Então se vira para trás.

– Ai, Archibald! – diz ela. – O que você fez?

– Está na hora de retomar aqueles sonhos – responde ele.

Este momento agora, os dois se beijando no estúdio de dança.

Um gramado muito extenso e um caixão sendo baixado para dentro da terra. Está nevando, tão de leve que os flocos derretem antes de tocarem o chão. Maggie e Archibald chegam mais perto um do outro.

– Isso não está certo – diz Archibald para Maggie. – Não era para a gente estar aqui.

* * *

À noite, num quarto antiquado.

Versões mais velhas de Archibald e Maggie estão deitadas na cama de casal. Archibald está de barriga para cima, enlaçando Maggie com o braço direito.

Maggie está deitada sobre o lado esquerdo do corpo. Sua cabeça está aninhada no pescoço de Archibald. Seu braço direito envolve o peito dele.

Uma penumbra cor de âmbar ilumina o quarto. Não dá para saber direito de onde vem a luz.

Nenhuma respiração agita o ar ao redor deles.

CAPÍTULO 45

A invenção da linguagem

PAPAI COSTUMAVA DIZER que existe uma palavra para cada emoção, mas não acho que ele tenha razão em relação a isso. Eu não tenho uma única palavra para descrever o que a visão de Archibald e Maggie provoca em mim. Assombro, medo, espanto, alegria, uma tristeza horrível e estranha, e um broto de esperança.

Amor é uma palavra pequena demais, específica demais para o sentimento que ela tenta abarcar. Como uma palavra só não basta, minha vontade é usar todas. Às vezes eu acho que foi por causa do amor que inventaram a linguagem.

Quando Archibald e Maggie se conheceram, naquela fila, eles não faziam ideia do que estavam prestes a viver. Não sabiam que seu amor pela dança criaria um lugar onde outras pessoas também poderiam amar a dança. Ou que o seu amor fosse se espalhar pelo mundo, gerar filhos e depois netos. Ou que o amor deles fosse levar ao meu.

Talvez o propósito do amor seja justamente criar mais de si mesmo.

Tento pegar no sono para estar preparada para o concurso amanhã, mas a visão não vai embora. Fica passando na minha cabeça a noite inteira. Vejo mil vezes Maggie e Archibald começarem suas vidas juntos na fila do teste. Vejo-os outras mil morrerem juntos na cama. Rio nas partes felizes de sua vida e choro nas tristes. Às vezes faço o contrário.

Martin disse que eu deveria aprender alguma lição com meu superpoder. Será que a lição é a visão de Archibald e Maggie? Talvez o que eu deva aprender seja como o amor pode ser grande e forte, e como ele pode durar.

Essa visão foi a única que tive que não terminava em sofrimento. Nem todos os casais são minha mãe e meu pai.

Adormeço pensando que, embora eu venha tentando negar, estou apaixonada por Xavier Darius Woods, e já faz algum tempo.

CAPÍTULO 46

O concurso

O SÁBADO DO DANCEBALL finalmente chega. Como X e eu ficamos de papo no telefone, durmo apenas três horas antes de o meu despertador tocar às seis e meia. Se Fifi descobrir que não tive uma noite inteira de descanso, vai me matar com seu salto agulha.

Depois de tomar uma chuveirada e me vestir, estou me sentindo mais desperta. Infelizmente, não *pareço* tão desperta quanto me sinto. Passo alguns segundos tentando disfarçar as olheiras antes de chegar à conclusão de que preciso de ajuda profissional.

Bato na porta de Danica três vezes, mas ou ela ainda está dormindo, ou então está me ignorando.

Abro sua porta devagar.

– Dani – sussurro bem alto.

Ela geme e enterra a cabeça no travesseiro.

– Vai embora.

– Foi mal. Preciso de ajuda para me maquiar.

Ela sai de baixo do travesseiro e me encara com os olhos semicerrados. Ainda está com o rosto inchado e usando sua touca de dormir de seda, mas de algum jeito continua linda.

– Eu estava tendo um sonho superlegal – diz ela.

– O concurso de dança é hoje, eu não dormi nada e estou com uma cara horrível.

Ela meio que se senta na cama e pega o celular na mesinha de cabeceira.

– São sete e vinte e três da manhã, Evie. De um sábado.

– Eu preciso de você, Dra. Dani – digo.

Ela se senta de vez.

– Nossa – diz –, tem séculos que você não me chama assim.

É verdade. Faz tanto tempo que na verdade nem consigo me lembrar da última vez.

Assim que Danica começou a descobrir o maravilhoso mundo da maquiagem, eu me tornei a cobaia de todos os seus experimentos. Eu fingia ser uma paciente cujo rosto precisava de um socorro (cosmético), e ela era a genial jovem cirurgiã, a única com coragem e talento suficientes para me ajudar. Ela já me maquiou feito uma hippie dos anos 1960, uma diva disco dos anos 1970, uma popstar dos anos 1980. Já fui glam, metaleira, hip-hop, punk rock, gótica e muito mais.

Não lembro quando paramos de brincar, nem por quê.

– Pode me salvar, doutora? – pergunto com uma voz grave e séria, e seguro o rosto para fingir que estou doente.

Ela ri e pula da cama para inspecionar meu rosto.

– Vai ser dureza – diz, tocando as olheiras debaixo dos meus olhos. – Você está bem mal.

– Ei, não estou tão ruim assim – protesto.

– Desculpa, mas por acaso é você a médica?

– Não – resmungo.

– Tá, eu acho que consigo te salvar – declara ela.

Então me leva até sua penteadeira e começa a me maquiar.

Quarenta e cinco minutos depois, ela me vira de frente para o espelho.

– E aí, que tal?

Ela encosta uma de suas esponjas na minha bochecha uma última vez. Eu chego mais perto do espelho e me encaro, boquiaberta.

– Dani, que coisa incrível.

Vejo como ela está aliviada por eu ter gostado.

Chego mais perto. Dani deu um jeito de me deixar exuberante, mas sem exagero. Além disso, pareço ter dormido mais do que a Bela Adormecida.

Quando e por que parei de achar legal ela ser boa nisso? Eu me levanto e lhe dou um abraço, feliz por minha noite maldormida ter me forçado a pedir sua ajuda.

– Ai, meu Deus, não vai estragar a cara – diz minha irmã com um gritinho, surpresa com aquele ataque.

Ela hesita por alguns segundos, mas então retribui o abraço.

– Valeu, doutora – digo. – Você é a melhor.
– Eu sei.

O concurso vai ser no salão nobre do hotel Seasons. O tema é "Glamour de Hollywood", o que pelo visto significa tudo dourado. Há serpentinas douradas penduradas no teto, torres de balões dourados, confete dourado no chão. Todas as placas de sinalização estão escritas em letra cursiva dourada, inclusive um pôster imenso que diz *Bem-vindos ao 17º Los Angeles Danceball.*

Sinto um frio na barriga e aperto a mão da minha mãe.

– Tem bastante gente na categoria amadora hoje – comenta a moça que faz minha inscrição.

– Quantos casais?

– Vinte e três.

Ela me entrega meu envelope e me deseja boa sorte.

Vinte e três casais. O que significa que terão duas eliminatórias para decidir quem passa para a semifinal. Abro meu envelope e verifico para ter certeza de que todos os detalhes estão corretos. Faixa etária: *Sub-21.* Tipo de casal: *Amador-Amador.* Categoria: *Estreante Bronze.* Estilo: *Balada.*

Por sorte (ou falta de), nosso número também é 23. Como somos o número mais alto, X e eu seremos sempre os últimos a serem chamados quando os jurados anunciarem quais dançarinos passarão para a fase seguinte. Isso *se* nós formos chamados.

X e eu combinamos de nos encontrarmos no térreo, na sala de aquecimento.

Eu o vejo assim que entro, apoiado na parede ao lado da porta da sala. Ele parece o oposto de como me sinto. Relaxado. Confiante.

Eu aceno para ele, que se afasta da parede e anda até nós.

– Prazer em revê-la, Sra. Thomas – diz para minha mãe.

– Ah, mas você está maravilhoso – comenta ela. – Vocês, rapazes, deveriam ter que se vestir assim o tempo todo.

Ele enfia os polegares nos suspensórios.

– Não sei se isto aqui está muito em voga para meninos de 18 anos, Sra. T – diz, com um sorriso.

Enquanto os dois jogam conversa fora, deixo meus olhos passearem por ele. A roupa é a mesma do ensaio da véspera, mas de algum jeito o garoto está ainda mais bonito. Os sapatos pretos estão tão engraxados que chegam a brilhar. A camisa não tem um amarrotado. Mas o que chama minha atenção são os dois botões de cima. Estão desabotoados, e por um segundo vejo meus dedos desabotoando um terceiro, depois um quarto, até...

– E aí, Evie, está preparada? – pergunta ele bem quando estou chegando ao quinto botão.

Estou.

Estou super, megapreparada.

– Estou – respondo, num volume totalmente desnecessário.

Mamãe afaga meu ombro e chega mais perto.

– Não lembrava que ele era tão bonitinho – cochicha ela.

Faço "shh" para ela e olho de relance para X, torcendo para ele não ter escutado.

Minha mãe me dá um abraço e um beijo e nos deseja sorte, então se afasta para ir encontrar Archibald, Maggie e Fifi no primeiro andar.

– Vamos dar uma olhada nos concorrentes – digo.

Como os profissionais só vão competir à noite, a sala está lotada de amadores, em sua maioria jovens. O único outro lugar em que se poderia encontrar mais adolescentes de paetê ou gravata-borboleta seria numa festa de formatura. X e eu damos uma volta até encontrarmos um espaço livre.

– Que doideira – comenta ele enquanto observamos nossos adversários.

Procuro o casal do Westside, que segundo Maggie seria nosso principal concorrente. Os dois têm mais ou menos a nossa idade e, a julgar pelo modo como não conseguem parar de se tocar, estão muito, muito obviamente apaixonados. Eles não vão ter problema nenhum com a parte de "se entregar um ao outro" do tango argentino.

Por fim, um dos organizadores nos dá o aviso de cinco minutos. Os dançarinos da primeira eliminatória começam a sair.

– A gente deveria ir lá para cima – digo para X, embora estejamos na segunda eliminatória.

Ele assente, mas não se move. Em vez disso, leva as duas mãos à nuca.

– Você está nervoso – provoco.

– Estou nada – rebate ele.

Estendo a mão para tocar seu cotovelo e delicadamente puxo seu braço de volta para baixo.

Ele segura minha mão e entrelaça os dedos nos meus.

Quando chegamos ao primeiro andar, os casais da primeira eliminatória já estão competindo. Dá para ouvir a bachata pelas portas fechadas. Uns poucos casais da segunda eliminatória dançam ao ritmo da música.

Meia hora mais tarde, os casais da primeira eliminatória saem do salão. Estão suados e ofegantes, mas também felizes e aliviados. Eles nos desejam boa sorte.

Então chega a nossa vez.

Pelo visto, concursos de dança de salão não são eventos formais. Os fãs fazem barulho e torcem para valer. Assim que entramos no salão principal, a plateia começa a assobiar e a gritar o número de seus casais preferidos.

Ouço algumas pessoas gritarem bem alto o número 23. X e eu corremos os olhos pela plateia até encontrarmos nossa pequena torcida, na segunda fila à direita. Estão todos acenando loucamente. Menos Fifi. Fifi só meneia de leve a cabeça.

– Bom, ela se mantém fiel a si mesma – comenta X, rindo.

No microfone, a presidente do júri nos dá as boas-vindas, explica as regras e a ordem das danças. Bachata, depois salsa, west coast swing, hustle e, por último, tango argentino.

– Divirtam-se e se acabem de dançar – diz ela.

X e eu começamos nervosos, mas quando chegamos ao west coast swing já estamos mais tranquilos. Como de costume, o tango argentino é nossa pior dança.

A música termina. Nós agradecemos e saímos do salão.

– Acha que a gente passou? – pergunta X quando estamos de novo no térreo, na sala de aquecimento.

– Sei lá – respondo, sincera.

Ele esfrega o peito e finge estar magoado.

– Ai, meu coração – diz.

Num impulso, ponho a mão sobre seu coração e o sinto bater.

– Não tem nada de errado com seu coração – digo, erguendo os olhos para ele.

Não demora muito para escutarmos um anúncio pelos alto-falantes.

– Dançarinos, queiram voltar ao salão para ouvir os resultados.

A plateia silencia assim que a presidente do júri segura o microfone. Ela agradece a todos e diz que, se pudesse, passaria todo mundo para a etapa seguinte. Leva uma eternidade para ler os números, mas, por fim, chega ao nosso. Passamos para a semifinal.

X comemora alto, e nossa pequena torcida enlouquece.

– É isso aí, 23! – grita Archibald.

Mas nós temos só um tempinho para celebrar. Uma hora mais tarde, estamos de volta ao salão principal e posicionados, prontos para dançar por uma vaga na final.

X sorri para mim, decididamente mais relaxado do que antes.

– Não precisa ficar metido ainda – digo para ele.

– Vou esperar a gente ganhar – responde ele, e dá uma piscadinha.

Ele não é o único mais relaxado. Toda a energia do salão está diferente. Os sorrisos mais largos, o clima mais solto. A plateia também sente isso. As pessoas fazem mais barulho ainda, berrando o número de seus favoritos.

A música começa, e lá vamos nós. Nas primeiras quatro danças, eu me perco na música. Torço para a sensação durar até o tango argentino, mas não acontece. Meus músculos se tensionam assim que a melodia começa. Eu me concentro demais na condução de X. Em vez de dançar a música, estou dançando os passos outra vez.

Mesmo assim, não nos saímos mal. Conseguimos terminar a dança sem nenhum erro técnico. Mas eu sei que, se não passarmos para a final, a culpa vai ser minha.

Dessa vez, a espera é mais longa. Os jurados precisam dar notas a cada casal por cada dança. Só seis casais estarão na final amanhã.

Aguardamos uma hora. São muitos passos de um lado para o outro, muitas esfregadas na nuca. Eu dou os passos. X esfrega a nuca.

Por fim, chega a hora de voltarmos para o salão. Tento ler nosso destino na expressão dos jurados, mas não dá certo. Tento ler nosso destino na expressão de Fifi, mas também não consigo tirar nada dali.

A presidente do júri pega o microfone.

– Obrigada, competidores. Vocês foram todos incríveis. Os jurados gostariam de ver os seguintes dançarinos…

O quarto número que ela chama é o 11. O casal feliz e apaixonado do Westside, que é superbom em tango argentino.

O quinto casal que ela chama é o número 18.

Quando os aplausos cessam, a presidente volta ao microfone. Dá um sorriso de *eu sei uma coisa que vocês não sabem*.

Tenho vontade de esganá-la.

– Aposto que vocês estão morrendo de vontade de saber quem ficou com a última vaga – diz ela, provocando todo mundo.

Eu *vou mesmo* esganá-la.

A plateia protesta de ansiedade.

X aperta minha mão, me encara e sorri.

Eu o encaro de volta e sorrio também, e não desvio o olhar nem quando a presidente anuncia os últimos finalistas.

– Parabéns ao casal de número 23. Vocês conseguiram uma vaga na final.

X me puxa para um abraço.

– Eu te falei – sussurra ele no meu ouvido.

À nossa volta, a plateia inteira comemora.

CAPÍTULO 47

Fez-se mar

DEPOIS DE PASSARMOS para a final ontem, Fifi nos levou até o estúdio para um último ensaio.

– Eles não são tão bons quanto vocês tecnicamente, mas o tango deles parece sexo – disse ela assim que chegamos.

Estava se referindo ao casal do Westside.

– Sexo bom – especificou ela.

X olhou para mim.

– Você achou que ela estivesse querendo dizer sexo ruim? – perguntou ele, seríssimo.

– Sabe que eu não tive certeza? – retruquei, igualmente seríssima.

Ela nos ignorou e nos fez dançar durante uma hora, dizendo que perder o concurso seria por nossa conta.

Quando chego, X já está encostado na parede junto à porta da sala de aquecimento.

– O que tem dado em você para chegar na hora ultimamente? – pergunto.

– Vai ver você é uma boa influência – responde.

Ele se afasta da parede, mas não abre seu sorriso de sempre.

– O que houve? – questiono. – Está nervoso outra vez?

Ele dá de ombros.

– Não é nada.

Mas eu percebo que tem alguma coisa acontecendo, então insisto.

– Eu estava só pensando no futuro – diz ele.
– No futuro daqui a dez minutos ou no futuro mesmo? – pergunto.
– No futuro mesmo.
Começo a provocá-lo e a lhe dizer para viver no presente, mas me ocorre que ele talvez possa estar se referindo a algo mais concreto.
– O que aconteceu?
– Falei com meu pai ontem à noite.
– Vocês brigaram de novo?
– Não, não foi isso. Eu disse pra ele que estava pensando em terminar o ensino médio, e ele ficou superfeliz. Disse que ia organizar as coisas para eu poder voltar pra lá no verão e acabar com isso. Me formar.
– No verão *agora*?
Ele torna a se encostar na parede e baixa os olhos.
– É.
Eu sei que disse que ele deveria se formar, e ele deveria mesmo, mas este verão parece muito próximo.
Eu me sinto enjoada. A parte de mim que vem evitando as visões volta a despertar. Todos os relacionamentos acabam.
É isso que vai acontecer com a gente? Ele vai voltar para passar o verão em casa? E depois, no outono, eu vou para a NYU, ele vai retomar a vida em LA, e isso que temos vai simplesmente desaparecer?
– E você vai? – pergunto.
– Não sei – responde ele. – O que você acha que eu deveria fazer?
Sei que ele não está me pedindo conselho.
– A gente pode dar um jeito – sussurro.
Ele levanta a cabeça.
– Como?
– Ouvi dizer que Nova York tem uma cena musical bem legal – digo.
Ele chega mais perto de mim, mas não perto o suficiente.
– Também já ouvi dizer isso – diz ele.
– Acha que os outros vão achar ruim transferir a banda para lá?
– Não, eles não vão se importar nem um pouco.
Ele abaixa um pouco a cabeça para ficarmos cara a cara. Para que não haja equívoco algum em relação ao que estamos dizendo um para o outro. Estamos nos prometendo um futuro.
– Estou indo rápido demais para você? – pergunto, me lembrando do meu pedido para ir devagar de dois meses atrás.

Ele ri.

– Não, você agora está numa velocidade boa. Eu estava esperando você me alcançar.

Ele me estende a mão.

– Vamos lá ganhar esse troço – diz.

Seguimos os outros dançarinos até o andar de cima. Não conseguimos parar de sorrir um para o outro. O sorriso dele me faz sorrir, o que o faz sorrir, o que me faz sorrir mais um pouco. Uma cascata de sorrisos. Sorrisos com efeito dominó.

O salão está igualzinho a ontem, só que hoje nossa torcida aumentou. Vejo minha mãe, Martin, Sophie e Cassidy. E meu pai. Na animação de ontem, eu o chamei. Eles gritam como se estivessem possuídos quando nos veem.

A presidente do júri inicia seu discurso de boas-vindas, mas, para ser sincera, nem escuto direito o que ela diz. Os olhos de X percorrem minha testa e minhas bochechas, vão parar na minha boca e repetem esse trajeto. Testa, bochechas, boca. Ele se demora na boca. Não consigo evitar passar a língua nos lábios. Ele solta um barulho que quero muito ouvi-lo fazer outra vez.

A presidente conclui seu discurso.

As luzes diminuem.

E finalmente está na hora.

Dançamos tão bem quanto ontem. Talvez até um pouco melhor, considerando que hoje temos mais espaço na pista e a experiência das duas apresentações que já fizemos. Quando acabamos o hustle, estamos com a respiração acelerada. Eu sei o que vem em seguida, mas felizmente não tenho tempo de entrar em pânico.

– E agora, casais, sua última dança: o tango argentino – anuncia a presidente do júri.

Fifi diz que o tango argentino é uma dança de paixão e entrega. Eu sei exatamente o que ela quer dizer.

A música se inicia.

Começamos a dançar. Só que não parece que estamos dançando. Parece que estamos voando pela pista.

Fazemos *ochos*, *ochos* reversos. A *barrida*. A *media luna*.

Os dedos dele se espalham nas minhas costas, entre as duas escápulas. Eu me inclino para trás, depois volto a me colar nele arqueando as costas. Nem preciso pensar nos passos que vêm a seguir.

Já faz um tempo que nós dois estamos nessa dança.

Seguimos dançando depressa, e tudo em que consigo pensar é *não me solta, não me solta, não me solta.*

Por fim, a música começa a diminuir. Continuamos dançando, nos entregando um ao outro até ela terminar.

Durante um segundo, tudo é silêncio. Nossos olhares se cruzam, e uma espécie de certeza se instala dentro de mim. Isso que está acontecendo entre nós poderia *durar*. O que eu sinto por ele, o que acho que ele sente por mim, só cresceu e se aprofundou a cada dia, do mesmo jeito que um riacho se transforma num rio que se transforma no mar.

– Eu te amo – digo.

Ele sorri, e eu nunca vi ninguém abrir um sorriso tão imenso, por qualquer motivo que fosse.

– Eu também te amo – diz ele.

Nós nos aproximamos e nos beijamos. Eu me entrego por inteiro.

E eu vejo.

CAPÍTULO 48

X e eu

AS LUZES PISCAM E ACENDEM, iluminando uma sala toda espelhada. No meio da sala está um garoto. Com a testa franzida e andando em círculos lentos montado numa bicicleta pequena demais para o seu tamanho. A testa volta ao normal quando ele repara na menina que o encara em pé do vão da porta.

A garota tem uma expressão franca no rosto que muitas vezes desejaria que não fosse tão franca assim. Ela nunca consegue esconder muito o que está sentindo: confusão, depois curiosidade, depois interesse, depois uma tentativa de esconder o interesse.

– Ahn... – faz a menina.

Diz isso para disfarçar a velocidade súbita com que seu coração surpreso começou a bater.

– Deve ser sua – diz o garoto, espantado com a impressão que tem de já conhecer aquela menina e de estar prestes a conhecê-la outra vez.

X e eu num ônibus de dois andares fazendo um tour por Los Angeles.

Quando ele olha pela janela, vê o próprio futuro dançando bem na sua frente, quase a seu alcance.

Quando ela olha pela janela, vê uma cidade que já conhece, os lugares aos quais já foi e tudo que já perdeu.

* * *

X e eu na Surf City Waffle, inesperadamente à luz de velas. Estamos escrevendo e reescrevendo a letra da sua música. É como se estivéssemos aprendendo a dançar, parando e começando de novo, até as palavras encaixarem com o sentimento que tentamos comunicar. Tudo tem um gosto de descoberta, e sinto que estou aprendendo não apenas sobre ele, mas sobre mim mesma.

X e eu nos beijando pela primeira vez na praia, com o mar tão perto e fazendo tanto barulho que é como se estivesse também dentro de nós.

X e eu neste exato momento, apaixonados, nos beijando num salão de baile todo brilhante.

X e eu num carro seguindo rumo ao leste por uma rodovia comprida e deserta iluminada apenas pelos nossos faróis e pela lua. No dia seguinte, estaremos no Bryce Canyon. O rádio está ligado, os vidros, abertos, e a noite, morna e aconchegante. O mundo às vezes se enche de uma felicidade tamanha que é difícil saber o que fazer com ela.

X e eu num quarto de hotel escuro. O luar entra pelas cortinas, que não fecham direito.

Só há uma cama. Ele me beija, e minhas mãos entram debaixo da sua camiseta. Sinto a boca dele no meu pescoço.

– Você tem certeza? – pergunta ele antes de continuarmos.

– Tenho, sim – respondo. – Sim.

Então não existe mais nada a não ser suas mãos, sua boca, o desejo e o ato consumado.

Depois disso, o mundo muda, do mesmo jeito que as cores nos surpreendem depois da chuva.

Será que a grama antes era assim tão verde? Ou o galho daquela árvore tão escuro?

* * *

X e eu no meu quartinho mal-iluminado no alojamento da faculdade. Estou segurando meu próprio violão, o violão que ele comprou para mim.

– Me mostra o que você tem ensaiado – diz ele.

Toco a música na qual tenho trabalhado, "Saudade do futuro".

Quando termino, ele me beija.

– É linda. E não estou dizendo isso só porque eu te amo.

– Sei lá – falo. – Você me ama bastante.

– Vem cantar no palco no nosso próximo show – diz ele.

Eu hesito a princípio, mas acabo concordando. Me pergunto se estar com ele vai ter sempre um gostinho de descoberta.

Eu, sozinha num quarto. É de noite e as luzes estão apagadas.

Meu rosto, meu peito e minhas costelas doem. Doem do jeito que os músculos doem quando você os usa em excesso por tempo demais.

Eu estive chorando. Ainda estou chorando.

Tento respirar fundo para me acalmar, mas dói. Tento uma respiração curta, mas mesmo assim é demais. Sinto uma leve brisa no rosto. Viro a cabeça na direção dela. A luz da rua entra pela janela aberta e desenha uma sombra no chão. Seu contorno é nítido.

Baixo os olhos para minhas mãos e para o objeto que estou segurando.

É o programa de um funeral. Com uma foto do rosto de X. A legenda diz: *Em memória do nosso amado Xavier Darius Woods.*

A data é daqui a dez meses.

CAPÍTULO 49

A fuga, parte 1

OS APLAUSOS RUGEM à nossa volta. E também gritos de *uhuul* e *é isso aí* por causa do nosso beijo.

Eu me afasto de X em um pulo.

Ele estende a mão para mim.

– O que foi, Evie?

Eu me afasto mais e fecho os olhos para não ver a tristeza e a confusão no seu rosto quando ele percebe que estou fugindo dele.

Tudo dói. O ar dói.

Saio correndo até desaparecer dali. Corro até sumir.

CAPÍTULO 50

O amor e seu contrário

NÃO SINTO O VENTO pela janela aberta do táxi. Nem meu pé doendo por causa do salto enquanto subo a escada até meu quarto. Nem o formigamento no meu couro cabeludo por causa do cabelo preso apertado demais. Nem a água tão quente que queima minha pele. Nem o contato do lençol frio quando me deito na cama. Nem o calor das lágrimas no meu rosto quando choro até dormir.

Não sinto absolutamente nada.

O contrário do amor não é o ódio. É a morte.

CAPÍTULO 51

A fuga, parte 2

<Domingo, 15h31>
X: Ei, cadê você?
X: Vão anunciar os ganhadores agora
X: Cadê você?
X: Caraca, a gente ganhou

<16h05>
X: Ei, estou te ligando direto
X: Por que você saiu correndo daquele jeito?
X: Tá tudo bem?

<18h08>
X: Me liga
X: Por favor
X: Só pra dizer se tá tudo bem
Eu: Tô aqui
Eu: Tá tudo bem
X: Acabei de tentar te ligar
Eu: Eu sei
Eu: Foi mal. Não consigo explicar

X: O que tá acontecendo? Eu fiz alguma coisa? Ficou rápido demais de novo?

X: Eu posso ir mais devagar

Eu: Não é isso

Eu: É que eu não acho que vai dar certo

X: O que não vai dar certo?

Eu: A gente

X: Não estou entendendo

X: Você mudou de ideia sobre ficar junto? Sobre NY?

Eu: Não muda sua vida por minha causa

X: Eu quero mudar minha vida por sua causa

X: Sei que o lance dos seus pais estragou o jeito como você se sente em relação ao amor

X: Mas o que a gente está vivendo vai dar certo

Eu: Não vai, não

Eu: Desculpa

X: Não estou entendendo. A gente está terminando?

Eu: Desculpa

CAPÍTULO 52

Perdão

NA MANHÃ SEGUINTE, minha mãe entra no meu quarto e passa vinte minutos me perguntando se estou bem. Não acredita quando digo que sim.

Ela está certa em não acreditar, lógico, mas não tenho como contar nada.

Ela disse que tentou falar comigo na noite passada, mas que eu já estava dormindo. Faz várias perguntas: por que eu saí correndo da pista de dança depois que X e eu nos beijamos? X fez alguma coisa ruim comigo?

Digo que ele não fez nada de ruim comigo.

Digo que foi um beijo de tchau, mas ela diz que não foi isso que pareceu. Diz que para ela aquilo parecia um beijo de oi.

Dou as costas para ela e encaro a parede, desejando ser uma desconhecida para minha mãe, para todo mundo. Neste exato momento, não quero que ninguém me conheça. Não quero que ninguém saiba absolutamente nada a meu respeito.

Peço a ela para sair. Não de um jeito cruel, mas de um jeito que a faz entender que eu preciso ficar sozinha. Ela diz que tudo bem, mas só depois de se certificar de que sei que ela me ama.

Algum tempo depois – uma hora, talvez, ou quem sabe duas, ou quem sabe dez –, checo meu celular. Todo mundo mandou mensagem. Todo mundo ligou.

Menos X. Não que eu esperasse que ele fosse ligar. Não depois de eu ter fugido dele. Não depois de eu ter terminado com ele por mensagem. Ele não liga, e também não quero que ligue. É melhor para nós dois assim.

Na conversa em grupo, digo a Martin, Sophie e Cassidy que estou bem e que nos vemos na escola.

Quando Martin me manda uma mensagem no privado, conto sobre a minha visão. Digo que X vai morrer daqui a dez meses. Digo que não estou pronta para conversar sobre isso nem nunca vou estar.

Agradeço a Maggie pelos parabéns. Digo ao meu pai que estou bem, estou ótima.

De todas as mensagens, a de Fifi é aquela que quase me faz sentir alguma coisa: *estou muito orgulhosa de você. até que enfim você dançou com o coração.*

Minha mãe me deixa ficar dois dias sem ir à escola. Na terça-feira à noite, ela me diz que preciso voltar e encarar o que quer que esteja evitando. Promete que vai ser melhor do que ficar em casa.

No fim das contas, ela tem razão. Fico ocupada na escola. Digo a Sophie e Cassidy que X e eu brigamos e que não estamos mais juntos. Elas pedem para saber os detalhes, mas entendem que eu ainda não esteja pronta para falar sobre isso.

Martin me deixa ligar para ele e chorar sempre que preciso.

O resto da semana passa. A hora mais difícil é logo antes de eu pegar no sono, quando a visão tenta chegar de mansinho. Ela tenta, mas eu fecho minha mente com força. É mais fácil do que imaginava. Segundo minha mãe, o corpo humano é capaz de várias coisas incríveis para se proteger da dor – inclusive de apagar.

No primeiro sábado depois do concurso, mamãe vem falar comigo no meu quarto antes de sair para outro encontro com o Dr. Bob.

– Seu pai está vindo para cá – diz ela.

Dou um gemido.

– Por quê?

Ela franze a testa e se senta na minha cama.

– Achei que as coisas estivessem melhorando entre vocês.

Não digo nada. As coisas estavam melhorando, mas isso foi *antes*. Foi quando eu começava a confiar no mundo outra vez. Quando eu *queria* confiar no mundo outra vez.

– Além do mais, ele está preocupado com você. Todos nós estamos.

– Eu estou bem – digo.

Ela semicerra os olhos e põe as mãos na cintura.

– Já tomou banho hoje?

Faço que não com a cabeça.

– Já comeu?

Faço que não outra vez.

– Já saiu de casa?

Minha mãe venceu a discussão.

Ela suspira.

– Eu pedi para ele vir. Ele sempre foi melhor em te animar quando você era pequena.

É verdade. Minha mãe sempre foi boa para abraços e beijos quando eu me machucava. Mas quem me fazia rir era o meu pai. E se eu estivesse rindo, não estava pensando na dor.

– Eu não quero falar com ele – digo.

– Que pena. Ele vai chegar a qualquer momento.

Depois que ela vai embora, saio para o terraço. O sol já se pôs, e o ar está passando de morno a fresco.

Não quero me lembrar de X, da gente dançando naquele exato lugar, mas não é assim que a memória funciona. Será que aquela garota que ria e dançava era mesmo eu? Eu não a reconheço. Assim como não reconheço a menina que costumava ler todas aquelas histórias de amor, conhecer todos os subgêneros e acreditar em todos os clichês: casais feitos um para o outro, felizes para sempre. Assim como não reconheço a menina que achava que seu pai fosse incapaz de cometer um erro. Quantas versões de mim mesma será que vão existir nesta mesma vida?

Meu pai toca a campainha dez minutos depois.

– Eu estou bem – digo a ele no lugar de "oi".

Ele está usando óculos que não reconheço. Seu cavanhaque agora virou uma barba cheia.

– Não duvido que você esteja bem. Mas mesmo assim deixa eu me certificar.

Ele agita para mim um saco de comida mexicana do Mariscos Chente. Eu agradeço e o conduzo até o terraço.

– Legal isso aqui – comenta ele.

Levo alguns instantes para me dar conta de que é a primeira vez que ele pisa no pátio. Ele nunca viu direito a casa nova. Como nossas vidas podem estar tão separadas agora?

Eu me sento na poltrona, inclino a cabeça para trás e fecho os olhos. Posso senti-lo me examinando, tentando decidir por onde começar.

– Sua mãe achou que você estava precisando de um pouco de risoterapia – diz ele.

– Eu estou bem – respondo, sem abrir os olhos.

A cadeira em frente à minha se arrasta no concreto quando ele se senta.

– Chuchu, você sabe que pode me contar qualquer coisa.

Abro os olhos.

– Por que você ainda me chama de chuchu? Sabe que eu não gosto.

Não estou com raiva. Só cansada.

Ele pousa os cotovelos sobre os joelhos e baixa os olhos.

– Você adorava quando era pequena. Fez até um desenho de um chuchuzinho.

Ele balança a cabeça, mas acho que é mais para si mesmo.

– Desculpa. Vou lembrar de não te chamar mais assim.

Ele me passa um burrito. Não estou com fome, mas mesmo assim como metade.

Ao terminar de comer, ele se recosta na cadeira e limpa as mãos.

– Então... – começa.

Mas eu o detenho e pergunto o que venho querendo lhe perguntar há um ano.

– Por que você traiu a mamãe?

Faço a pergunta tão baixinho que quase não escuto minha própria voz.

Observar seu rosto é como observar as nuvens se movendo depressa pelo céu. É vergonha seguida de tristeza, seguida de culpa.

Ele passa um tempão sem dizer nada.

– Sua mãe foi a primeira mulher que eu amei na vida. Nós tivemos vocês duas e fomos felizes por muito tempo. – Ele cobre o rosto com as mãos. – Mas nos últimos anos as coisas mudaram.

Quase sinto vontade de ter experimentado a visão deles. Adoraria saber como eles eram no começo. Seria legal ter essas lembranças.

– Sua mãe e eu não estávamos mais felizes – continua ele.

– Não – digo. – A mamãe estava.

Ele fecha os olhos, mas não me corrige.

– É, a sua mãe estava. Mas eu, não.

– Por que você não disse isso para ela? – pergunto, frustrada. – Vocês poderiam ter feito terapia ou saído mais só os dois, sei lá. A Danica e eu poderíamos ter ajudado.

– Evie, eu cometi muitos erros. Você tem razão. Eu deveria ter falado com ela. Deveria ter me esforçado mais. – Ele ergue os olhos para mim. – E, quando a Shirley apareceu na minha vida, eu deveria ter me afastado. Só que não fiz isso. E aí era tarde demais. Eu não podia mudar o que estava sentindo.

Já me imaginei muitas vezes tendo essa conversa com ele, mas não esperava que ele fosse reconhecer que cometera um erro.

Agora estou mais zangada do que frustrada. Ele é meu pai. Não era para ele cometer esse tipo de erro.

– Mas você prometeu coisas para a mamãe. Prometeu que iria amá-la para sempre.

– Evie, meu amor, às vezes as coisas mudam.

Estou com tanta raiva agora que me sinto consumida.

– Você prometeu para ela que seria para sempre. Prometeu para a gente, mas, em vez disso, escolheu a Shirley. Você a ama mais.

Sei que não estou sendo justa e que o que estou dizendo não faz sentido. Minha única vontade no momento é quebrar as coisas. Quero garantir que ninguém nem nada nunca mais possa me magoar. Quero me livrar de qualquer sentimento bom, gentil, doce e suave dentro de mim mesma, até não sobrar mais nada. Nenhuma alegria, mas também nenhuma dor.

– Não, isso você não pode pensar. Eu amo você e a Danica mais do que qualquer outra coisa no mundo – diz ele. – Eu me sinto muito mal pelo que eu fiz, mas me sinto pior ainda por ter perdido vocês.

Lágrimas brotam dos meus olhos. Não tento enxugá-las. Há muitas outras ainda por vir.

Ele me puxa para um abraço e me acalma com um "shh", do mesmo jeito que costumava fazer quando eu era pequena.

– Para de falar "shh" – digo, e me afasto dele num pulo. – O que eu quero é que você me explique por que as pessoas prometem coisas umas às outras. Por que se dar ao trabalho de amar os outros se eles simplesmente vão morrer e deixar você sozinho? Você acredita em Deus. Me diz por que Ele fez o mundo desse jeito. Me diz por que Ele é tão cruel.

Eu o encaro e fico esperando algum tipo de resposta, porque ele é meu pai e o normal é que tenha respostas. Ele sempre tinha.

Ele deixa o olhar se perder na noite azul-escura e leva muito tempo para dizer qualquer coisa.

Por fim, seus olhos percorrem meu rosto.

– Você está ficando tão grande... Eu nunca imaginaria que você fosse ficar tão grande. – Ele olha para o pátio. – O que eu acho é o seguinte: se você tiver muita, muita sorte na vida, vai amar tanto outra pessoa que, quando a perder, você vai ficar arrasada. Acho que a dor é a prova de uma vida bem-vivida *e* bem-amada.

– Que resposta péssima – digo a ele.

– É – concorda ele. – É realmente uma resposta péssima.

Estou chorando muito agora. Tudo que consigo ver é o rosto de X no programa do funeral.

Em memória do nosso amado Xavier Darius Woods.

Em memória.

– Não vale a pena – declaro.

Por que eu preciso amar *esse garoto*? Como vou conseguir viver sem ele?

– Evie, eu não sei responder às suas perguntas. Não sei por que perdemos pessoas que amamos nem como se espera que sigamos vivendo depois de perdê-las. Mas o que eu sei é que amar é humano. Nós não podemos evitar. Os poetas e filósofos dizem que o amor é a resposta, só que é mais do que isso. O amor é a pergunta e a resposta, e o próprio motivo que nos leva a fazer a pergunta. Ele é todas essas coisas. Todas elas juntas.

Passo vários instantes vendo as luzes do outro lado do pátio se acenderem, se apagarem e tornarem a se acender. Eu me pergunto o que estará acontecendo em cada um daqueles apartamentos. Quem eles perderam? Quem estão prestes a perder? A que já terão sobrevivido?

Alguém solta uma risada alta e estridente. É como o som de algo se estilhaçando. Um vento leve sopra, e o ar agora já não está nem um pouco quente. Minhas lágrimas secam no meu rosto.

– Pai, acho que no fim das contas não vou conseguir ir ao seu casamento.

Sinto que o magoei, e então sinto o esforço dele para aceitar o que acabei de dizer.

– Tudo bem – diz ele.

– Não sei se algum dia vou te perdoar.

Ele baixa a cabeça.

– Tudo bem, meu amor.

Por algum motivo, o modo como ele diz isso me faz sentir que talvez quem precise de perdão seja eu.

– Está tudo bem – repete ele.

E não está tudo bem, na verdade. Mas é legal ele dizer que está.

CAPÍTULO 53

O claro e o escuro

QUANDO IMAGINO X morto, eu não vejo escuridão. Na escuridão ainda resta esperança. Algo escondido em lugares que não se pode ver. A sensação que tenho é de que o luto é uma paisagem infinita de luz branca. Sem segredo nenhum. E sem surpresas também.

Você consegue ver com clareza tudo aquilo que perdeu.

Tudo que não está mais ali.

CAPÍTULO 54

Um milhão, oitocentos e catorze mil e quatrocentos segundos

ÀS VEZES, A ÚNICA COISA que se pode dizer sobre um período de tempo é que ele está passando e você está sobrevivendo.

O final do último ano letivo atinge a velocidade máxima. O anuário fica pronto, e todos os formandos, até mesmo os menos animados e mais cínicos, se tornam nostálgicos e intensos. Nós trocamos reminiscências, assinamos os livros uns dos outros e fazemos promessas que realmente queremos cumprir.

Os pais de Cassidy viajam para a Europa, então quase todas as noites ela dá algum tipo de festa. Eu vou a todas.

Atendendo a um pedido meu, voltamos a frequentar a Surf City Waffle. Tenho lembranças demais de X na beira da piscina na casa de Cassidy para querer voltar lá.

Todo domingo, eu me pergunto se esse será o domingo em que Sophie e Cassidy vão terminar. A relação das duas vem piorando aos poucos. Elas sorriem menos, se tocam menos e implicam mais uma com a outra.

Martin percebe, mas nós não conversamos sobre o assunto. O que podemos dizer? Cada domingo em que elas não terminam é como um presente, como um tempinho a mais que nós quatro podemos ter juntos.

Mas finalmente chega o Domingo do Fim. Elas se sentam uma ao lado da outra em nossa mesa na Surf City Waffle, mas sem se tocarem. Tudo acontece exatamente como na minha visão. É tipo ter um déjà-vu do tamanho de um filme.

Depois que Cassidy vai embora, Sophie passa uma hora inteira chorando. Ela nos conta que as coisas já não andavam bem entre as duas havia algum tempo. Diz que parecia que Cassidy havia se cansado dela. Ela começou a ter atitudes desatentas, tipo esquecer quando elas tinham marcado alguma coisa. Toda vez que Sophie reclamava, Cassidy lhe dizia que ela era sensível demais.

Martin e eu a abraçamos e a deixamos chorar até ela parar. Ela nos diz que acha que não quer mais fazer a viagem de carro. Sinto a mesma decepção que senti antes, mas depois me conformo.

Mais tarde, quando chego em casa, ligo para Cassidy e escuto o seu lado da história. Surpreendentemente, é bem parecido. Ela diz que acha que talvez ainda não seja uma boa namorada para ninguém.

No domingo seguinte, Martin e eu vamos à Surf City Waffle só nós dois, mas é triste demais. Decidimos ir embora e voltamos para a minha casa. Faço sanduíches de manteiga de amendoim e geleia e comemos do lado de fora, no pátio.

Minha mãe começa a sair com o Dr. Bob duas vezes por semana em vez de uma só. Sinto vontade de dizer a ela para não se arriscar outra vez. Ela não se lembra de como ficou quando meu pai foi embora? Não se lembra de quando guardou suas fotos de casamento? Logo depois de ele se mudar, tentamos continuar morando na nossa casa por alguns meses. Eu a pegava encarando os lugares onde as coisas do meu pai costumavam ficar. Uma escova de dentes na pia em vez de duas. Espaços vazios na estante, como dentes faltando na boca. A casa se transformou num museu de todos os lugares onde antes havia amor. Alguns meses depois, ela concordou em vendê-la e nós nos mudamos.

Faz três semanas desde que descobri que o garoto que eu amo vai morrer. Gostaria de poder dizer que cada dia que passa é melhor do que o anterior, mas não é verdade.

Em algumas coisas eu me recuso a pensar. Por exemplo: quando *exatamente* ele vai morrer, e como. Eu me lembro da minha visão de Archibald e Maggie em pé num gramado, com flocos de neve rodopiando ao redor dos dois, olhando um caixão ser baixado para dentro da terra. Como eles vão sobreviver à morte do neto? Como os pais de X vão sobreviver? E Kevin, Jamal e todos os seus outros amigos? Será que ele vai saber que vai morrer? Será que vai sofrer? Qual será seu último pensamento?

Às vezes minha vontade é ligar para ele e contar a verdade. Mas seria cruel. Só porque sou obrigada a carregar o peso dessa informação horrível não significa que ele deva carregá-lo também. Eu me lembro de quando brincamos de Filosofia Bebum na nossa primeira fogueira, na noite em que nos beijamos pela primeira vez. Eu perguntei a todo mundo se eles queriam saber quando e onde iriam morrer. X respondeu que não. Disse que isso tiraria a graça de tudo. Eu respondi que sim, que era sempre bom estar preparada.

Às vezes sinto vontade de ligar para ele e lhe dizer a outra verdade: que eu o amo e sempre vou amar. Mas dizer isso a ele também seria cruel.

O que eu diria?

Eu te amo, mas você vai morrer, então não posso te amar?

Não posso porque estou com medo de não sobreviver a essa dor? Ou não, não é isso. Eu não estou com medo de não sobreviver à dor. Estou com medo de que a dor nunca passe e de precisar viver com ela para sempre.

O problema do coração partido não é ele nos matar. É justamente ele não fazer isso.

CAPÍTULO 55

O peixe e a água

DEPOIS DE EU PASSAR praticamente o fim de semana inteiro na cama e com a luz apagada, minha mãe bate na minha porta.

– Vem cozinhar comigo – diz ela. – Vou fazer pudim de pão.

Ela está usando seu avental de *Beije a cozinheira.*

– Não estou muito a fim – respondo, e me enterro ainda mais debaixo do cobertor.

– Bom, mas vai vir mesmo assim – declara ela, tirando meu cobertor com um puxão.

Pelo tom da sua voz, sei que não tenho escolha.

Assim que desço para o térreo, ela aponta a receita e me entrega um conjunto de medidores.

– Você cuida dos ingredientes secos.

Pego o açúcar e a canela na despensa.

Ela espera até eu estar ocupada cortando o pão em cubos para dizer o que quer dizer:

– Quero que você me conte o que aconteceu entre você e o X.

– Eu não quero falar sobre isso – replico.

Pego outra fatia de pão e continuo a cortar.

Voltamos a nos comunicar através de suspiros. O dela de agora é frustrado.

– Eu sou sua mãe e sei que aconteceu alguma coisa. Não entendo por que você se recusa a conversar comigo.

Tudo que quero é voltar para a cama e fingir que o mundo não existe.

– Você primeiro – digo.

Ela está batendo ovos, mas então para e me olha.

– Eu primeiro o quê?

– Você quer que eu converse com você, mas nunca conversa comigo.

Meço o açúcar e o despejo numa tigela.

– Quantas vezes eu já tentei fazer você conversar comigo sobre o papai? – completo.

– De novo isso? – diz ela, e recomeça a bater. – O assunto entre mim e seu pai é entre mim e seu pai.

Eu não tinha a intenção de chorar, mas as lágrimas de repente se acumulam nos meus olhos e o choro chega à minha garganta, como se sempre houvessem estado ali à espera.

– Não foi só você que o papai abandonou. Ele me deixou e deixou a Dani para trás também. – Largo o medidor em cima da bancada. – Ele deixou a gente também.

O ar entre nós duas fica carregado. Minha mãe parece aturdida, e logo depois arrasada. Leva uma das mãos ao cabelo, trêmula, em seguida ao batedor, e de volta ao cabelo.

– Meu amor – diz ela, e empurra a tigela para longe, me puxando para um abraço. – Não chora, meu amor, não chora.

Eu me afasto.

– Por que todo mundo fica me dizendo para não chorar quando existe um monte de motivos para chorar? Por que você e a Dani ficam agindo como se estivesse tudo bem?

Ela baixa os olhos para a bancada e segura a beirada com força.

– Como você quer que eu aja?

– Eu quero que você pare de fingir que não está tudo horrível. Por que você não está com raiva dele? Por que se recusa a falar sobre isso?

Ela dá outro suspiro, só que desta vez não é de frustração nem de raiva. É um suspiro de libertação.

– Você quer saber por que eu me recuso a falar sobre isso?

Assinto.

– Porque são as mães que cuidam dos filhos, não os filhos que cuidam das mães. Sou eu quem enxuga as *suas* lágrimas. Não é para você enxugar as *minhas*.

Ela me encara, e seus olhos têm uma expressão dura, cheia das lágrimas que ela não deixa cair.

– Quando seu pai me disse o que estava acontecendo, meu mundo caiu. Era como se alguém tivesse enfiado a mão dentro do meu peito e... – Ela se interrompe e respira fundo. – Enfim. Você acha que eu não senti raiva do seu pai? Eu senti, sim. Às vezes, ainda sinto – confessa, baixinho, mas a dor na sua voz grita mais alto do que nunca. – Eu não conversei com você porque estava tentando te proteger. Era tão bonito ver você e seu pai juntos... Eu não queria que isso mudasse o que você sentia por ele.

Como eu pude ter me enganado tanto?

Achei que ela não estivesse sentindo o suficiente. Mas, na verdade, ela estava sentindo *tudo*.

Na verdade, ela tentava me proteger de tudo o que estava sentindo.

Ela torna a olhar para mim, e dessa vez deixa as lágrimas caírem.

– Não foi seu pai quem quis o divórcio. Depois que ele me contou sobre a Shirley, ele disse que queria fazer terapia e tentar acertar as coisas. Fui eu quem disse não.

Fico tão chocada que minha boca chega a se escancarar. Passei todo esse tempo pensando que meu pai é que tivesse nos deixado, mas foi a minha mãe. Quem foi embora foi ela.

– Mas por quê? – perguntei. – Você o amava. Ainda ama.

– Sim, mas eu vi que ele amava a Shirley de um jeito que não me amava mais. Eu não ia ficar ali e aceitar um prêmio de consolação.

Eu a encaro por um bom tempo até não estar mais só *olhando* para ela, mas de fato a *enxergando*. Enxergo a minha mãe, forte, estoica, capaz. A minha mãe, suave, corajosa e vulnerável. Todo mundo diz que chega um momento na vida em que seus pais deixam de ser apenas seus pais e se tornam pessoas de verdade. Ninguém nunca disse como esse momento seria assustador. E também maravilhoso.

– Posso te perguntar mais uma coisa? – peço.

– Misericórdia, meu Deus, por favor, que seja a última – diz ela, mas está sorrindo.

– É sobre o Dr. Bob. Depois de tudo isso com o papai, como você consegue voltar a namorar?

Ela volta a puxar a tigela de ovos para si e pega o batedor.

– Bom, em primeiro lugar, eu gosto do Dr. Bob. Gosto muito dele, e ele gosta muito de mim. Mas, além disso, o que mais eu faria? Não vou simplesmente desistir do amor. Eu não nasci para isso.

– Mas olha o que aconteceu com o papai. Olha como acabou.

– Você acha que, porque o seu pai e eu não ficamos juntos, nosso amor foi menos real? Um dia, seu pai e eu nos amamos o suficiente para fazer você e sua irmã. Só isso faz todas as outras coisas valerem a pena.

Ela me lança um olhar que diz que sabe por que estou lhe perguntando isso.

– Não sei o que aconteceu com você e o X, mas espero que você saiba que também não pode simplesmente desistir do amor.

– Eu vou ficar bem sozinha – insisto.

Ela ri.

– Já ouviu aquela do peixe que não precisava de água?

– Não – respondo.

– Nem eu – diz ela.

Então pega meus ingredientes secos, despeja dentro da tigela com os ovos e mistura tudo.

CAPÍTULO 56

Então e outra vez

A FORMATURA É UMA semana depois disso. A oradora da nossa turma faz uma grande metáfora com queijo em seu discurso. No início, nós éramos um cheddar suave e novo, mas amadurecemos até nos tornarmos um gruyère forte e curado. Embora alguns professores e aulas tivessem sido duros de engolir, o ensino médio ainda foi uma experiência saborosa. Segundo ela, estamos nos formando amadurecidos de conhecimento.

O nome da nossa oradora é Olivia Cortez, mas eu só conheço sua reputação: superinteligente, um amor de menina, com um futuro incrível pela frente, do mesmo jeito que Sophie. Queria que a gente tivesse se conhecido.

Quando Olivia termina o discurso, o professor Armstrong (nosso maravilhoso professor de história) nos submete a um último discurso entediante. Ele compara a história das guerras modernas com o processo de criarmos nosso lugar no mundo. Usa expressões como "território inimigo" e "nas trincheiras".

Todos nós gememos e ficamos com vontade de ouvir sobre queijo.

Então chega a vez do diretor Singh, que nos diz que teremos futuros brilhantes (óbvio que ele diria isso). Como a nossa turma é grande demais para que cada diploma seja entregue individualmente, ele ergue um diploma simbólico enorme e nos declara formados no Colégio Bevshire.

– Agora vão lá deixar sua marca no mundo – conclui o diretor.

Depois que os aplausos cessam, eu me levanto e vou falar com Martin.

– Conseguimos – diz ele, como se não tivesse certeza de que isso fosse acontecer.

Ele me abraça e me dá um beijo no alto da cabeça.

– Está se sentindo pronto para deixar sua marca no mundo? – pergunto.

– Eu não quero o mundo, Eves, só quero meu pedaço dele.

Sigo o seu olhar até Danica. Martin aperta meu ombro.

– O status de relacionamento da sua irmã mudou para solteira de novo – diz ele.

– Desde quando?

– Ontem à noite.

– Com que frequência você confere o status dela?

– Uma vez por dia, mais ou menos. Muito *stalker*?

– Não.

– Tem certeza?

– Não.

Ele solta meu ombro e se vira para me encarar.

– Você continua achando tudo bem eu chamar a Danica para sair?

Sei que ele está perguntando isso por causa do que aconteceu entre mim e X.

– Acho, tudo bem, sim – respondo, mas mesmo assim preciso perguntar: – Tem certeza de que é isso que você quer?

– Minha lista de coisas a fazer antes de me formar só tinha um item.

– E esse item é ela?

– É.

– E se ela disser não?

– Aí ela disse não. – Ele bagunça o próprio cabelo. – Mas e se ela disser sim?

Espero que ela diga sim. Espero que ela não parta o coração de Martin, mas o coração é dele. Por mais que eu queira, não tenho como proteger da dor as pessoas que amo. Além disso, Martin é mais corajoso do que eu. Ele vai aceitar a dor que vier junto com a felicidade. Acha que vale a pena.

Ele me dá outro beijo na testa.

– Vamos encontrar a Sophie e a Cassidy antes de os nossos pais aparecerem – diz.

Vemos Cassidy parada perto do palco, com a cara fechada. Seus pais estão do lado dela, conversando com o diretor Singh.

Escuto a mãe dela lhe agradecer por tudo que ele fez pela sua garotinha.

Cassidy fecha ainda mais a cara. A mãe dela não faz ideia se o diretor Singh já fez alguma coisa pela "sua garotinha".

Martin e eu a puxamos para um abraço.

– Eles vieram – diz Martin, referindo-se aos pais dela.

Cassidy dá de ombros como se isso não significasse nada, mas posso ver que está aliviada de os dois estarem ali.

– Eles chegaram ontem à noite.

– Que bom.

– E vão embora de novo amanhã de manhã – emenda ela. Então respira fundo. – Acho que vou com eles. Japão, Coreia, China. Pode ser divertido.

Abro um sorriso largo demais.

– Desculpa pela viagem de carro, Evie – diz Cassidy. – Sei que você queria muito fazer isso.

Descarto a questão com um aceno.

– Eu também iria para a Ásia com meus pais super-ricos.

Nós nos abraçamos. Sei que é a última vez que vamos estar juntos assim. Quando ela voltar da Ásia, vai estar diferente. Todos nós vamos estar.

Encontramos Sophie cercada pelos pais e as irmãs. Ela está segurando um buquê de rosas cor-de-rosa e ainda tem o capelo na cabeça.

Nós a raptamos para um abraço, assim como fizemos com Cassidy.

– Não acredito que esse dia finalmente chegou – digo.

– Nem eu – responde ela, e dá uma fungada.

Martin lhe passa seu lenço.

– Sem chorar – diz ele. – Ainda temos o verão.

Ela enxuga as lágrimas, mas depois funga mais um pouco.

– A Olivia me chamou para sair – declara.

– Olivia, nossa oradora? – indaga Martin.

Sophie assente.

– Sabiam que ela também vai para Stanford?

Nós não sabíamos.

– E você aceitou? – pergunto.

– Sim – responde ela com um sorrisinho.

Olha ao redor por um instante e então se vira de volta para nós.

– Vocês viram a Cassidy? – pergunta.

– Aham. Os pais dela vieram – diz Martin.

– Que bom – comenta Sophie.

Decido não contar sobre a viagem de Cassidy para a Ásia. As vidas delas agora estão separadas.

Nós três nos abraçamos de novo. Queria que a Cassidy estivesse aqui. Quero um último domingo na Surf City Waffle, nós quatro juntos. Quero mais uma fogueira. Mais uma Filosofia Bebum.

Só que não posso ter isso. Relembro o dia em que fiz as pazes com as duas na casa de Cassidy. Lembro como nos abraçamos logo antes de eu ir embora. Nossas barrigas cheias de waffles, o sol forte, e nós com cheiro de filtro solar e cloro.

Minha mãe falou que só porque uma coisa acaba, não significa que ela é menos real. Só porque está tudo diferente agora, não quer dizer que nós não tenhamos nos amado. E talvez um dia voltemos a nos amar outra vez.

CAPÍTULO 57

Dois vestidos

DANICA BATE NA PORTA do meu quarto na sexta-feira anterior ao casamento de papai. Está segurando dois vestidos. Um é justo e simples, lilás com detalhes em renda. O outro é uma coisa mais chamativa azul-petróleo e prata com uma cauda de sereia.

No começo, acho que ela trouxe o lilás para mim, já que é mais o meu estilo.

– Eu não mudei de ideia, Dani – digo.

– Não, eu quero que você me ajude a escolher – retruca ela.

Volto a olhar para as duas peças, sem saber direito por que ela está me pedindo para decidir. Azul-petróleo é a sua cor preferida, e ela adora uma coisa chamativa.

Escolho o azul-petróleo.

Danica agradece, pendura os dois vestidos atrás da minha porta e se senta na ponta da cama. Chego para o lado para abrir mais espaço.

– Eu terminei com o Archer – diz ela.

Minha irmã parece triste, mas não arrasada.

– Por quê? – pergunto.

Ela junta o cabelo em uma das mãos e em seguida volta a soltá-lo.

– É que não estava mais muito divertido. Toda vez que a gente estava junto, tudo que eu queria era estar com meus amigos. Meio que acho que ele sentia a mesma coisa.

– Que pena.

Então me ocorre uma coisa.

– Talvez esteja cedo demais para perguntar isso… mas quanto tempo você acha que vai levar para esquecer o Archer? – pergunto.

– Uns dias. Por quê?

– Sabe o meu amigo Martin?

– Lógico.

– Ele gosta de você desde sempre.

– Ah, é?

– Fala sério, você já deve ter visto o jeito como ele te olha.

Os olhos dela estão sorrindo.

– Eu não tinha certeza.

– Você acha ele gatinho – digo, jogando verde.

– Eu acho ele… interessante – responde ela, abrindo um sorriso. – Nunca na vida vi um adolescente usar tanto tweed.

Não consigo parar de rir. É claro que ela iria reparar no jeito como ele se veste.

– E por que você nunca tentou ficar com ele?

Seu sorriso esmaece.

– Ele é seu amigo. Achei que você não fosse gostar se a gente ficasse.

Ela tem razão. Eu não teria gostado. Teria ficado com medo do que uma relação entre os dois pudesse significar para a minha amizade com Martin. Nós não seríamos mais tão próximos. Eu ficaria de fora.

Mas, por mais que eu queira, não posso impedir o mundo de mudar. O tempo passa. As pessoas mudam. A vida continua.

– Eu acho que você e o Martin dariam um ótimo casal.

– Sério? – pergunta ela.

– Sério, de verdade – respondo.

Ela chega mais perto e apoia a cabeça no meu ombro. Seu cabelo faz cócegas no meu nariz.

– Posso te perguntar uma coisa sem você ficar brava comigo? – pergunta ela.

– Não posso prever o futuro – respondo.

– Promete, vai. Promete – insiste ela.

– Tá, tá, eu prometo.

– Por que você mudou de ideia de novo sobre ir ao casamento do papai?

Não tenho uma resposta para ela, não de verdade. O casamento simplesmente parecia demais, um excesso de emoções complexas com que lidar depois de tudo o que aconteceu com X.

A última vez em que vi meu pai foi na formatura. Ele me levou para almoçar no Mariscos Chente depois. Chegou à conclusão de que a nossa oradora era uma gênia e lançou umas piadas de queijo até eu ficar com a barriga doendo de tanto rir. Conseguiu até combinar uma piada de comida mexicana com uma piada de queijo.

Pergunta: Por que o queijo ficou no sol até derreter?

Resposta: Porque ele é meio burrito.

Papai não voltou a me pedir para ir ao casamento nem me chamou de chuchu. Pela primeira vez, vi como a nossa relação poderia ser em algum momento do futuro.

Danica levanta a cabeça.

– Pelo menos me diz por que você está tão brava com ele. É só porque ele foi embora? – sussurra ela.

– Como assim?

Ela passa um tempão me encarando, com medo de alguma coisa.

– Você não acha que ele e a Shirley ficaram juntos antes de...

Eu sei o que ela está perguntando. Está perguntando se ele teve um caso. Penso no que saber a verdade fez comigo. Penso no que iria fazer com Danica.

Algumas ilusões não precisam ser destruídas.

Faço que não com a cabeça e sustento seu olhar.

– De jeito nenhum – digo, completamente convincente. – O papai nunca faria isso.

O alívio dela é palpável, e eu me sinto uma boa irmã mais velha.

– Você deveria ir ao casamento – insiste ela.

– Por quê?

– Porque ele é nosso pai, e ama a gente, e vai se casar com uma pessoa que ama, e a gente deveria comemorar isso com ele.

É tão simples para ela.

– Além do mais, seria mais fácil se a gente fizesse isso juntas – diz ela.

Eu a encaro e entendo que essa história toda foi mais difícil para minha irmã do que percebi.

– Tá – digo. – Só que eu não tenho vestido.

– Que tal aquele ali? – pergunta ela, apontando para o lilás, o de que eu tinha gostado mais.

Balanço a cabeça.

– Você não precisava nem um pouco da minha ajuda para escolher um vestido, né?

– Não.

– Seu plano quando entrou aqui era me convencer a ir ao casamento, não era?

Ela solta uma risada maquiavélica e sai da cama antes que eu consiga alcançá-la.

– É.

– Tá – digo depois que paro de rir. – Tá bom, eu vou.

CAPÍTULO 58

Respostas

ACORDO NA MANHÃ SEGUINTE ciente de que tenho desculpas a pedir. Vou de bicicleta até o estúdio de dança e a carrego pela última vez até o alto da escada. Fifi está no balcão da recepção, explicando para uma mulher sentada em frente ao computador alguma coisa sobre como matricular clientes.

Assim que me vê, ela arregala os olhos e logo em seguida os semicerra outra vez.

– Ah, olhem só quem está aqui. A rainha dançarina desaparecida. – Ela sai depressa de trás do balcão, para a cerca de meio metro de mim e cruza os braços. – Não pensei que fosse ver você de novo.

Ela não está só sendo a Fifi de sempre. Eu a magoei.

Dou um passo na sua direção.

– Fi, desculpa ter saído correndo e não ter ligado nem agradecido. Desculpa mesmo.

Ela funga, bate com o salto no chão e pensa no assunto.

– Não é legal abandonar quem gosta de você.

– Eu sei. Desculpa de verdade, Fi.

Por fim, ela sorri.

– Que bom que você está aqui. Não vou nem perguntar por que saiu correndo naquele dia do concurso feito a menina que perdeu o sapato no conto de fadas.

"Não vou nem perguntar" significa que ela está prestes a me fazer essa pergunta.

Para minha sorte, porém, Archibald e Maggie aparecem no corredor, vindo na nossa direção.

– Ah, mas que surpresa maravilhosa! – exclama Maggie, e me envolve no seu abraço com perfume de rosas. – Fifi já contou para você todas as coisas incríveis que aconteceram?

– A notícia mais importante é que nós contratamos uma recepcionista de verdade – diz Fifi, apontando para a mulher atrás do balcão. – Já joguei fora aquele *trim-trim-trim* infernal – completa, dando tapinhas na própria mão como se fosse a campainha.

Archibald ri.

– Felizmente, essa não é a única notícia boa – garante ele.

Eu tinha esquecido como seus olhos brilham quando ele fala.

– As inscrições aumentaram quarenta por cento desde o concurso – conta ele. – Semana que vem a *LA Weekly* vai mandar um repórter fazer uma sessão de fotos e uma entrevista.

– Que incrível! – digo.

E estou sendo sincera. É ótimo ouvir que essa experiência toda trouxe algum resultado bom.

– E tudo graças a você, meu bem – diz Maggie.

Ela quer dizer graças a mim e a X, claro, mas não menciona o nome dele por consideração. Fico pensando se X lhe contou que nós terminamos.

Conversamos um pouco sobre meus planos para o resto do verão e a NYU no outono. Prometo visitá-los antes de me mudar e também encontrar um lugar em Nova York para continuar a dançar. Então é hora de eu ir embora.

Archibald e Maggie me dão um último abraço antes de voltarem para dentro do estúdio. Num impulso, abraço Fifi, e ela me surpreende retribuindo o abraço e apertando com força.

– Você dança muito bem – sussurra ela no meu ouvido. – Foi um orgulho ensinar você.

Não posso provar, mas eu juro que vejo alguma coisa parecida com lágrimas nos seus olhos quando ela se afasta.

Bem quando estou prestes a sair, vejo o *Instruções para dançar* nos fundos da área da recepção, onde Fifi o jogou na primeira vez em que estive ali.

Meu coração dá um salto. Sei que vê-lo neste exato instante não pode ser coincidência. Sei que era para ser.

– Ei, Fi, posso levar aquele livro? – pergunto, apontando para ele.

Ela vai pegá-lo e o passa para mim por cima do balcão.

– Claro, mas é muito bobo. Não dá para aprender a dançar com um livro.

– Eu sei, mas ele me trouxe até aqui, não foi?

Vou até a página com o endereço do La Brea Danças. Parece ter sido em outra vida que cheguei ao estúdio esperando aprender qualquer que fosse a lição que precisasse para tentar me livrar das visões. A Evie que entrou aqui naquele dia achava que entendia bem como a vida podia ser injusta e dolorosa. Aquela Evie não fazia a menor ideia de nada.

Ponho o livro na mochila e olho em volta uma última vez. No final do corredor, em frente à sala 5, vejo Archibald puxar Maggie para um giro. No início, penso que eles não fazem ideia de quão sortudos são. Mas então examino a expressão no rosto dos dois, uma combinação de deslumbramento e certeza, e sei que estou errada. Eles sabem exatamente a sorte que têm.

Não demoro quase nada para chegar ao bairro de Hancock Park. Quando encontro a rua, ela ainda está repleta de arbustos de jasmim e pés de jacarandá. A Pequena Biblioteca Gratuita continua ao lado do grande sicômoro.

Desço da bicicleta, abaixo o descanso e vou até a biblioteca. Todos os meus livros continuam lá dentro, inclusive *Cupcakes e beijos*. A lembrança de X me mandando mensagens enquanto estava lendo o livro me dá vontade de rir e também de nunca mais rir na vida.

Tiro *Instruções para dançar* da mochila e enfio lá dentro.

– Oi, Evie – diz uma voz atrás de mim.

Eu nunca lhe disse o meu nome, mas, sério, o fato de ela saber o meu nome é a coisa menos misteriosa que me aconteceu em muitos meses.

Eu me viro. Seu rosto é igual à lembrança que tenho dele: um papel marrom castigado pelo tempo.

– Por que você fez isso comigo? Como achou que eu fosse me sentir vendo as pessoas terem o coração partido, várias e várias vezes seguidas?

Ela sorri para mim. É um sorriso suave, compreensivo.

Não sei se algum sorriso já me deixou com mais raiva.

Sinto raiva dela por ter me amaldiçoado com esse poder horrível.

Sinto raiva de qualquer que tenha sido a força a criar um mundo onde nascemos para amar, mas também para ver as pessoas que amamos morrerem.

Quem diz que é melhor ter amado e perdido o amor do que nunca ter amado aparentemente nunca amou ninguém de verdade e também nunca perdeu ninguém de verdade.

Eu quero respostas. Quero saber, quero que ela me diga como vou conseguir viver sem meu coração dentro do meu corpo.

Minha raiva desaparece em um estalo. Eu só quero saber por quê.

– Por que a senhora me deu o poder de ver todo o sofrimento que o amor causa? Por favor, me diga.

– Mas esse não foi o poder que eu dei para você – responde ela.

– Então qual foi?

– Eu te dei o poder de ver o amor. O sofrimento é só uma parte dele. Não é tudo. Por que você só se concentrou no fim?

– Porque o fim é a parte mais importante.

– Ah, é? – indaga ela. – Não era para ser uma maldição, Evie. Era para ser um presente.

Começo a chorar, e tenho certeza de que o choro nunca vai acabar. Quando volto a mim, ela continua em pé ao meu lado.

– As visões vão parar de acontecer?

– Sim – responde ela.

– Quando? – pergunto, embora saiba que ela não vai me dar uma resposta direta.

– Quando você estiver pronta.

Subo na bicicleta.

– Cuide-se, Evie – diz ela enquanto me afasto.

E, assim como da primeira vez, quando chego ao final da rua e me viro para olhar, ela já não está mais lá.

Ainda faltam três horas para o casamento do meu pai. Fico perambulando de bicicleta pelas ruas. Os pés de jacarandá e os arbustos de jasmim estão com menos pétalas. O cheiro úmido de plantas da primavera foi substituído pelo cheiro quente do verão.

Não sei quanto tempo passo pedalando sem rumo, só sei que é mais do que eu acho, e menos também. Não paro de ouvir a voz da senhora na cabeça.

Não era para ser uma maldição.

Penso de novo em todas as visões que tive.

Em absolutamente todas elas há mais amor do que sofrimento.

Quando chego em casa, Danica me maquia e me empresta um colar vintage grande para complementar o vestido lilás. Damos um beijo de despedida na mamãe e dizemos que a amamos. Ela jura que está bem.

No táxi, aperto a mão de Danica.

– Que bom que a gente está fazendo isso juntas – digo.

– Também acho – concorda ela.

CAPÍTULO 59

Até que nos separem

NA IGREJA, A FELICIDADE do meu pai quando me vê chega a ser quase constrangedora.

Mas é mais fofa do que constrangedora.

Ele me levanta e me gira.

– Que maravilha que você veio, chuchu! – Ele me coloca de volta no chão. – Desculpa, eu vivo esquecendo que não…

– Não, tudo bem. Pode me chamar assim.

Ele fecha os olhos e abaixa a cabeça. Por alguns segundos, parece estar rezando. Então me puxa para outro abraço e me aperta com força. Eu o aperto de volta.

– Abraço coletivooo! – berra Danica, que até então tinha ficado parada na porta.

Quando nos afastamos, estamos os três aos prantos.

Dani segura meu queixo com uma das mãos e solta um ruído de reprovação. Encontramos um banheiro, e ela tira da bolsa um minikit de maquiagem de emergência. Retoca o próprio rosto antes de começar a retocar o meu. Olho no espelho depois que ela termina. Minha irmã é mesmo uma milagreira. Estou salva.

Quando voltamos, o pastor já chegou ao altar. Ocupamos nossos lugares ao lado da tia Collette.

Então está na hora.

A música começa. Papai caminha até o altar e assume seu lugar de frente para o pastor. Em seguida vêm o seu padrinho, o tio Allan, e a madrinha de Shirley. Depois vem a mãe de Shirley, caminhando sozinha. Então as damas de honra, dez no total. Assim que todos estão acomodados no altar, a música para.

Papai fica olhando para o corredor da igreja, à espera.

Tio Allan aperta de leve o seu ombro.

Mais uns poucos segundos passam, e aí a marcha nupcial começa e todos se viram para olhar.

Menos eu. Fico olhando para o rosto do papai. Não preciso ver Shirley para saber quando ela aparece, basta observar a expressão do meu pai. Ele está com uma cara de quem não consegue acreditar na própria sorte.

Shirley chega ao altar e segura a mão do papai. Está linda. E também parecendo um bolo de vários andares.

No quesito casamento, o deles é bem tradicional. Os votos são aqueles normais. Prometem amar e respeitar. Prometem fazer isso para sempre. Seguem-se algumas leituras. A mãe de Shirley canta uma música gospel que eu não conheço, com uma voz linda.

O pastor os declara marido e mulher. Diz a papai que ele pode beijar a noiva.

Tenho uns poucos segundos para decidir.

Posso escolher ver o futuro deles.

Posso escolher ver como tudo termina, e talvez até quando.

Mas, no último segundo, eu fecho os olhos.

Fecho os olhos e finjo que eles têm a eternidade.

A festa do casamento acontece no salão nobre de um hotel a vinte minutos da igreja. Dani e eu pegamos a van do evento, junto com a tia Collette e o tio Allan. Eu bebo cidra, como tira-gostos, e fico ouvindo Dani criticar de uma forma gentil o vestido de todas as convidadas. Ela me conta a história da instituição do matrimônio – basicamente, péssima para as mulheres.

Depois de um tempo, a banda chama a atenção de todos.

– Senhoras e senhores, por favor, recebam o Sr. e a Sra. Thomas.

Por um instante, meu coração se parte por causa da minha mãe, a primeira Sra. Thomas. Mas então lembro que ela fez o que era melhor para todo mundo, inclusive ela mesma.

Todos começam a bater palmas e assobiar.

Shirley chora, e meu pai enxuga suas lágrimas. Diz que a ama e que sempre vai amar.

Tudo que importa é ele estar sentindo isso agora.

Tudo que importa é o agora.

Eu me viro para Dani.

– Preciso ir – digo.

Nos livros românticos, há sempre uma cena de perseguição. Ela acontece perto do fim, quando uma das pessoas se toca de que cometeu um erro gigantesco e aí precisa superar uma série de obstáculos para conseguir voltar para a outra.

Minha cena de perseguição começa logo do lado de fora do hotel, onde há uma fila de táxis parados. Só depois de entrar em um deles é que me dou conta de que não sei o endereço de X. Mando uma mensagem para Fifi. Milagrosamente, ela não está dando aula. Envia na mesma hora o endereço de Archibald e Maggie. Não consegue se segurar e acrescenta:

não sei por que você demorou tanto
o garoto é sexy demais para deixar passar
boa sorte

O trânsito na volta para Los Angeles está horrível porque... porque o trânsito em Los Angeles é horrível. Levo 45 minutos para chegar ao centro da cidade. O taxista vira na Wilshire Boulevard. Inacreditavelmente, ali está ainda mais engarrafado. Seria mais rápido ir de bicicleta, então digo ao motorista para entrar na Curson e me levar para casa. Entro correndo e pego a chave do cadeado da bicicleta. Não paro para trocar de roupa. Posso pedalar de vestido. Quando me dou conta de que ainda estou de salto, não tenho paciência para voltar. Só consigo pensar em chegar o mais rápido possível aonde X está. Tenho muita coisa para dizer e pouco tempo. Não quero perder mais nem um segundo com ele.

Na minha cabeça, ouço a senhorinha me dizendo que o poder iria embora quando eu estivesse pronta. E sinto o instante em que isso acontece. Estranhamente, é como ajustar o foco de um binóculo. O poder vai embora, e o mundo de alguma forma fica mais claro do que antes.

Quando chego à casa, é Maggie quem atende a porta. Parece estar esperando por mim e me dá um abraço.

– Você está muito bonita, meu bem – diz ela, e me informa que X está tocando violão na sala.

A curtíssima caminhada da porta da casa até a sala é a mais longa da minha vida.

Não sei exatamente quando nem como X vai morrer. Não sei como vou sobreviver à cratera que ele vai deixar dentro de mim.

A única coisa da qual tenho certeza é que não posso viver sabendo que poderia ter tido mais tempo com ele e não aproveitei. Não importa se o amor termina. O que importa é o amor existir.

X para de tocar assim que apareço no vão da porta, como se pudesse sentir minha presença.

– Hoje é o casamento do meu pai – digo.

Ele baixa os olhos.

– Quando?

– Agora. Quer dizer, já aconteceu.

– Você foi?

– Fui. Foi legal. A festa ainda está rolando.

Ele olha para mim. Seus olhos estão tristes e cautelosos, mas pelo menos focados em mim.

– O que você veio fazer aqui, Evie?

– Preciso de um par para dançar.

– Você veio até aqui no meio do casamento do seu pai me convidar para dançar com você?

– É.

Eu me afasto da porta e me sento ao seu lado no sofá.

Ele abraça mais forte o violão e se inclina um pouco para longe de mim.

– Sei lá, Evie. Você me magoou de verdade.

Meu Deus, já perdi tanto tempo.

– Eu sei – digo. Coloco a mão no seu ombro. Como ele não se retrai, continuo: – Desculpa. Eu estava com medo.

– De quê? – pergunta ele.

– De te perder.

Ele desvia o olhar de mim.

– Isso não faz sentido nenhum. Você estava com medo de me perder e por isso me deu um pé na bunda?

– Parecia mais seguro.

– Você nunca ia me perder – diz ele, frustrado. – Eu tentei te dizer isso.

Eu me levanto e dou alguns passos pela sala enquanto tento encontrar as palavras.

– Não estou conseguindo me expressar direito. O que eu quero dizer é que finalmente entendi que o fim não importa tanto quanto eu pensava.

– E o que importa, então?

Volto a me sentar.

– O começo é legal, mas a melhor parte é este momento agora, bem no meio de tudo. Eu não fui legal com você, mas você tinha razão o tempo todo. Eu preciso viver o momento presente e tal.

Ele ergue a cabeça e se vira para me encarar.

Agora eu sei exatamente o que dizer.

– Xavier Darius Woods, você é o amor da minha vida. Nunca amei tanto alguém quanto amo você.

O sorriso dele começa pequenininho, nos cantos da boca, antes de se espalhar pelo rosto inteiro.

– Eu sou o amor da sua vida? – pergunta ele.

– É. Para ser sincera, chega a ser aterrorizante.

Isso o faz rir, e ele bate com o ombro no meu.

– Você também é o amor da minha, sabia?

– Sabia – respondo.

Ele se levanta e me puxa junto.

– Então você está a fim de ir dançar no casamento do seu pai, é?

– Pois é. Quer ir comigo?

Ele sorri.

– Já te falei sobre a minha filosofia de dizer sim para tudo?

CAPÍTULO 60

O futuro

QUANDO CHEGAMOS À FESTA, as luzes estão bem fracas, à exceção de um gigantesco globo de discoteca, com sua luz prateada. A banda está tocando e quase todo mundo dança. Meu pai e Shirley estão bem no meio da pista. Acho que eles estão dançando uma valsa (do tipo lento, chato e inglês), mas é difícil dizer, porque os dois são péssimos dançarinos. Mas o que deixam a desejar na técnica compensam em felicidade.

Dou uma olhada em volta à procura de Danica. Ela está comendo bolo e falando com alguém no celular. Eu me pergunto se é com Martin. Tomara que sim.

A música diminui e vou pedir à banda para tocar um tango argentino, puxando X pela mão. Para minha sorte, os músicos sabem como tocar isso.

No início, me sinto meio constrangida. Percebo que todo mundo olha para nós. Que eles estudam nossos passos. Só que, depois de um tempo, paro de reparar em qualquer coisa que não seja X.

Daqui a oito meses, X vai estar tocando violão em casa, em Lake Elizabeth. Vai sentir uma dor no peito. Os médicos depois vão chegar à conclusão de que ele tinha uma válvula defeituosa no coração, um problema de nascença.

Quando isso acontecer, nós já vamos ter escrito um álbum inteiro juntos.

Vamos ter dançado por horas e horas.

Vamos ter feito sexo.

Ele vai ter me ensinado a tocar violão e a amar música tanto quanto ele.

Em alguns dias, eu vou saber que vai ficar tudo bem. Em outros, não.

Uma coisa vou saber com certeza: o amor pode durar para sempre.

Neste exato momento, X me faz rodopiar. Meu braço desce pelo seu até embaixo. Nossos dedos roçam, e tenho a sensação de que vou me soltar dele.

Mas não.

No último segundo, fecho os dedos, e nossas mãos se unem.

E então faço o que devemos fazer quando encontramos o amor.

Seguro firme.

Agradecimentos

ANTES DE COMEÇAR, alguns avisos: sinto dizer que não existe um festival de taco desse jeitinho em Los Angeles. Eu sei, deveria existir, mas infelizmente não é o caso. Como é o meu direito na condição de autora de ficção, também tomei algumas liberdades com a estrutura das competições de dança de salão. Além disso, não existe nenhum Barrington Park em Nova York. O mesmo vale para o La Brea Danças. A Surf City Waffle não existe, mas foi baseada (em parte) na minha casa de waffles preferida em Los Angeles, a Met Her at a Bar. A comida lá é uma delícia, e vocês deveriam experimentar. Se forem, mandem um oi para Vinny e Mindy e digam que foi a Nicola quem recomendou o lugar.

Escrevi este livro durante um dos períodos mais difíceis da minha vida. Minha mãe ficou muito doente. Ao longo de mais de um ano e meio, não tivemos certeza de que ela iria sobreviver. Meu padrasto ficou sabendo que tinha uma doença terminal. Um ano depois, ele morreu. Se você já cuidou de alguém que ama enquanto essa pessoa lidava com uma doença grave ou estava de luto, sabe como é. Sabe como a doença e a morte reconfiguram o mundo. Elas no mínimo nos apresentam a um mundo de sombras, feito de inúmeras idas ao médico e ligações às três da manhã seguidas por trajetos solitários até o hospital às 3h05. Sabe o que é abraçar alguém e fazer promessas que não sabe se vai poder cumprir. E outras que sabe muito bem que não vai.

Durante esse processo, enquanto meu mundo se reconfigurava, eu escrevi. Escrever sempre me salvou, e pensei que poderia salvar de novo. Muito do que eu escrevi nesse período não ficou bom. E acabei escrevendo um livro (o precursor deste aqui, e que jamais será publicado) apenas razoável. Passei um tempo reescrevendo-o, mas não era para ser. Escrevi muitas outras coisas que também não eram para ser. No final das contas, eu entendi que não podia passar por esse período *escrevendo*, mas só *vivendo*. Por fim, dois anos e meio após o lançamento do meu livro anterior, comecei a trabalhar neste que você está segurando. Nunca lutei tanto por um livro, e sinto muito orgulho dele.

E, agora, a parte que sempre me faz chorar:

Obrigada a cada profissional de enfermagem, cada médico, cada agente de segurança, zelador, atendente de estacionamento, recepcionista e todo mundo que ajuda a cuidar de pessoas doentes e que estão para morrer. Obrigada por terem sido gentis com uma filha e enteada perdida e enlutada.

Obrigada à minha equipe na Alloy Entertainment e na Random House: John Adamo, Shameiza Ally, Josh Bank, Matt Bloomgarden, Emily Bruce, Ken Crossland, Elysa Dutton, Colleen Fellingham, Felicia Frazier, Gina Girolamo, Becky Green, Romy Golan, Judith Haut, Beverly Horowitz, Alison Impey, Christina Jeffries, Kimberly Langus, Wendy Loggia, Barbara Marcus, Les Morgenstern, Amy Myer, Alison Romig, Mark Santella, Tamar Schwartz, Tim Terhune, Adrienne Waintraub, e à maravilhosa RP Jillian Vandall. Obrigada também a Judy Bass e à minha incansável agente, Jodi Reamer. Vocês são verdadeiros astros, sem quem nada disso seria possível.

Um obrigada superespecial à minha editora, Wendy Loggia, por ser tão paciente e gentil, além de todas as outras coisas que ela já é. Outro obrigada especial a Martha Rago e Neil Swaab, pela capa deslumbrante, a Jyotirmayee Patra, pela fonte manuscrita tão bonita, e a Renike, pela ilustração lindíssima. E um obrigada superespecial também a Joelle Hobeika e Sara Shandler, que acreditaram em mim, acreditaram em mim e acreditaram em mim quando eu não acreditava em mim mesma.

Em períodos de estresse, eu tendo a me isolar do mundo. O maior dos obrigadas a David Jung e Sabaa Tahir, que me fizeram conversar quando tudo que eu queria era me esconder. Eu amo muito vocês.

Obrigada a minha mãe, meu pai, minha irmã e minha sobrinha pelo simples fato de existirem.

Obrigada à minha pequena Penny, por reparar em como a chuva muda as cores do mundo. Você é pura magia, e eu amo ser sua mãe.

E, por fim, obrigada a meu marido, David Yoon. Eu tenho a maior sorte do mundo por poder me aventurar pela vida ao seu lado. Te amo para sempre.

LEIA UM TRECHO DE OUTRO LIVRO DE NICOLA YOON

O QUE EU QUERO DE ANIVERSÁRIO

– NOITE DE FILMES, *Imagem & Ação* ou clube do livro? – pergunta minha mãe enquanto prende a braçadeira do aparelho de pressão no meu braço.

Nem citou sua atividade preferida entre as que fazemos depois do jantar: palavras cruzadas fonéticas. Levanto a cabeça e vejo que os olhos dela já estão rindo para mim.

– Palavras cruzadas fonéticas – respondo.

Ela para de inflar a braçadeira. Geralmente, quem estaria verificando minha pressão e preenchendo o prontuário seria minha enfermeira em tempo integral, Carla, mas hoje minha mãe deu a ela um dia de folga. É meu aniversário, e sempre passamos o dia juntas, só nós duas.

Minha mãe pega o estetoscópio para ouvir meus batimentos cardíacos. O sorriso desaparece e dá lugar a seu rosto mais compenetrado, de médica. É esse o rosto que seus pacientes mais veem: levemente distante, profissional e concentrado. Será que eles acham que essa expressão é tranquilizadora?

Num impulso, dou um beijo em sua testa para lembrá-la de que sou eu, sua paciente favorita, sua filha.

Ela abre os olhos, sorri e faz um carinho no meu rosto. Se é para nascer com uma doença que exige cuidados constantes, é melhor que sua médica seja sua própria mãe.

Segundos depois, ela me olha com aquela cara de "sou a médica aqui, e infelizmente tenho más notícias para lhe dar".

– Hoje é o seu dia. Por que não escolhemos um jogo no qual você tenha chance de ganhar?

Como não é possível jogar *Imagem & Ação* só com duas pessoas, inventamos umas adaptações. Uma pessoa desenha e a outra precisa fazer um esforço honesto para adivinhar o que é. Se acertar, quem desenhou ganha um ponto.

Encaro minha mãe com os olhos semicerrados.

– Vamos jogar palavras cruzadas fonéticas, e, desta vez, eu vou ganhar – afirmo, confiante, embora não exista a menor chance de isso acontecer.

Jogamos há anos, e eu nunca consegui derrotá-la. Da última vez, cheguei perto, mas na última rodada ela escreveu uma palavra com letras de valor alto que ainda teve pontuação tripla.

– Está bem – concorda ela, balançando a cabeça para fingir que está com pena de mim. – Você é quem manda.

Então, fecha os olhos sorridentes e se concentra no estetoscópio.

Passamos o resto da manhã preparando meu tradicional bolo de aniversário, com recheio de creme de baunilha e cobertura também de baunilha. Depois que o bolo esfria, espalho uma camada bem fina de creme por cima. Nós duas adoramos a massa, mas não somos muito fãs de cobertura. Para enfeitá-lo, desenho em cima dezoito margaridas com pétalas e miolo brancos, depois começo a revestir as laterais com o que lembra uma cortina branca.

– Perfeito – elogia minha mãe, espiando o resultado por cima do meu ombro. – Ficou a sua cara.

Viro a cabeça e vejo que ela tem um sorriso largo e orgulhoso no rosto, mas que seus olhos estão marejados.

– Como. Você. É. Dramática – digo, aplicando um pouquinho de cobertura no nariz dela, o que a faz rir e chorar mais um pouco.

Sério, minha mãe não costuma ser tão emotiva, mas no meu aniversário sempre fica chorosa e alegre ao mesmo tempo. E, se ela fica chorosa e alegre, eu também fico.

– Eu sei – concorda ela, jogando as mãos para o alto como se não fosse capaz de controlar esse tipo de reação. – Sou patética.

Então ela me puxa e me dá um abraço apertado. O creme gruda no meu cabelo.

Meu aniversário é o dia do ano em que nós duas temos mais consciência da minha doença. É a percepção de que o tempo está passando que provoca isso. Mais um ano inteiro doente, sem qualquer esperança de cura à vista. Mais um ano sem viver todas as coisas normais de uma adolescente: tirar carteira de motorista, dar o primeiro beijo, participar da festa de formatura, sofrer a primeira dor de cotovelo, fazer a primeira barbeiragem com o carro. Mais um ano em que minha mãe não faz outra coisa além de trabalhar e cuidar de mim. Em qualquer outro dia, é fácil esquecer esses detalhes – ou pelo menos é mais fácil do que hoje.

Este ano está sendo um pouco mais difícil que o ano passado. Talvez por eu estar completando 18 anos. Tecnicamente, agora sou uma adulta. Deveria estar saindo de casa, indo para a faculdade. Minha mãe deveria estar com medo da síndrome do ninho vazio. Mas, por causa da IDCG, não vou a lugar nenhum.

Mais tarde, depois do jantar, ela me presenteia com um lindo conjunto de lápis de cor aquareláveis que estava na minha lista de desejos havia meses. Vamos para a sala de estar e nos sentamos frente a frente, diante da mesinha de centro, com as pernas cruzadas. Isso também faz parte do nosso ritual de aniversário: ela acende uma única vela no meio do bolo. Fecho os olhos, faço um pedido e assopro.

– O que você pediu? – pergunta ela assim que abro os olhos.

Só existe uma coisa que eu possa desejar: uma cura milagrosa que me permita correr lá fora, livre como um animal selvagem. Mas nunca peço isso, porque é impossível. É como pedir que sereias, dragões e unicórnios existam de verdade. Então, peço alguma coisa mais provável do que a cura. Alguma coisa que não nos deixe tristes ao ser dita.

– A paz mundial – respondo.

Três fatias de bolo depois, começamos a jogar. Não ganho. Na verdade, perco de lavada.

Usando todas as sete letras, ela escreve POCALIP antes de um S.

– O que é isso? – pergunto.

– Apocalipse – responde ela com um olhar travesso.

– Ah, não, mãe. Sem chance. Essa não dá para passar.

– Dá, sim – limita-se a dizer.

– Mãe, você precisa de um A e um E. Não tem como.

– Pocalips – diz ela em tom solene, apontando para as letras. – Não tem problema nenhum.

Balanço a cabeça.

– P-O-C-A-L-I-P-S – insiste ela, pronunciando cada letra bem devagar.

– Ah, meu Deus, você não desiste! – exclamo, abrindo os braços. – Tudo bem, tudo bem. Vou deixar passar.

– Yessss! – Ela comemora, dando um soco no ar, depois anota uma quantidade de pontos que não tenho a menor chance de ultrapassar. – Você nunca entendeu esse jogo direito – acrescenta. – É um jogo de persuasão.

Corto mais uma fatia do bolo.

– Isso não é persuasão – digo. – É trapaça.

– Dá no mesmo – retruca ela, e começamos a rir. – Amanhã você pode ganhar de mim no *Imagem & Ação*.

Depois da minha derrota, vamos para o sofá ver nosso filme favorito: *O jovem Frankenstein*, outra parte do nosso ritual de aniversário. Deito a cabeça no colo da minha mãe. Ela fica fazendo carinho no meu cabelo e rimos das mesmas piadas que nos fazem rir há anos. Pensando bem, não é um jeito ruim de comemorar o aniversário de 18 anos.

TUDO NA MESMA

NA MANHÃ SEGUINTE, estou lendo no meu sofá branco quando Carla chega.

– *Feliz cumpleaños* – diz ela, toda animada.

Abaixo o livro.

– *Gracias.*

– Como foi de aniversário? – pergunta Carla, começando a tirar as coisas de sua maleta médica.

– Foi divertido.

– Bolo de baunilha com cobertura de baunilha?

– Claro.

– *O jovem Frankenstein*?

– Exatamente.

– E você perdeu naquele jogo?

– Somos bem previsíveis, não é?

– Que nada – responde ela, rindo. – Só estou com inveja do carinho que você e sua mãe têm uma pela outra.

Ela pega meu prontuário do dia anterior, dá uma olhada rápida nas anotações da minha mãe e põe uma folha nova na prancheta.

– Rosa quase não fala comigo ultimamente.

Rosa é filha de Carla. Tem 17 anos. Segundo Carla, as duas eram muito unidas até os hormônios e os garotos se tornarem prioridade para Rosa. Não consigo imaginar algo assim acontecendo entre mim e minha mãe.

Carla se senta ao meu lado no sofá e estende meu braço para pôr a braçadeira do aparelho de pressão. Olha para meu livro.

– *Flores para Algernon* de novo? Mas não é esse livro que sempre faz você chorar?

– Um dia eu não vou chorar. E quero estar lendo ele quando isso acontecer.

Ela revira os olhos e pega minha mão.

Claro que a minha resposta foi meio insolente, mas me pergunto se não seria verdade.

Talvez eu esteja mantendo a esperança de que um dia, algum dia, as coisas mudem.

A VIDA É BREVE®

RESENHA COM SPOILERS, POR MADELINE

FLORES PARA ALGERNON, DE DANIEL KEYES

Alerta de spoiler: Algernon é um camundongo. O camundongo morre.

INVASÃO ALIENÍGENA – PARTE 2

ESTOU CHEGANDO À PARTE em que Charlie percebe que seu destino pode ser igual ao do camundongo quando ouço um estrondo lá fora. De imediato, penso no espaço sideral. Imagino uma nave-mãe enorme pairando no céu.

A casa toda treme e meus livros vibram nas estantes. Um bipe incessante se soma ao estrondo, e descubro do que se trata. Um caminhão. Provavelmente está apenas perdido, digo a mim mesma, tentando espantar a decepção. Deve ter entrado na rua errada enquanto seguia para outro lugar.

Mas de repente o motor é desligado. Portas se abrem e se fecham. Um instante se passa, depois outro. Por fim, uma voz feminina exclama:

– Bem-vindos à nossa nova casa, gente!

Carla me olha fixo por alguns segundos. Sei o que ela está pensando.

Está acontecendo de novo.

CONHEÇA OS LIVROS DE NICOLA YOON

Tudo e todas as coisas

O sol também é uma estrela

Instruções para dançar